KB155642

校註

燕行錄

善本燕行錄校註叢書18세기 ②

校註 燕行錄

崔植・金成勳 校註

俞彦鎬 著

성균관대학교
출 판 부

〈善本燕行錄校註本叢書〉를 간행하며

성균관대 대동문화연구원은 1960년 〈燕行錄選集〉(상, 하 2책)을 영인하여 학계에 연행록 자료의 중요성을 처음 알렸고, 민족문화추진회(현 한국고전번역원)에서 1976년부터 여기 실린 자료 20종을 국역 간행함으로써 학계를 넘어 고전의 대중화에 기여하였다. 그 뒤 2001년 임기중 편 〈연행록전집〉(동국대 출판부, 전100책)으로 자료의 방대한 수집이 이루어짐으로써 연행록 연구는 중국, 일본 등 국제적으로 확산되었다. 2008년 성균관대 대동문화연구원에서는 〈연행록선집보유〉(전3책)를 간행하였고, 2011년에는 성균관대 동아시아학술원과 푸단(復旦)대학 문사연구원이 〈한국한문연행문헌선편〉(전30책)을 공동 발행하여 연행록에 대한 국제적 관심을 불러일으켰고, 동시에 전근대 동아시아 국가간의 문학으로 또는 사료로의 사행기록의 다양한 자료들이 집적되는 성과를 보였다.

이처럼 연행록의 학술적 가치와 대중적 독서물로서의 저변이 확대되고 있음에도 불구하고, 이 과정에 참여해온 연구자들이 보기에는 여전히 몇 가지 보완되어야 할 점들이 남아있다. 가장 중요한 점은 자료의 문제이다. 그 동안 연행록의 수집, 발굴에 많은 연구자들이 노력해왔고, 그 결과 500종에 가까운 자료가 집적되었다. 이제는 선본 자료의 선별과 이에 대한 엄밀한 학술적 검토가 더 필요한 시점이 되었다. 아울러 지금도 새로 발굴되는 자료들이 있는데, 이 가운데에는 선본으로 분류될 중요한 자료들이 많다. 현재까지의 자료집에는 포함되지 못한 이 자료들을 소개하는 별도의 기획이 마련되어야 한다.

이에 성균관대 동아시아학술원에서는 관련 연구자들이 모여 〈선본연행록교주총서〉를 준비하게 되었다. 전체 종수는 40종 내외로 예정하고 있고, 1종 1책을 원칙으로 하되 16세기, 17세기, 18세기, 19세기로 분류하고 기존 연행록 총서에 수록된 자료 중 선본과 미수록 신발굴 선본을 적절히 안배하여 계속 간행할 예정이다. 이 교주본 총서에는 다음과 같은 부수적 의의도 갖는다. 첫째, 후속 학문세대에게 한문원전 校註의 훈련이 절실히 필요하기에, 중견연구자와 신진학자가 공동으로 작업하여 원전 텍스트의 교점과 주석의 훈련을 겸한다. 둘째, 우수한 번역본을 내기 위한 전단계로서 의미가 있다. 한국의 경우 번역본이 동반되지 않은 교주본을 출판하는 사례가 극소하고, 학계에서도 그 효용성에 의문이 제기될 수 있다. 교주본은 번역서의 중간단계이고, 전근대 동아시아 공동문자였던 한문원전에 대한 독해 분석력 제고는 물론, 교점주석에 대한 수준이나 이해를 높일 수 있다.

끝으로 이 기획의 의의를 깊이 공감하고 발간을 적극 지원해주신 동아시아학술원 김경호 원장께 감사드린다.

2022년 12월
기획위원 김영진, 안대회, 진재교

| 차 례 |

연행록燕行錄

『燕行錄』

최 식 | 경성대 한국한자연구소 HK연구교수

1. 유언호와 연행

俞彦鎬(1730~1796)는 본관이 杞溪, 자는 士京, 호는 則止軒, 시호
는 忠文이다. 漢城府左尹을 지낸 俞直基(1694~?)와 大司憲을 지낸
金有慶(1669~1748)의 딸 사이에서 4남 가운데 막내로 태어났다.
1761년(영조 37) 庭試 文科에 丙科로 급제하여, 벼슬은 평안감사·
우의정·좌의정을 역임했다. 1787년 冬至兼謝恩正使로 북경에 다
녀와서 『燕行錄』을 남겼으며,[1] 저서로 『燕石』이 있다.[2]

또한 당시 副使로 동행한 趙瑍(1720~1795)도 『燕行日錄』을 저술
하고,[3] 조환의 손자인 趙得永(1762~1854)은 子弟軍官으로 수행하여

---

1 俞彦鎬, 『燕行錄』, 단국대 율곡기념도서관.
2 俞彦鎬, 『燕石』, 한국학중앙연구원 장서각.

燕行詩를 남기고 있어,[4] 당시 정황을 상세하게 파악할 수 있다.

유언호 가문은 연행과 인연이 각별하다. 유언호와 더불어 기계 유씨 가문의 명재상으로 병칭되는 兪拓基(1691~1767)는 1721년 冬至兼奏請使의 서장관으로 북경에 다녀와서 『燕行錄〔辛丑〕』을 남기고, 1754년 瀋陽問安使로 심양에 다녀와서 『瀋行錄〔甲戌〕』을 남긴 바 있다. 『연행록〔신축〕』은 九連城부터 북경까지 왕래하며 견문한 내용 73조목을 기록하고,[5] 『심행록〔갑술〕』은 평양부터 심양까지 왕래하며 견문한 내용 6조목과 〈瀋使還渡江狀啓別單〉을 수록하고 있다.[6] 유언호는 1787년 11월 22일 구련성에서 露宿하는데, 유척기의 『연행록〔신축〕』을 바탕으로 구련성에 대한 정보를 기록하고 있다.[7]

또한 兪彦述(1703~1773)은 1749년 冬至使의 서장관으로 북경에 다녀와서 『燕京雜識』를 남겼는데, 북경을 왕래하며 견문한 내용 87조목을 수록하고 있다.[8] 유언호는 1787년 12월 10일 十三山에 도착하여 成化 연간에 貢路를 바꾸어달라는 조선의 요청에 劉大夏(1436~1516)가 적극적으로 반대하여 무산된 일을 거론하고 있는 바,

---

3 趙璵, 『燕行日錄』, 일본 東京大學 小倉進平文庫.

4 趙得永, 『日谷集』 권1, 80題 115首, 서울대 규장각.

5 兪拓基, 『燕行錄〔辛丑〕』, 『燕行錄全集』 38, 72~137면.

6 兪拓基, 『瀋行錄〔甲戌〕』, 『燕行錄全集』 38, 138~162면.

7 兪拓基, 『燕行錄〔辛丑〕』. "九連城, 一名鎭江城. 明朝設置游擊將軍於此地, 作一關防, 而萬曆戊午以後, 仍成胡地, 只餘城址, 而亦不甚分明."

8 兪彦述, 『松湖集』 권6, 「燕京雜識」 참조.

유언술의 『연경잡지』에도 그 내용이 상세하게 보인다.[9] 이 밖에 유언호의 외조부 金有慶(1669~1748)도 1726년 謝恩兼陳奏副使로 북경에 다녀온 바 있다.[10]

특히 유언호는 교유가 깊었던 朴趾源(1737~1805)과 연암그룹으로 불리는 북학파에게 직간접적으로 영향을 받는다. 유언호는 박지원과 1765년 금강산 유람을 동행한 이후, 문학적 동지이자 정치·경제적 후원자로서 각별한 관계를 유지한다.[11] 주지하듯이 박지원은 1780년 進賀正使 朴明源(1725~1790)의 자제군관으로 熱河까지 다녀와서 『熱河日記』를 저술한 바 있다. 유언호는 귀국길에 올라 薊州에 도착하여 楊貴妃廟와 安祿山廟가 마주한 광경을 목격하는데,

---

9 俞彦述, 『松湖集』 권6, 「燕京雜識」. "曾見『明史』, 以爲: 成化十六年, 朝鮮請改貢道, 盖因爲建州女眞所邀劫故也. 太監有爲朝鮮之地者將從之, 職方郎中劉大夏, 獨執不可曰: '朝鮮貢道, 自鴉鶻關, 出遼陽, 經廣寧, 過前屯而入山海關, 迂回三四大鎭. 此祖宗微意也. 若自鴨綠江, 抵前屯·山海, 則路太徑, 恐貽他日憂.' 仍不許."

10 김유경이 1726년 謝恩兼陳奏副使로 북경에 다녀온 기록은 다음과 같다. 『英祖實錄』 권9, 1726년(영조 2) 2월 8일. "謝恩兼陳奏正使西平君橈副使金有慶·書狀官趙命臣, 拜表辭朝." ; 『英祖實錄』 권10, 1726년(영조 2) 7월 24일. "謝恩兼陳奏使西平君橈副使金有慶·書狀官趙命臣, 至自燕, 上召見, 以邦誣快雪, 慰諭甚勤, 賞齎有差."

11 김명호, 「박지원의 금강산 유람과 창작」, 『한국문화』 76, 서울대 규장각한국학연구원, 2016 ; 박기성, 「朴趾源을 통해 본 俞彦鎬」, 『동방한문학』 74, 동방한문학회, 2018 참조.

일찍이 박지원은 "천하에 돈을 가진 사람이 얼마나 많겠는가마는, 어찌하여 이 따위 음란하고 더러운 사당을 지어 그 명복을 빈단 말인가?"라며 비판한 곳이다.[12]

앞서 洪大容(1731~1783)은 1765년 冬至使의 서장관 洪檍(1722~1809)의 자제군관으로 북경에서 杭州의 嚴誠·潘庭筠·陸飛와 天涯知己를 맺고 돌아와 『燕記』·『乾淨衕會友錄』·『을병연행록』을 남긴다. 홍대용의 연행은 박지원을 비롯한 연암그룹의 북학파 형성에 커다란 영향을 미친다. 유언호는 1788년 1월 1일 황제가 매년 첫날 새벽에 반드시 堂子에 가서 예를 올린다는 말을 기록하는데, 당자에 대한 정보는 홍대용의 『연기』에 내용이 상세하다.[13]

또한 朴齊家(1750~1805)와 李德懋(1741~1793)는 1778년 謝恩兼陳奏使를 수행하여 북경에서 李調元·潘庭筠 등 청조 학자들과 교유하고 돌아온다. 박제가는 생활 도구의 개선과 정치·사회 제도의 모순점 및 개혁 방안을 수록한 『北學議』를 저술하고, 이덕무는 『入燕記』를 남긴다. 유언호는 1787년 12월 1일 太子河 부근의 木場舖에 이르러 수만 그루의 아름드리나무가 쌓여 있는 광경을 목격하는

---

12 朴趾源, 『熱河日記』, 「關內程史」. "行至漁陽橋, 路左有楊妃廟, 與峰頭祿山祠相對, 天下有錢者何限, 而何乃設此淫穢之祠, 以祈冥佑耶?"

13 洪大容, 『燕記』, 「京城記略」. "堂子在玉河東數里, 皇帝正朝所朝謁, 自來不知其何神. 考『一統志』, 亦言元朝親祭而已, 終不言其何神也. 我人或稱鄧將軍, 或云: '劉綎死爲厲鬼, 淸人畏而祠之.' 或云: '祖汗賤時所服用, 如劉裕耕具葛燈繩屨之屬.' 皆無所考. 但秘諱之, 中外不敢知, 必有其故也."

데, 압록강 북쪽에서 벌목하여 운반한 것이다. 이는 일찍이 이덕무가 태자하 부근에서 목격하고 탄식한 상황과 유사하다.[14] 이 밖에 柳得恭(1748~1807)은 1779년 瀋陽問安使 南鶴聞의 수행원으로 심양에 다녀왔고, 1790년 進賀謝恩使의 수행원으로 열하에 다녀와서 『熱河紀行詩註』와 『灤陽錄』을 저술한 바 있다.

따라서 유언호의 『연행록』은 기계 유씨 가문의 유척기와 유언술의 연행과 관련이 깊으며, 박지원을 비롯한 북학파의 연행에서 직간접적으로 연행과 관련한 수많은 지식과 정보를 수용하고 있다.

1787년 10월 20일 정사 유언호·부사 조환·서장관 鄭致淳(1742~1816)이 辭陛하고 冬至兼謝恩使로 한양을 출발하는데, 당초 6월 都政에서 제수된 三使가 아니라 모두 새로 교체된 인물이다. 조환의 『연행일록』를 바탕으로, 『정조실록』과 『일성록』을 참고하면 사정은 이러하다.

1787년 6월 22일 都政에서 동지겸사은사로 정사 趙璥·부사 閔鍾顯·서장관 洪聖淵을 제수한다.[15] 그런데 6월 26일 정사 조경이

---

14 李德懋, 『入燕記』上, 1778년 4월 19일. "向舊遼陽時, 望見新遼陽, 太子河邊, 積大木, 彌滿七八里. 馬頭輩以爲: 此木從渾春地方來, 積于此, 無處不走, 爲棟樑之用. 書狀謂余曰: '吾前年爲御史歷江界·楚山等地, 彼人入廢四郡, 伐大木作筏浮江而下, 卽此是也.' 晉用楚材, 良足慨歎."

15 『正祖實錄』 권23, 1787년(정조 11) 6월 22일. "行都政.〔吏曹判書尹蓍東·參議李集斗·兵曹判書金履素.〕以趙璥爲冬至兼謝恩正使, 閔鍾顯爲副使, 洪聖淵爲書狀官, 徐有成爲司諫院大司諫."

自處하는 의리로써 사신으로 가라는 명령을 거두어 달라 상소하여,[16] 이튿날 유언호로 정사를 교체한다.[17]

이후 7월 2일에는 서장관 홍성연이 병자호란 때 殉節하거나 斥和한 의리로 교체를 상소하자,[18] 7월 6일 鄭萬始로 서장관을 교체한다.[19] 7월 9일에는 좌의정 李在協이 부사 민종현은 정사 유언호와 인척인 혐의가 있다는 이유로 교체를 주장하여,[20] 7월 12일 조환으로 부사를 교체한다.[21]

---

16 『正祖實錄』권23, 1787년(정조 11) 6월 26일. "判中樞府事趙璥, 上疏陳自處之義, 乞收出疆之命. 優批許之."

17 『正祖實錄』권23, 1787년(정조 11) 6월 27일. "以兪彦鎬爲冬至兼謝恩正使, 金履素爲吏曹判書, 李坤爲兵曹判書."

18 『正祖實錄』권24, 1787년(정조 11) 7월 2일. "校理洪聖淵上疏曰: '臣於燕价行臺之命, 義有不可冒赴者. 昔在丙子之亂, 臣之五代祖故監司臣命一, 陪廟社入江都, 不幸失守, 臣祖義不受辱, 自投于江. 臣之祖母李及二子未冠, 同時殉命, 爲先祖後孫者, 腐心之痛, 百世難忘. 當時殉節與斥和人子孫, 無不引義於奉使之役, 臣之情私, 亦無異同, 乞蒙鐫改.' 許遞."

19 『日省錄』, 1787년(정조 11) 7월 6일. "有政.〔吏曹判書金履素·參議李集斗·兵曹判書李坤進.〕以李百亨爲校理, 黃昇源爲兵曹參判, 李顯秀爲昭寧園守奉官,〔顯秀, 初仕也.〕鄭萬始爲書狀, 李聖圭爲都總管, 任希曾爲副總管, 黃昇源·元厚鎭爲同知."

20 『正祖實錄』권24, 1787년(정조 11) 7월 9일. "左議政李在協啓言: '冬至副使閔鍾顯, 與正使有姻婭之嫌. 書狀則與正副使, 有相避之法, 而正副使相避, 雖不在法, 聞以此逡巡云矣.' 命許遞."

21 『日省錄』, 1787년(정조 11) 7월 12일. "有政.〔吏曹參判李秉模進.〕以閔台爀爲

6월 도정에서 동지겸사은사를 제수한지 이십일 만에 삼사가 모두 교체된 셈이다. 그런데 사폐를 한 달 가량 앞둔 시점에 예상치 못한 일이 발생한다.

9월 20일 영의정 金致仁이 서장관 정만시가 어버이 병환으로 가기 어렵다는 이유로 교체를 아뢰고,[22] 이튿날 정치순으로 서장관을 교체한다.[23]

따라서 동지겸사은사의 삼사는 9월 21일에 비로소 확정된 셈이다. 〈行中人共數〉를 살펴보면, 유언호는 제제군관을 포함하여 4명의 군관을 대동하고 조환은 3명의 군관을 대동하는데, 정치순은 1명의 군관을 대동한다. 이는 정치순이 서장관에 제수된 시점이 늦어진 탓에 연행을 준비하는 기한이 촉박하여 발생한 일이다.

당시 정사 유언호의 打角軍官으로 兪彦懙(1755~1793)과 부사 조환의 子弟軍官으로 조득영이 수행한다. 유언성은 유언호의 庶從弟로 초명은 '彦懍'인데,[24] 이후 언성으로 개명한 듯하다. 유언호는 1793년 유언성의 죽음에 제문을 짓는다.[25] 조득영은 조환의 손자로

大司諫, 申大尹爲副校理, 尹蓍東爲刑曹判書, 洪秀輔爲右尹, 趙煥爲冬至副使."

22 『日省錄』, 1787년(정조 11) 9월 20일. "遞書狀官鄭萬始. 領議政金致仁啓言: '冬至拜表期日不遠, 而書狀官鄭萬始, 方有親病, 勢難遠赴, 請許遞.' 從之."

23 『日省錄』, 1787년(정조 11) 9월 21일. "有政.〔吏曹判書吳載純·參判李秉模·兵曹判書鄭昌順進.〕以李度默爲大司諫, 金文淳爲知春秋, 鄭致淳爲書狀官, 金峙默爲工曹參判, 李柱國爲知訓鍊, 南耆喆爲守門將, 初仕也."

24 兪彦鎬, 『燕行錄』, 1788년 1월 15·17일 참조.

연로하고 병환에 고생하는 조환을 대신하여 정사를 찾아뵙는 등 다양한 역할을 수행한다. 조득영은 한양부터 북경까지 왕래하며 견문한 사실과 감회를 80題 115首의 연행시로 남긴다. 특히「燕京雜詠」11수는 5言 12句의 연작시로 皇極殿·萬壽寺·太液池·太學·石鼓·辟雍·文山廟·圓明園·西山·天主堂·雍和宮을 형상화하고,「以馬上逢寒食, 途中屬暮春, 可憐江浦望, 不見洛橋人, 出韻」20수는 七言絶句의 연작시로 연행 노정의 고단함과 이역에서 한양의 벗을 그리워하는 마음을 표현하고 있다.

2. 『연행록』의 서지와 체재

『연행록』은 필사본 1책(98장)으로 단국대학교 율곡기념도서관에 소장되어 있다. 표제는 '燕行錄'으로 卷次의 구분이 없는 單卷이며, 楷書와 草書로 쓰여 있다.

단국대학교 율곡기념도서관 소장본『燕行錄』은 연구자의 자료적 접근이 어려운 상황이다. 따라서 1962년 성균관대학교 대동문화연구원은 단국대학교 율곡기념도서관 소장본『燕行錄』에다「赴燕序」와「兪彦鎬遺像」·「正祖宣皇帝御筆」를 첨부하여『燕行錄選集』下에 수록한다.「赴燕序」는 兪漢雋(1732~1812)이 1787년 冬至兼謝恩

---

25 兪彦鎬,『燕石』책8,「祭庶從弟彦惺文〔癸丑〕」참조.

正使로 북경으로 향하는 유언호를 전송한 글로 문집에 동일한 내용이 전한다.[26] 또한 「兪彦鎬遺像」은 본래 「兪彦鎬影幀」 또는 「兪彦鎬肖像」으로 유언호의 후손인 기계 유씨 문중에서 보관해 오다가 1997년 12월 11일 서울대 규장각에 기증한 것으로, 2006년 12월 29일에 보물 제1504호로 지정된 작품이다. 끝으로 「正祖宣皇帝御筆」은 정조가 유언호에게 한시한 시로 『홍재전서』와 『연행록』에도 수록되어 있다.[27] 이후 2001년 동국대학교 출판부는 『연행록선집』 하에 수록된 『연행록』을 저본으로 『燕行錄全集』 41에 수록한다. 따라서 유언호의 『연행록』은 널리 통용되는 1962년 간행한 『연행록선집』 하를 저본으로 한다.

『연행록』은 크게 세 부분으로 구분된다.

처음은 '丁未十月二十日燕行錄'이란 內題 아래에 使行 名單을 기록하고, '一行人馬渡江數'에 해당하는 〈行中人共數〉·〈行中馬共數〉·〈行中包銀數〉를 수록하고 있는데, 해서로 쓰여 있다.

일찍이 1645년(인조 23)부터 勅諭로 冬至·聖節·正朝와 歲幣를 아울러 一行으로 만들었고, 또한 당시 文孝世子(1782~1786)가 갑작스런 발병으로 요절하자, 청조에서 賞賜를 보내와서 謝恩의 성격도 겸하였다. 따라서 冬至兼謝恩使는 〈行中人共數〉가 三使를 비롯하

---

26 兪漢雋, 『自著準本』 1, 「送族父止軒相公赴燕序〔丁未〕」 참조.

27 正祖, 『弘齋全書』 권2, 「贐原任提學兪彦鎬赴燕」 : 兪彦鎬, 『燕行錄』, 1787년 10월 20일 참조.

여 총 324명이고, 〈行中馬共數〉는 驛馬 49필·兼濟馬 2필·刷馬 101필·卜刷馬 11필·並卜刷馬 14필·私持馬 42필·並卜私持馬 6필·自騎馬 9필 등 총 235필이며, 〈行中包銀數〉도 銀 83,251兩에 이르는 방대한 규모였다.

특히 주목할 대목은 사행 명단을 기록하며 연행 횟수를 부기하고 있는 바, 다른 연행록에서는 없는 내용이다. 당시 삼사는 모두 초행길이고, 역관 가운데 金致瑞가 27회로 首譯 李洙의 25회보다 많다. 또한 道先生과 관련하여 〈行中馬共數〉에 '道先生馬夫'와 '道先生兼濟馬夫'가 등장하는데, 도선생은 관찰사를 말한다. 1787년 11월 3일 기록에 따르면, 평안도관찰사를 역임한 사람이 북경에 가면 大同驛과 兼濟庫에서 2필의 轎馬를 보냈다고 한다.[28] 일찍이 유언호는 1786(정조 10) 12월 15일 평안도 관찰사에 제수되고, 이듬해 2월 25일 우의정에 제수되며, 6월 27일 冬至兼謝恩正使로 제수되어 10월 20일 辭陛하고 한양을 출발한다. 따라서 평안도 관찰사를 역임한 유언호가 동지겸사은정사로 북경에 가자, 관례대로 마부와 겸재마부 및 교마 2필을 지원한 것이다.

다음은 1787년 10월 20일 誠正閣에서 辭陛하고 한양을 출발하여, 이듬해 3월 24일 돌아와 誠正閣에서 復命하기까지 날짜별로 견문한 내용과 감회를 기록하고 있는데, 초서로 쓰여 있다.

---

28 兪彦鎬, 『燕行錄』, 1787년 11월 3일. "自前道先生赴燕, 則自大同驛及兼濟庫, 各送二匹轎馬."

1787년 10월 20일 한양을 출발하여 12월 24일 북경의 남관(옥하관)에 도착한 이후 39일간 머무른다. 이듬해 2월 4일 북경을 출발하여 3월 24일 한양에 돌아온다. 한양을 출발하여 다시 돌아오기까지 총 153일의 여정이고, 한양과 북경을 왕래하는 6,300여리의 장구한 노정이다.

1787년 11월 26일 봉황성에서 송환되는 龍川과 鐵山의 漂流民 13명과 皇曆齎咨官 李鎭復을 만나고, 12월 29일 乾隆帝를 비롯하여 御前大臣 福長安과 禮部尙書 德保를 만난다.

1788년 1월 1일에는 琉球使臣 耳目官翁秉儀·正議大夫阮廷寶·都通官陳天龍을 만난다. 역관 吳載恒를 통해서 잠깐 阮廷寶와 대화를 나누는데, 李睟光의 「琉球使臣贈答錄」를 바탕으로 문답이 진행된다.

13일부터 15일까지 연회에 참석하여 鞦韆(西洋鞦韆)·火戲(燈戲)·雜戲 등을 구경하고, 15일에 應製詩 七言律詩를 올리며, 19일에는 慶豐圖 연회까지 참석한다.

현전하는 『燕石』은 한시가 누락된 불완전한 형태인데, 『연행록』에는 유언호의 한시가 2수 남아있다. 먼저 1788년 1월 15일 정대광명전 연회에서 和珅은 皇旨를 전하며 응제시를 지어 올리라고 말한다. 관소로 돌아온 유언호는 칠언율시로 응제시를 짓고, 寫官 洪聖源을 시켜 黃牋에다 楷書로 써서 올린다. 황제에게 올리는 글은 기휘하는 글자가 많다. 실제로 우리나라 사신의 응제시는 여러 차례 예부의 지적을 받아 고친 사례가 있는데, '老·病·死·歸·落·威·偏' 등의 글자는 응당 피해야 한다.

御苑雲常五色新,　御苑에는 항상 오색구름 새롭고

中開黃幄倍氤氳.　가운데 펼쳐진 黃幄에는 기운이 가득하네.

香煙暖合三元氣,　향 연기 따뜻하니 三元의 기운에 부합하고

瑞雪晴回萬國春.　상서로운 눈 그치니 萬國에 봄이 돌아오네.

從古東藩承雨露,　예로부터 東藩은 雨露를 받았고

秖今北極拱星辰.　이제는 星辰과 함께 北極을 조회하네.

頻叨法宴皇恩重,　자주 연회에서 무거운 皇恩을 입으니

餘頌椒花願更申.　椒花頌을 거듭 펴고자 합니다.

유언호의 응제시는 건륭제의 치세를 태평성대로 인식하고 새해의 축사를 椒花頌으로 대신한다. 정대광명전에 깃든 오색구름은 태평성대를 암시하고 건륭제가 앉은 黃幄에는 새해의 봄기운이 넘쳐흐른다. 향 연기가 따뜻하듯이 해·달·별의 기운도 부합하고 흩날리던 눈이 그치자 온 세상에 봄이 성큼 찾아온다. 조선은 예로부터 황제의 은택을 받았고 지금은 여러 나라의 사신들과 나란히 황제를 조회한다. 황제가 베푸는 연회에 참석하여 황은을 입은 터라 초화송으로 새해의 축사를 올린다.

이후 예부상서 德保는 문사로 명성이 높았는데, 유언호의 응제시에 화운하여 시를 보낸다. 일찍이 鄭存謙이 冬至正使로 북경에서 갔을 때, 덕보는 시를 보내 화운시를 요구한 적이 있다. 정존겸은 처음에는 老病으로 사양했으나 덕보가 怒發大發하는 통에 어쩔 수 없이 화운하여 보냈다고 한다. 1788년 1월 28일 유언호는 정존겸의 일을 거론하며, 화운시를 지어 덕보에게 보낸다.

雙闕罘罳曙色新,	두 궁궐 창문에는 새벽빛이 새롭고
筍班和氣接氳氤.	조정 반열에는 온화한 기운 가득하네.
涵恩左海心傾日,	은혜에 젖은 左海는 마음으로 해를 향하고
掌禮中朝職是春.	예의를 주관하는 中朝는 봄날이네.
化內林葱渾壽域,	세상의 수풀이 모두 태평하고
殿前燈燭況漢辰.	대전 앞 燈燭은 은하수 같네.
鵷聯幾度回淸眄,	조정 반열에서 몇 번 눈길을 보내고
珍重琼琚致意申.	진중한 시문으로 마음을 전하네.

덕보는 유언호의 시구마다 서너 번씩 읽고 한번 읽은 후에는 멀리 바라보고 깊이 생각하더니 "매우 좋다."를 연발하며 감사의 뜻을 표했다고 한다.[29] 강령한 건륭제와 뛰어난 인재들이 즐비한 조정의 반열을 표현하고, 해를 향하는 해바라기 같은 조선과 예의를 주관하는 중조를 나란히 기술한다. 온 세상이 태평성대를 구가하고 은하수를 펼친 듯 대전은 더없이 화려하다. 연회에서 예부상서 덕보가 우리나라 사신에게 관심을 보이더니 시문까지 보낸 일을 표현한다.

2월 3일에는 부사 조환과 서장관 정치순이 1월 27일 천주당을

---

29 兪彦鎬, 『燕行錄』, 1788년 1월 28일. "彼乃入門, 問知來由, 握手致款, 使之忙出踞椅把玩. 每句輒三四讀, 每一讀輒遠望沉思, 連稱很好很好, 多致感謝之意云."

방문하여 만난 劉思永(Deus, Rodrigo da Madre de)이 남관을 방문한다. 그런데 유언호는 이런저런 이유를 들어 만나지 않고 선물을 보낼 뿐이다.

삼사가 한양을 출발하기까지 우여곡절이 많았는데, 정작 연행노정도 사건사고가 연달아 발생한다. 堂上譯官 金致瑞는 1787년 12월 19일 野鷄屯에 이르러 병사하고, 義州刷馬夫 高三同은 1788년 2월 15일 東關驛에 이르러 병사하여, 3월 4일 책문에서 두 시신을 수습하여 돌아온다. 또한 국내로 들여오는 燕京의 雜貨를 搜檢할 때 瑞興奴 允得이 紋緞을 들여오다 中江搜檢軍官에게 발각되어 도주한 사건이 발생한다. 3월 6일에는 책문후시 철폐에 상당한 불만을 품은 책문의 세관을 만난다. 유언호는 수차례 공문서를 주고받으며 책문후시 혁파의 정당성을 피력한다.

통상적으로 연행노정에서 일행이 병사하는 일과 犯禁 행위는 다반사였다. 다만 범금 행위는 청과의 외교적 문제를 유발하는 사안이라 매우 중차대한 문제이다. 따라서 김치서와 고삼동의 병사는 〈先來狀啓〉·〈還渡江狀啓〉에 그 내용이 보이고, 윤득의 도주 사건은 〈以驛夫犯禁逃走事狀啓〉에 상세한 정황이 드러난다. 특히 당시 동지겸사은사는 1787년 5월 22일 책문후시를 철폐한 이후 첫 번째 연행으로, 책문후시 철폐와 관련한 실상을 고스란히 보여준다. 유언호는 책문의 세관과 주고받은 문서를 바탕으로 자초지종을 조선에 보고하는데, 〈還渡江狀啓〉에 상세하다.

말미에는 〈年貢奏本〉·〈冬至正朝聖節賀表合三道〉·〈冬至正朝聖節方物表合三道〉·〈賜物謝恩表〉·〈進貢事咨禮部〉·〈三節進賀事咨

禮部〉·〈謝恩事咨禮部〉·〈交易事咨禮部〉 등 청조에 보내는 表咨文 8편과 〈到黃州狀啓〉·〈到平壤狀啓〉·〈到安州狀啓〉·〈到義州狀啓〉·〈渡江狀啓〉·〈入柵狀啓〉·〈先來狀啓〉·〈還渡江狀啓〉·〈以驛夫犯禁逃走事狀啓〉 등 우리나라 조정에 올린 狀啓 9편이 수록되어 있는데, 해서로 쓰여 있다.

청조에 보내는 표자문은 통상 정해진 격식이 있으며, 表咨文 가운데 〈賜物謝恩表〉는 『同文彙考』에 그 내용이 전한다.[30] 또한 우리나라 조정에 올린 장계 가운데 〈先來狀啓〉·[31] 〈還渡江狀啓〉·[32] 〈以驛夫犯禁逃走事狀啓〉[33]는 『日省錄』에 보인다.

3. 『연행록』의 내용과 특징

(1) 이전 연행록의 수용과 재생산

유언호는 1787년 12월 10일 의무려산의 남쪽 끝자락에 위치한 十三山에 도착한다. 예전에는 십삼산 남쪽에 牛家莊으로 통하는 길

---

30 『同文彙考』 續, 「錫賚」 1, 〈謝賜物表〉 참조.
31 『日省錄』, 1788년(정조 12) 2월 25일 참조.
32 『日省錄』, 1788년(정조 12) 3월 13일 참조.
33 『日省錄』, 1788년(정조 12) 3월 16일 참조.

이 있었지만, 이제는 지날 수 없는 상황이다.

대개 의무려산은 남쪽으로 큰 벌판을 내달려 갑자기 솟아 열세 봉
우리를 이루어 높아졌다 낮아졌다 늘어서있다. 서남쪽에 길이 있어
우가장으로 통하는데, 예전의 貢道이다. 요동부터 곧장 우가장에 이
르면 150리에 불과한데, 강희 기미년(1679)에 海防을 염려하여 우가
장에 보를 설치하고 끝내 지금의 길로 고치니 이전과 비교하면 90
리를 우회한다고 한다.[34]

요동부터 곧장 우가장에 이르는 거리는 150리에 불과한데, 지금
은 90리를 우회하는 노정이다. 이는 1679년 해안 방비를 염려하여
우가장에 보를 설치하여 길을 고쳤기 때문이다. 이러한 노정의 우
회는 『攷事新書』와 『通文館志』에 수록된 내용으로, 兪拓基의 『燕
行錄〔辛丑〕』과 李肯翊의 『燃藜室記述』에도 보인다.

① 의무려산은 남쪽으로 큰 벌판을 내달려 가장자리에서 갑자기
솟아 열세 봉우리를 이루어 높아졌다 낮아졌다 늘어서있다. 서남쪽
에 길이 있어 우가장으로 통하는데, 예전의 貢道이다. 요동에서 60

---

34 兪彦鎬, 『燕行錄』, 1787년 12월 10일. "盖醫巫閭, 南走大野, 陡起爲十三峯,
高低羅列. 其西南有路, 通牛家庄, 在前貢道. 自遼東直抵牛庄, 則不過爲百
五十里, 而康熙己未爲慮海防, 設堡於牛庄, 遂改今路, 比前迂回九十里云."

리를 가면 鞍山에 이르고, 또 50리를 가면 海州衛에 이르며, 또 40
리를 가면 우가장에 이르고, 60리를 가면 沙嶺에 이르며, 60리를
가면 高平驛에 이르고, 40리를 가면 盤山驛에 이르며, 50리를 가면
廣寧에 이른다. 강희 기미년(1679)에 海防을 염려하여 우가장에 보
를 설치하고 지금의 길로 고치니 이전과 비교하면 90리를 우회한
다고 한다.[35]

② 강희 기미년(1679)부터 지금의 길로 고쳤다.〔海防을 염려하여, 우
가장에 보를 설치하고 드디어 길을 고쳤다.〕… 〔지금 길은 이전과 비교
하면 90리가 멀다. 『攷事新書』·『通文館志』〕[36]

①과 ② 모두 1679년부터 길을 고쳐 이전과 비교하면 90리가 멀
다는 내용이다. 그런데 유언호의 기록은 유척기의 『燕行錄〔辛丑〕』
을 간략하게 축약한 형태이다. 이는 유언호가 유척기의 『연행록』을
참고하였음을 보여주는 사례로, 이러한 방식의 기록은 『연행록』도

---

35 俞拓基, 『燕行錄〔辛丑〕』. "醫巫閭山, 南走大野, 邊陸起爲十三峯, 高低羅列.
    其西南有路, 通牛家庄, 在前貢道. 由遼東行六十里至鞍山, 又行五十里至海
    州衛, 又行四十里至牛家庄, 六十里至沙嶺, 六十里至高平驛, 四十里至盤山
    驛, 五十里至廣寧. 康熙己未爲慮海防, 設堡於牛家庄, 改今路, 比前迂回九十
    里云."

36 李肯翊, 『燃藜室記述』別集 권5, 「事大典故」, 〈赴京道路〉. "自康熙己未改今
    路.〔慮海防, 設堡於牛庄, 遂改路.〕…〔今路, 比前遠九十里. 『攷事新書』·『通
    文館志』〕"

처에서 드러난다.

다음은 1776년 告訃兼請諡承襲使行 때 高橋堡에서 管餉銀 1,000 냥을 잃어버린 사건과 관련한 내용이다. 이 사건으로 正使 金致仁·副使 鄭昌順·書狀官 李鎭衡은 모두 파직을 당한다. 유언호는 1787년 12월 11일에 요양으로 가는 지름길이 있는데도 경유하지 않는 이유를 듣게 된다.

동틀 무렵 출발하여 二臺子·三臺子를 지나 禿老店에 이르니 남쪽으로 大路에 통하였다. 물어보니, 요양으로 가는 지름길로 사행의 先來가 이 길을 경유하는데, 병신년(1766) 管餉銀을 잃어버린 이후로 금지하여 가지 않는다고 한다.[37]

병신년에 관향은을 잃어버린 사건은 『正祖實錄』(1776년 9월 1일)에 상세하다. 이 사건 이후로 고교보에서 우리나라 사신을 대하는 태도는 사뭇 달라지는데, 이덕무의 『入燕記』와 박지원의 『熱河日記』에서 감지된다.

① 병신년에 영조의 승하를 알리러 가던 告訃使가 고교보에서 班氏의 집에서 숙박했다. 반씨는 徐氏와 한 집에 살았는데, 우리나라의

37 兪彦鎬, 『燕行錄』, 1787년 12월 11일. "平明發行, 歷二三臺子, 至禿老店. 南通大路, 問之則爲遼陽捷徑, 使行先來, 輒由是路, 丙申失銀以後, 禁不得行云."

定州人 方次同이 不虞備銀을 갖고 수행했다. 이날 밤에 은을 서씨의 방에 두고 그 위에서 잤다. 밤중에 차동이 놀라 깨어 도둑이 방에 들어왔다고 크게 외쳤다. 서씨가 캉 아래에서 자다가 놀라 일어나 검사해 보니, 1천 냥 은자가 없어졌고 캉의 창문이 조금 열려 닫혀있지 않았다. …… 지금 들으니 서·반 두 사람은 조선 사람이 온다는 말을 듣고는 문을 닫아걸고 감히 나오지도 못하고, 정씨는 저녁에 소를 몰고 돌아가다가 마침 조선 사람을 보고는 눈을 흘기고 갔다고 한다.[38]

② 저녁에 고교보에서 숙박했다. 이곳은 예전 사행이 은을 잃어버린 곳인데, 지방관은 그 일로 파직되고 부근 숙소와 점포에서 사형을 당한 자가 있었다. 그래서 甲軍이 밤새도록 순찰하고 대비하여 우리를 엄히 막아서 도적과 다름이 없었다. 下處庫子의 말을 들으니, 그들이 우리나라 사람을 마치 원수 보듯이 하며 이르는 곳마다 문을 닫고 접촉하지 않으며, "고려야, 고려야! 묵었던 집주인을 협박하고 죽였구나. 1천 냥 은자를 어떻게 네댓 사람의 목숨과 맞바꾼단 말이냐? 우리 중에도 흉악한 사람이 많다지만 너희 일행 중에는

---

38 李德懋, 『青莊館全書』 권66, 「入燕記」 上, 1778년 5월 2일. "丙申, 告訃使宿 高橋堡班姓人家. 班蓋與徐姓人同室, 而定州人方次同, 齎不虞備銀隨行. 是 夜, 置銀於徐炕, 臥睡其上. 夜半, 次同驚覺, 大呼有盜入室. 徐姓人宿於炕下, 驚起檢視, 則失銀一千兩, 炕窓微開不邃闔. …… 今聞徐·班兩人, 聞朝鮮人 來, 閉門不敢出, 鄭姓則日夕驅牛而歸, 適見朝鮮人, 睥睨而去云."

어찌 간악한 소인배가 없겠느냐? 도망가서 숨고 장물을 은닉하는
것은 몽고와 다를 바 없구나." 한다고 하였다.[39]

당시 이 사건으로 지방관은 파직되고 부근에는 사형을 당한 자
도 있다. 따라서 고교보에서 우리나라 사신을 바라보는 시선은 당
연히 곱지 않다. ① 서씨·반씨·정씨 세 사람은 당시 사건에 연루
되어 온갖 고초를 겪고 끝내 무죄로 석방된다. 그럼에도 우리나라
사신이 온다는 소식에 서씨와 반씨는 문을 닫아걸고 감히 나오지
못하고, 정씨는 우리나라 사신을 보고는 눈을 흘길 정도이다. ②
고교보에서 우리나라 사신을 원수처럼 여겨 문을 닫아걸고 접촉조
차 꺼리는 상황이다. 천 냥의 은자를 잃어버린 탓에 무고한 네댓
사람이 목숨까지 잃었으니 원통하고 억울하기 마련이다. 이는 몽고
와 다를 바 없다는 언급에서 우리나라 사신을 원망하는 목소리는
절정에 이른다.

1679년 해방을 염려하여 우가장에 보를 설치하고 공도를 고친
사례와 1776년 고교보에서 관향은을 잃어버린 사건을 통해서 본다
면, 유언호의 『연행록』은 이전 연행록에서 연행 관련 지식과 정보를

---

39 朴趾源, 『熱河日記』, 「馹汛隨筆」, 1780년 7월 18일. "夕宿高橋堡. 此往歲使
   行失銀處也, 地方官因此革職, 而附近站舖, 有刑死者. 故甲軍竟夜巡警, 而嚴
   防我人, 無異盜賊. 聞下處庫子言, 則其視東人, 有若仇讐, 到處閉門不接曰:
   '高麗, 高麗! 怖殺了居停主人. 一千兩銀子, 怎賞得四五個人命? 吾們的固多
   歹人, 儞行中那無奸細? 其走藏避匿, 無異蒙古云.'"

널리 수용하고 있다. 한편 유언호의 『연행록』은 후대 연행록에 상당한 영향을 미친다. 이는 西洋鞦韆 또는 鞦韆으로 불리는 '공중그네 서커스'와 燈戲·火戲로 알려진 '불꽃놀이'에서 드러난다. 김경선은 "西山의 燈戲와 西洋鞦韆은 노가재의 『연행일기』와 연암의 『열하일기』에서 보지 못한 奇觀을 보충한다."[40]고 언급하고 있듯이, 1780년 이후 연회에 본격적으로 등장한 것으로 보인다. 유언호와 조환 모두 추천과 등희를 주목하고 상세하게 묘사한다. 유언호가 추천을 기록한 내용은 다음과 같다.

이른바 추천은 모두 두 대이다. 한 대는 용을 그린 높은 기둥을 세우고, 위에 서까래 네 개를 가로질러 여덟 모퉁이를 만든다. 모퉁이마다 긴 붉은 줄을 매다는데, 대략 우리나라의 그네와 같다. 채색옷을 입은 동자 8인이 각각 줄을 타고 오르면 용 기둥은 저절로 회전한다. 사람은 줄을 타고 오르거나 거꾸로 매달려 내려오며 가로누워 회전하는데 기둥을 따라 빙빙 돌고 오색 채단이 어지럽게 날린다. 한 대는 붉은 기둥 다섯 개를 나란히 세웠는데 모두 네 칸으로 중간 두 칸은 조금 높다. 칸마다 꼭대기 시렁에 勾股를 하나씩 내려놓았는데 너비는 한 사람을 수용하고 길이는 두 동자의 몸을 수용할 정도이다. 또 두 개의 작은 구고를 매달아 모두 한 동자를

---

40 金景善, 『燕轅直指』 권6, 「留館別錄」, 〈眺覽交游〉. "又以西山燈戲及西洋鞦韆, 以補稼·燕未見之奇觀也."

수용할 수 있다. 하나는 위에 매달고 하나는 아래에 매달아 내려올 때는 저마다 회전하여 그치지 않는다. 또 나무 하나로 중간 두 칸의 기둥 중심과 두 개의 큰 구고의 허리를 가로로 관통하고, 좌우 두 칸도 똑같이 하니 네 시렁의 구고는 마치 도르래가 도는 것 같다. 8인의 동자가 仙冠과 荷衣를 차림으로 각 시렁의 두 개 구고 위에 올라가서 양손으로 구곡을 안고 서니, 네 시렁의 8인은 기구를 따라 스스로 도는데 위에 있는 자가 막 내려오면 아래에 있는 자는 다시 올라가 반복하여 그치지 않으니 순식간의 일이라 형용하기 어렵다. 아래에선 금석의 악기를 연주하여 속도를 음악에 맞추어 순서가 섞이지 않는다. 저마다 허공에 떠서 마치 노니는 신선과 같아 가장 구경할 만한데, 서양국에서 진상한 것이라고 한다.[41]

서양국에서 공연한 추천은 오늘날의 공중그네 서커스를 말한다.

---

41 兪彦鎬, 『燕行錄』, 1788년 1월 13일. "所謂鞦韆者, 凡爲二對. 其一對則立畵 龍高柱, 上橫四椽爲八觚. 每觚掛以長紅索, 槪如我國之制. 綵服童子八人, 各乘索而上, 則龍柱自轉, 其人或緣索聳身, 或倒懸將墜, 或橫臥輾轉, 隨柱回 旋, 五綵紛披. 其一對則列竪紅柱五箇, 凡爲四間, 中二間則稍高. 每間從上 頭架一勾股, 闊可容一體, 長可容二童之身. 架內又懸二箇小勾股, 俱可容一 童子, 一則懸於上勾, 一則懸於下勾, 而垂下俾各轉動而不止者. 仍以一條木, 橫貫中二間柱心與二大勾股之腰, 左右二間亦如之, 則四架勾股, 如轆轤之轉. 於是八箇童子, 仙冠荷衣, 聳上於每架兩箇小勾股之上, 雙手抱股而立, 則四 架八人, 隨機自轉, 上者才下, 下者復上, 循環不已, 瞻忽難狀. 下作金石之樂, 進速應律, 行序不錯, 箇箇浮空, 況若游仙, 最爲可觀, 聞是西洋國所獻云."

산고수장각 뜰에 두 개의 공중그네를 설치하고 서로 다른 공연이 펼쳐진다. 하나는 여덟 모퉁이에 매단 붉은 줄을 8인의 동자가 오르내리며 온갖 재주를 부린다. 다른 하나는 8인의 동자가 시렁 위에서 오르내리며 빙글빙글 회전하는 공연이다. 우리나라의 그네와는 이름만 같을 뿐, 전혀 다른 형태이다. 따라서 유언호의 시선을 사로잡았을 뿐 아니라, 조환도 서양추천을 자세하게 기록한다.[42] 조선 사신의 이목을 집중시킨 서양추천은 이후 연행록에 빈번히 등장한다. 다음은 金正中의 『奇遊錄』과 李海應의 『薊山紀程』에서 추천을 관람한 내용이다.

① 서양추천은 뜰 좌우에 붉게 칠한 긴 기둥 넷을 세우고, 칸마다 나무로 가늘게 日자 모양으로 만들고, 기둥 위아래에 일자 나무를 만들고, 기둥 가운데에 三자로 짧은 서까래를 가로 꽂아서, 그 가운데의 서까래가 물레처럼 돈다. 16명의 동자는 머리 위에 붉은 상투를 틀고 몸에는 채색 옷을 입었는데, 붉거나 누러서 색이 같지 않다. 일제히 기둥에 올라 각각 일자 나무를 밟고 서서, 위에 있는 자는 위에서 아래로, 아래에 있는 자는 아래에서 위로 빙글빙글 도니, 붉고 푸른색이 어지러이 날아서 구름 사이를 나왔다 들어갔다 하는 게 마치 귀신이 조종하는 듯하다. 곁에 높은 기둥 둘을 세우고 흰 채색 비단으로 둘렀으며, 기둥 위에 높은 누각 둘을 세우고, 누각에

---

42 趙瑍, 『燕行日錄』, 1788년 1월 19일 참조.

여덟 추녀가 있으며, 추녀 끝에 온갖 무늬의 붉은 실이 달렸으며, 밑에는 판자 둘을 두었다. 또 8명의 동자가 쌍상투에 채색 옷을 입고 판자에 올라 밟아 돌리니 기둥은 수레바퀴처럼 돌고, 동자들은 조금도 힘을 들이지 않고 자연스럽게 뛰어 날며, 거꾸로 서는 자도 있고 손을 놓는 자도 있고 춤추는 자도 있어, 또한 하나의 기이한 구경이다.[43]

② 層閣闌干屹洞天,　　층각 난간이 하늘에 우뚝 솟았는데
　　玉簾垂地拂香煙.　　옥렴은 땅에 드리워 향 연기 스치네.
　　丈丈絲繩橫彩架,　　긴 실끈 가로놓인 채색 시렁에
　　西洋童子半成仙.　　서양 동자 반쯤 신선 되었네.[44]

① 1792년 1월 13일 산고수장각에서 공연된 서양추천이다. 김정중은 서양추천을 상세하게 표현하고 '하나의 기이한 구경'으로 손꼽

43　金正中, 『奇遊錄』, 1792년 1월 13일. "西洋鞦韆者, 庭左右立朱漆長柱四, 每間以木細作日字樣, 柱之上下作日字木, 柱之中橫揷三字短椽, 而其中椽者, 如繅車環轉. 童子之數十六, 頭上赤髻, 身着綵衣, 或紅或黃, 其色不同. 一齊上柱, 各踏日字木, 在上者自上而下, 則在下者自下而上, 周回流轉, 紅翠紛飛, 出沒雲間, 如鬼神使然. 傍立二高柱, 以白綵圍之, 柱上設二高閣, 閣有八簷, 簷端有百丈朱絲, 下置二板. 又有八童子, 雙髻綵衣, 登板蹴之, 柱轉如車輪, 童子輩少不費力, 自然翶翔, 有倒立者, 有放手者, 有舞者焉, 同一奇觀也."
44　李海應, 『薊山紀程』 권3, 1804년 1월 14일, 〈山高水長閣〉 참조.

는다. 앞서 유언호의 기록과는 추천을 기술하는 순서와 등장하는 인원만 다를 뿐, 내용은 대동소이하다.

② 1804년 1월 14일의 기록이다. 이해응은 산고수장각의 서양추천을 관람하고 그 감회를 한시로 형상화한다. 하늘 높이 우뚝 솟은 산고수장각에는 옥렴이 드리우고 향 연기로 피어오른다. 서양 동자들은 채색 시렁에 드리운 붉은 실을 오르내리며 빙글빙글 회전하니 하늘을 노니는 신선과 자를 바 없다. 추천에 대한 두 기록은 유언호의 『연행록』과 무관하지 않으며, 자신의 견문과 감회를 덧붙이고 있다.

유언호의 『연행록』은 이전 연행 관련 지식과 정보를 두루 수용하는 동시에 새로운 지식과 정보를 재생산한다.

(2) 청조 권력층의 실상과 이면

연행은 중국을 비롯한 주변국의 동향 등 천하의 대세를 살피는 '審勢(覘國)'로써 매우 각별하며 사신의 본연의 직분이기도 하다.[45] 따라서 박지원은 우회적인 방식으로 유도하여 진위를 판별하고 실정을 탐지할 것을 주문한 바, 이것이 문자 밖에서 그 영향을 얻었

---

45 柳得恭, 『熱河紀行詩註』, 「鳳城」. "記曰: '善哉覘國乎!' 此使臣之職耳. 其所以覘之之道, 抑在乎耳目, 軍官·譯官·關西馬頭·灣上跟役, 以至彼中通官, 皆使臣之耳目也. 此屬方且困窮無聊, 交相欺詐, 奚暇爲耳爲目乎哉!"

던 『열하일기』의 심세이다.[46] 더욱이 당시 중국의 건륭제는 제위에 오른 지도 이미 50여 년이 지나고 여든을 바라보는 고령이다. 조선은 건륭제가 통치하는 청의 조정과 건륭제 사후의 상황에 만반의 대처를 고려할 수밖에 없다. 이는 1787년 2월 25일 동지사의 서장관 李勉兢(1753~1812)의 별단에서도 확인된다.

황제가 근년에 자못 피로하여 정사는 대부분 유순하게 하고, 일처리는 매양 우유부단한 문제가 있으며, 은혜는 혹 지나친 경우가 많고 벌은 반드시 가벼운 쪽을 따릅니다. 은혜가 지나치기 때문에 요행수로 벼슬에 나아가는 풍토가 열리고, 벌이 가볍기 때문에 무릅쓰고 범하는 습속이 형성되고 있습니다. 문관과 무관은 안일하고 법과 기강이 해이해져 식견 있는 사람들은 매우 근심하고 있습니다만, 황제의 자리에 오른 지 이미 오래되어 신하와 백성들이 사랑으로 받들면서 조정의 정사에 혹 잘못이 있어도 '우리 임금이 늙으셨다.'고 하면서 감히 원망하여 한탄하지 않습니다. …… 황제의 장손 勉德

---

46 朴趾源, 『熱河日記』, 「審勢編」. "蓋中州之士, 性喜矜誇, 學貴該洽, 出經入史, 揮麈風發. 然我人類多未閑辭令, 或急於質難, 遽談當世, 或自誇衣冠, 觀其愧服, 或直問思漢, 使人臆塞. 此等非但彼所忌諱, 在我疎失, 亦自不細. 故將要得其歡心, 必曲贊大國之聲敎, 先安其心, 勸示中外之一體, 務遠其嫌. 一則寄意禮樂, 自附典雅, 一則揚扢歷代, 毋逼近境. 遜志願學, 導之縱談, 陽若未曉, 使鬱其心, 則眉睫之間, 誠僞可見, 談笑之際, 情實可探. 此余所以畧得其影響於紙墨之外也."

은 연전에 남을 위해 청탁하여 벼슬을 제수하였다가 귀양 가서 易
州의 옹정 황제의 능소를 지키면서 3년 동안 돌아오지 못하였습니
다. 재작년 봄에야 북경의 집으로 돌아와 살도록 명하였으나, 불러
서 만나 보는 일이 점점 드물어지고 供奉도 줄어들자 밤낮으로 근
심하고 두려워하다가 이 때문에 병을 얻어 작년 겨울에 일어나지
못하고 죽었습니다. 세상에서는 모두들 '지난해에 태자 대상자를 편
액에다 이름을 써 놓았는데, 황제의 여섯째 아들 永瑢이라고도 하
고 황제의 장손이라고도 하였다. 이제 장손이 이미 죽었으나 다시
고쳐 쓰는 일이 없으니, 비로소 영용이 태자라는 것이 의심할 것이
없다는 것을 알게 되었다.'고 하였습니다.[47]

건륭제가 통치하는 조정은 문관과 무관은 안이하고 법과 기강은
해이해진 상태이다. 모두 고령의 건륭제가 유순한 정사와 우유부단
한 일처리가 빚어낸 결과이다. 따라서 건륭제 사후에 누가 황제의
자리에 오를 지가 조선의 입장에선 초미의 관심사이다. 그런데 황

---

47 『正祖實錄』권23, 1787년(정조 11) 2월 25일. "皇帝近年頗倦, 爲政多涉於柔巽,
處事每患於優遊, 恩或多濫, 罰必從輕. 因濫故, 啓倖進之門, 罰輕故, 成冒犯之
習, 文武恬嬉, 法綱解弛, 有識者頗以爲憂, 而御位旣久, 臣民愛戴, 朝政雖或有
失, 皆曰: '吾君耄矣.' 未嘗敢怨咨也. …… 皇長孫勉德, 年前爲人干謁除吏,
謫守易州雍正皇帝陵所, 三年不返, 再昨年春, 始命還居京第, 而召覲漸稀, 供奉
亦減, 憂懼成疾, 昨冬不起. 外議皆以爲: '頃年儲貳之匾額藏名, 或以爲皇六子
永瑢, 或以爲皇長孫, 今長孫旣出, 而更無改藏之事, 始知屬之永瑢無疑云.'"

장손 勉德(1747~1786)⁴⁸은 벼슬 청탁으로 이미 신망을 잃은 상황이고, 건륭제의 여섯째 아들로 質莊親王으로 불리는 영용(1744~1790)을 태자로 인정하는 분위기가 감지된다. 더욱이 유한준도 유언호를 전송한 글에서 포착한 성격의 通齒는 건륭제가 위엄을 무너뜨리고 외국을 총애하는 것에 항상 불만을 가진 터라, 건륭제가 갑자기 죽고 통치가 황제에 오르면 앞으로의 일은 알 수 없다고 걱정하는 상황을 드러낸다.⁴⁹

따라서 유언호는 건륭제가 통치하는 청의 조정에 주의를 기울이지 않을 수 없는 처지이다. 다음은 유언호가 각종 연회에 참석하여 고령의 건륭제가 총애하는 관료의 실상과 이면을 목격한 장면이다.

① 각로 화신이 물러가 그 얼굴을 보니 예쁘게 생겨 간사하고 아첨할 듯하다. 비록 권세가 조정을 기울일 만하더라도 결국은 불길한 사람이다.⁵⁰

② 이는 대개 대전 주방의 별미인데, 화신과 복장안이 어전에서 나

---

48 勉德은 綿德을 말하는데, 건륭제의 황장손으로 건륭제의 장자 定安親王 永璜(1728~1750)의 장자이다.

49 兪漢寯, 「赴燕序」. "漢寯聞之行人, 通齒單于性桀悍, 怒其父壞等威啓外國之寵, 常內懷不平. 慮遠者或以爲, 淸帝年已老, 卽一朝死, 通齒立, 事有不可知者."

50 兪彦鎬, 『燕行錄』, 1788년 1월 9일. "閣老和珅退到, 見其面貌, 則姣好憸佞, 雖云威權傾朝, 而終是不吉底人也."

와 점검하고 아울러 비장·역관·종인배까지 두루 대접하는데 직접 지휘하여 하나도 빠트리지 않고 쾌자가 있건 없건 집사에게 큰소리를 친다. 두 사람이 이러한 것은 또한 皇旨때문이라고 한다.[51]

③ 이윽고 황제가 뒤 전각으로부터 걸어 나와 어좌에 앉는다. 비록 여러 환관이 따랐지만 오로지 화신과 복장안이 좌우에서 모시며 노복처럼 시중을 든다. 황제가 침을 뱉으면 화신이 壺盖로 받아내는데 행동거지가 민첩하다. …… 먼저 角抵戲를 베푸는데 승부가 갈린 사람을 덕보는 그때마다 牌頭처럼 곁에서 출입하며 분주하게 땀을 흘리니, 직책은 예부상서인데 천한 일도 꺼리지 않는다. 화신은 의정대신으로 직접 환관의 일까지 하니, 대체로 위엄도 없고 체면도 따지지 않는 것이 이와 같다.[52]

④ 수역이 돌아와 말한다.

51 俞彦鎬, 『燕行錄』, 1788년 1월 13일. "是盖內廚別味, 而和珅·福長安, 自御前出來檢視, 幷與神譯及從人輩而遍饋之, 親自指揮, 無一遺漏, 以快子之或設或不設, 喝其執事者, 二人之若此, 亦因皇旨云."

52 俞彦鎬, 『燕行錄』, 1788년 1월 14일. "俄而皇帝自後閣, 步出坐榻. 雖有諸宦者從之, 而只有和珅·福長安, 夾侍左右, 供給使令. 皇帝啐唾, 則和珅承以壺盖, 擧止便捷. …… 先陳角抵戲, 勝負之人, 德保輒皆傍夾出入, 有若牌頭, 奔走汗喘, 職是禮部尙書, 而不憚賤役. 和珅則況以議政大臣, 而躬行閣寺之事, 盖其無等威沒體面, 類多如此."

"화신이 통사를 통해서 전하길, '지금 사신의 시를 보니, 응제시를 쓴 黃牋이 매우 좋습니다. 우리들도 응당 응제시를 올려야하니, 십여 폭을 얻고자 합니다.' 한다."

사행 중에 갖고 있는 게 단지 여섯 폭이라 그 실상을 아뢰게 하고 보냈다.[53]

⑤ 복장안은 皇旨로 인하여 음식을 먹으라고 권하는데 꿩고기가 약간 커서 젓가락으로 자르기 어렵자, 황제가 칼을 주어 잘라 먹으라고 명하니 통관은 급히 차고 있던 칼을 빼서 올린다. 또 보자기를 주어 남은 음식을 싸서 가져가라 명하니, 복장안은 시종일관 선채로 살핀다.[54]

① 각로 화신에 대한 첫인상으로, 예쁘게 생긴 외모는 간사하고 아첨하는 모습으로 다가온다. 이는 '말을 교묘하게 잘하고 얼굴빛을 좋게 꾸미는 사람 가운데 선한 이가 드물다.'[55]는 공자의 가르침

---

53 俞彦鎬,『燕行錄』, 1788년 1월 16일. "首譯來言: '和珅使通官轉報曰, 今見使臣詩, 所寫黃牋甚佳. 我們亦當進詩, 願得十餘幅云.' 行中所持, 只有六幅, 俾告其實狀而轉送之."

54 俞彦鎬,『燕行錄』, 1788년 1월 19일. "福長安因皇旨勸嘗, 而雉炙稍大, 以筋難截, 則皇帝命給刀子, 俾切而啖之, 通官急抽其所佩以進之. 又命給布巾, 俾懷其餕餘. 福長安終始立視之."

55 『論語』,「學而」. "巧言令色, 鮮矣仁."

과 관련이 깊다. 더욱이 조정을 기울일 만한 권세를 지녔지만 끝내 불길한 사람이란 유언호의 평가는 화신의 앞날에 대한 예언과도 같다. 실제로 화신은 1799년 건륭제 사후에 곧장 嘉慶帝에 의해 자결을 강요받고 재산을 몰수당하게 된다.

② 어전대신 화신과 복장안이 어전에서 내려와 조선 사신의 비장·역관·종인배까지 두루 살피며 음식을 대접하는 광경이다. 높은 관직에도 불구하고 하나도 빠뜨리지 않고 몸소 지휘하는 모습은 매우 이례적인 경우다. 그런데 이들의 행동은 자발적인 것이 아니라 황제의 지시가 있었기 때문이다. 이는 화신과 복장안 같은 관료들이 황제의 총애를 받기 위해서 하찮은 일도 마다하지 않는 상황을 적나라하게 보여준다.

③ 황제가 어좌에 앉자, 화신과 복장안은 좌우에서 노복처럼 시중을 든다. 하다못해, 황제가 침을 뱉으면 화신은 호개를 들고 받아내는 지경이다. 예부상서 덕보의 행동도 별반 차이가 없다. 角抵戱를 베풀자, 덕보는 승부가 갈린 사람 곁에서 패두마냥 출입하며 땀을 흘리며 분주하게 움직인다. 청조의 관료는 저마다 황제의 총애를 얻는데 골몰할 뿐, 위엄도 없고 체면조차 따지지 않는다. 예부상서는 천한 일도 꺼리지 않고, 각로는 환관의 일도 서슴지 않는다.

④ 1788년 1월 15일 유언호는 칠언율시 응제시를 黃牋에 써서 올린다. 일찍이 조선의 종이는 중국에서 유명세를 얻은 터라, 이튿날 화신은 통사를 통해서 조선 사신에게 황전을 요구한다. 자신들도 응제시를 황제에게 올려야한다는 명분을 내세우지만, 실상 욕심을 채우고자 권위를 내세워 조선 사신에게 강요한 대목이다.

⑤ 복장안이 황제의 지시로 조선 사신에게 음식을 권하는 장면이다. 그런데 꿩고기가 커서 젓가락으로 자르기 어렵자, 황제는 칼을 주어 잘라 먹으라 명하고 또 보자기를 주어 남은 음식을 싸서 가져가라 명한다. 그런데 복장안은 시종일관 선채로 황제의 명을 받고 살피고 있다. 복장안의 행동은 황제의 지시에 안절부절하는 관료의 모습을 가감없이 보여준다.

유언호가 목격한 청조 관료의 실상과 이면은 조선으로 돌아와 보고한 문서에도 그대로 드러난다. 다음은 서장관 정치순과 수역 이수가 올린 별단의 일부이다.

① 화신은 황제에게 불세의 은총을 받고서도 은혜를 갚을 생각을 하지 않고 皇恩이 백성에게 미치지 않게 하고 民情이 황제께 전달되지 않게 하였으니, 백성들이 욕하고 원망하는 정도가 李侍堯보다 더하다고 합니다. …… 황제가 화신을 총애함은 시종일관 변함이 없어서 조정에 가득한 만주족이나 한족이나 그에게 폭주하지 않는 사람이 없습니다. 유독 阿桂 한 사람은 강직하게 자신을 지켜 공적인 자리에서 대면하는 일을 제외하고는 다시 사사로이 만나지 않습니다. 나이는 비록 매우 늙었으나 奉公하는 태도는 태만하지 않아 묘시에 公堂에 들어갔다가 유시가 되어서야 물러나는 것을 날마다 변함없이 하였습니다. 이 때문에 조정에서 자못 존중을 받는다고 합니다. …… 황제는 근년 이후로 자못 정사에 게을러져 크고 작은 사무를 모두 質郡王에게 위임하고 유람을 일삼고 있습니다. 1월에는 원명원에 있으면서 등불놀이를 구경하고, 2월에는 天津에 幸行

하여 水圍를 거행하며, 여름에는 열하에서 피서하고, 가을과 겨울에는 몽고 지방에서 사냥놀이를 구경하니, 1년 동안에 북경에 있는 때는 서너 달에 불과하다고 합니다. 신 등이 관소에 머무를 때 들으니 장차 2월 18일에 천진에 행행할 것이라고 하고, 혹은 내년에는 황제의 80수를 稱慶하기 때문에 올해 이러한 遊宴이 있는 것이라고 말하였습니다.[56]

② 대신 중에 황제가 공경하여 예우하는 자는 阿桂와 嵆璜이고, 총애하여 신임하는 자는 화신 및 복강안과 복장안 형제입니다. 아계는 청렴하고 검박한 지조가 있고 혜황은 일처리를 잘해내는 재주가 있는데 현재 어진 재상으로 칭송됩니다. 화신과 복장안은 총애와 권세를 믿고서 威福을 제멋대로 부리므로 朝野가 미워한다고 합니다. …… 황제의 여섯째아들 질군왕 永瑢은 황제가 후사로 세우고자 마음에 두고 있는 자인데, 근년 이후로 軍國의 대사를 모두 질군

---

56 『日省錄』, 1788년(정조 12) 3월 26일. "珅受皇帝不世之恩, 不思圖報, 至使皇恩不得下究, 民情不能上達, 民之詈罵疾怨, 有浮於侍堯. …… 皇帝之寵幸和珅, 終始無替, 滿朝滿漢, 莫不輻輳, 而唯阿桂一人, 剛直自守, 公坐相見之外, 不復私接. 年雖篤老, 而奉公不懈, 卯入公堂, 盡酉而退, 日以爲常. 以此頗見重於朝廷. …… 皇帝近年以來, 頗懈爲政, 大小事務, 竝委質郡王, 而以遊幸爲事. 正月在圓明園觀燈戲, 二月幸天津行水圍, 夏則避暑於熱河, 秋冬則觀獵于蒙古地方, 一年之內在京, 不過數三朔, 而臣等留館時聞, 將以二月十八日幸天津, 或云明年稱慶, 故今年有此遊宴."

왕에게 판단하여 결정하도록 하여 그의 능력 여부를 시험하였으며, 황제의 다섯째아들 永琰은 사람됨이 淳良하고 또 문학이 우수하여 황제가 매우 애중하게 여겨 그에게도 국정에 참여하여 軍機를 참모하도록 하였으니, 그 총애하고 신임하는 정도가 질군왕에 버금간다고 합니다.[57]

① 우선, 화신의 부정한 처신에도 불구하고 황제의 총애가 변함없어 조정을 좌지우지하는 상황을 전한다. 아울러 조정에서 존중을 받는 阿桂(1717~1797)의 올바른 행위를 제시하여, 화신의 부정적 이미지를 부각시킨다. 또한 황제가 정사에 게을러 크고 작은 사무를 질군왕 영용에게 위임한 상황을 보고하는데, 이는 건륭제 사후에 영용이 황위에 오를 가능성이 높다는 걸 암시한 셈이다.

② 황제가 공경하여 예우하는 자와 총애하여 신임하는 자를 구분하고, 화신과 복장안이 총애와 권세를 믿고서 제멋대로 행동하여 조야에서 미워하는 청조의 현실을 보고한다. 아울러 질군왕 영영은 황제가 후사로 세우고자 마음에 두고 있는 자인데, 황제의 다섯째

---

57 『日省錄』, 1788년(정조 12) 3월 26일. "大臣中皇帝所敬禮者, 阿桂·嵇璜, 所寵任者, 和珅及福康安·長安兄弟, 而阿桂有淸儉之操, 嵇璜有幹辦之才, 時稱賢相. 和珅·福長安, 恃寵怙勢, 擅弄威福, 朝野側目. …… 皇六子質郡王永瑢, 卽皇帝屬意者也. 近年以來, 軍國大事, 悉令質郡王斷決, 以試其能否, 而皇五子永琰, 爲人淳良, 且優文學, 皇帝深加愛重, 亦使與聞國政, 參謀軍機, 其寵任亞於質郡王."

아들 永琅을 황제가 총애하고 신임하는 정도가 영용에 버금가는 상황을 전한다. 이는 수역 이수가 다양한 루트를 통해서 정보를 수합하고 정리한 내밀하고 상세한 내용이다.

정치순과 이수의 별단이 사실을 위주로 건륭제기 통치하는 청조의 상황을 기록한 반면, 유언호의 『연행록』은 연회석상에서 건륭제와 관료의 행위에 주목하여, 그 이면을 파헤치고 있다. 이러한 건륭제의 청조는 이후 연행록에도 어김없이 등장한다. 다음은 서호수가 북경에서 경험한 내용이다.

화신은 권세가 조정을 기울일 만하니, 대신 이하의 관원들로서 따라붙지 않는 이가 없다. 나는 여러 차례 阿閣老(阿桂)가 화신과 상대하는 걸 보았는데, 조금도 아첨하거나 굽신거리는 태도가 없고, 화신도 또한 공손히 대하고 감히 업신여기지 못하니, 결코 권세에 편승해서 지위를 유지하는 부류의 사람은 아니다. 대체로 지금 천하의 일은 모두 화신·복강안·복장안에게서 나온다. 그런데 열흘 동안 조정 반열에 있으면서 가만히 그들의 동정을 살펴보니, 화신은 황제의 뜻에 영합하는 것으로 뜻을 얻고, 복강안은 물화를 바치는 것으로 은총을 굳건히 한다. 화신은 매우 조급하고 망녕되며, 복강안은 매우 탐욕스럽고 비루하여, 하나라도 마음에 들 만한 행동이 없었다. 황제는 이미 노쇠하고 당국의 대신들이 이와 같으니 아아, 또한 위태하구나. 백성들의 마음이 힘입어 유지되는 것은 다만 아각로에 대한 후한 대우가 변하지 않기 때문이니, 이런 것을 두고 이른바 '한 몸에 국가의 안위가 달렸다.'고 하는 것이다.[58]

2년이 채 지나지 않은 시점인데, 여전히 아계와 화신은 대척점에 위치한다. 화신은 황제의 뜻에 영합하는 것으로 뜻을 얻고, 복강안은 물화를 바치는 것으로 은총을 굳건히 한다고 평가한다. 화신이나 복강안이나 권세에 편승하여 지위를 유지하는 부류에 지나지 않는다.

이상과 같이, 유언호의 『연행록』은 건륭제가 통치하는 청조의 실상과 이면을 적나라하게 보여준다. 이는 중국을 비롯한 주변국의 동향 등 천하의 대세를 살피는 '審勢'로써 매우 각별하며 사신의 본연의 직분이기도 하다.

(3) 책문후시 폐지와 실상

조선과 청의 무역은 1592년 조선의 飢荒으로 인한 柳成龍의 건의로 압록강변의 中江開市를 개설한 이래, 1601년 각종 폐단으로 혁파한다. 이듬해 청조의 요청으로 복구되었다가 1609년 다시 혁파한다. 이후 1646년 청조의 요청으로 다시 설치하고, 3월·9월 15

---

58 徐浩修,『燕行紀』권3, 1790년 8월 4일. "和珅勢傾朝著, 自大臣以下, 莫不趣附, 而余屢見阿閣老之與和相對, 少無媚屈之態, 和亦敬待不敢侮, 決非浮沈持位者流也. 大抵目今天下事, 皆出於和珅·福康安·福長安, 而一旬聯班, 默察其動靜, 則和以迎合得志, 福以進獻固寵, 而和則極躁妄, 福則極貪鄙, 一無可意底擧措. 皇帝已耄期, 而當局之大臣如此, 吁亦危哉. 人心之賴以維持, 獨因阿閣老之不替眷遇, 是所謂以一身而係國家休戚者歟."

일에 두 차례 교역하도록 정했다가 곧 2월·8월로 개정한다. 당시 소와 소금을 관례대로 공적으로 무역할 뿐, 私商이 따라가는 것은 일체 허락하지 않는데, 國禁이 점차 해이해져 사상들이 함부로 따라가서 마음대로 교역하기에 이른다. 이것이 中江後市인데, 이후 柵門後市가 점차 성행하여 1700년 중강후시는 혁파된다.[59]

조선과 청의 사신 왕래가 빈번해지면서 책문에서 의주 및 개성 상인과 요동의 車戶 간에 私貿易이 시작되었는데 이것이 柵門後市이다. 1754년 공식적으로 후시의 잡물과 包數를 정하여 시행하지만, 이후 협잡이 난무하고 각종 폐단이 발생하기에 이른다.[60] 따라서 1787년 5월 22일 영의정 김치인이 齎官과 節使의 행차 때 柵貨後市의 혁파를 청하고, 정조는 윤허하여 폐지된다.[61]

당시 유언호의 동지겸사은사는 책문후시를 철폐한 이후 공식적으로 첫 연행에 해당한다. 따라서 유언호는 연행 노정에서 책문후시 철폐와 관련한 실상을 목도하게 된다.

① 渡江을 당초 이날로 정했는데, 燕卜이 아직 도착하지 않아 다시 22일로 미루었다. 대개 후시를 혁파한 후로 장사치들은 헛되이 돈

---

59 이철성, 「조선후기 무역상인과 정부의 밀무역 대책 – 사행무역을 중심으로」, 『사총』 48, 2004 참조. 『萬機要覽』, 「財用編」 5, 〈中江開市〉.

60 『萬機要覽』, 「財用編」 5, 〈柵門後市〉.

61 『正祖實錄』 권23, 1787년(정조 11) 5월 22일 참조.

을 쓰지 않으려고 예전처럼 음험하게 국경을 몰래 넘어가서 모두 머무르며 관망한다고 한다.[62]

② 한번 책문후시를 혁파한 이후 저들은 이익을 잃어 불만을 품으니 혹 조종하여 통행을 막을 염려가 없지 않다. 책문에 도착한 이후 수역과 부역을 보내 稅官을 만나게 하니, 단지 관례대로 보고했을 뿐 애당초 조속히 요구하여 가려는 말은 없어 믿고 두려워하지 말라는 뜻을 보였다. 오늘 세관이 사행에 공문서를 보냈다.

'中江의 稅銀은 매년 3300냥을 定額으로 삼아서 40여 년이 지나도록 모두 변경이 없습니다. 이번에 돌아오는 進貢使를 영접하는 조선 원역들은 모두 가져오는 貨物이 없습니다. 이 일은 국가의 세금에 관계되어 매우 긴요합니다. 귀국은 어째서 미리 보고하지 않았습니까? 장차 중강의 세액을 裁減하려는 것입니까? 만일 그렇지 않다면 장차 연유를 本監督에게 咨文으로 회답하여 호부에 轉報하게 하여 황상에게 분명하게 아뢰도록 해야 할 것입니다.'

이는 대개 빙자하여 우리를 시험하려는 뜻이다. 드디어 회답하는 공문서를 보냈다.

'처음에 정한 규례를 살펴보니 年貢使와 憲書官이 북경에 갔을 때

---

62 兪彦鎬, 『燕行錄』, 1787년 11월 20일. "渡江始定以是日, 因燕卜未及齊到, 更退於卄二日. 盖自後市罷後, 銀路似廣, 而商輩不欲空費包直, 暗險如前潛越, 擧皆逗留觀望云."

교역하는 물화는 본래 본국의 일정한 정식이 있지만, 돌아오는 사신을 영접하는 때에 가지고 오는 물화는 법으로 정한 본래의 뜻이 아니고 중간에 잘못된 사례를 답습하여 전례처럼 되어버린 것에 불과합니다. 근년 이래로 법과 금령이 점차 느슨해지고 간사함과 거짓이 날로 불어나서 압록강부터 책문에 이르는 백여 리의 공활한 땅에 이미 영솔하고 동칙하는 관장이 없어 훔치고 다투는 우려와 해치고 죽이는 폐단이 이따금 있습니다. 이는 본국이 밤낮으로 경계하고 두려워하는 것이고, 또한 큰 나라가 작은 나라를 사랑하여 변경 지역을 엄하게 하는 도리에 어긋남이 있을 듯합니다. 그래서 금년부터 뒤따르는 짐바리를 각별히 금지하고 舊例를 밝혀 회복하기로 하였습니다. 이는 실로 본국이 황제의 위엄을 헤아리고 국경을 견고히 하려는 뜻입니다. 또한 귀소의 세액으로 정하더라도 봄철 延卜할 때 갖고 오려는 잡화를 모두 겨울 入貢할 때에 가져오도록 넘겼으니, 이는 예전에는 충분하다가 지금에 와서 부족하게 된 것이 아닙니다. 시험 삼아 금년을 말한다면 지금 비록 끌고 온 잡화가 없지만 앞으로 연공사와 헌서관의 두 차례 사행 때에 가지고 오는 것을 모두 계산하면 그 수효가 예전과 똑같으니, 장사치의 처지에서도 진실로 손해되는 바가 없고 세금도 원래의 액수를 잃지 않는 셈입니다. 사리와 실정을 헤아려줄 것으로 여깁니다.'

세관이 보고서 낙담하더니 곧장 말하였다.

"이와 같이 말하여 조사하는 일이 있게 되면 피차간에 모두 불편합니다."

곧 몇 줄을 손으로 써서 이렇게 고쳐주기를 청했다. 대개 후시가 잘못된 선례를 답습한 것임을 저들 또한 스스로 알고 있는데 혹시 위로 황제에게 알려질까 두려워하여 단지 文蹟에 憑據하여 地部가 세금이 줄어들었다고 責罰하는 것을 면하려는 것이다.

드디어 요청한대로 고쳐서 보냈다.

'이번 본국의 돌아오는 사신을 영접하는 때에 가지고 오는 화물을 영접관이 邊門에 이르러 무역하는 것을 따르지 않은 것은 본국의 규정에 관계되니, 이러한 사유를 호부에 보고하여 주달하게 해 주시오. 이밖에 원역들이 먼저 출발하여 나가면 국가의 세금에도 저촉됨이 없고 먼 길을 가는 사람도 편리할 겁니다.'

세관이 받고서 '내일 이것을 가지고 鳳城將에게 가서 의논할 것이다.'라고 하였다.[63]

---

63 俞彦鎬, 『燕行錄』, 1788년 3월 6일. "自夫後市之革罷, 彼人失利怏怏, 不無操縱尼行之慮. 到柵後, 使首副譯往見稅官, 只循例報門而已, 初無欲速求去之言, 故示有恃無恐之意矣. 是日稅官移文于使行, 有曰: '中江稅銀, 每年三千三百兩, 作爲定額, 歷經四十餘年, 並無更改. 此次迎接進貢回還之朝鮮員役, 并無有帶來貨物, 事關國課, 甚屬緊要. 貴國何不預爲奏聞? 將中江稅額裁減? 如不能, 將緣由咨覆, 轉報戶部, 奏明皇上可也云.' 是盖藉重嘗試之意也. 遂回移日云云. 竊稽原初定例, 年貢使及憲書官進京時, 交易物貨, 自有本國恒式, 而至若回還迎接時, 帶來之貨物, 此非設法之本意, 不過因訛襲謬浸以成例之致也. 比年以來, 法禁漸弛, 奸僞日滋, 自鴨江抵柵門百餘里, 空曠之地, 旣無官長之領率董飭, 儳爭之患, 戕殺之變, 比比有之. 此本國所以日夜警懼者, 而亦恐有違于大邦字小嚴邊之道. 故始自今年, 另禁後卜, 申復舊例, 斯實本國仰體皇威愼固封疆之意. 且以貴所稅額定之, 春天延卜時, 擬帶之雜貨, 並付於冬天入

① 1787년 5월 22일 柵貨後市의 혁파가 단행되었음에도 불구하고, 장사치들의 행태는 전혀 변함이 없다. 심지어 목숨을 담보로 국경을 넘어가 머무르며 후시가 개설되기만을 관망하는 상황이다. 이는 책무후시로 장사치들이 얻는 막대한 이익과 무관하지 않고, 심지어 변경 백성들의 생계와도 밀착되고 있기 때문이다.

　　② 유언호가 귀국길에 책문에 도착하여 세관과 벌어진 사건이다. 이후 세관과 주고받은 공문서를 바탕으로 〈還渡江狀啓〉를 작성하여 조선에 보고한다. 세관은 조선의 책문후시 철폐에 상당한 불만을 갖고 있다. 책문후시 철폐로 수입원이 없어졌을 뿐더러, 돌아오는 진공사로 영접하는 조선의 원역조차 빈손으로 왔기 때문이다. 유언호는 그간의 잘못된 관습과 폐단을 바로잡고 정상화를 위한 조치로 책문후시 혁파의 정당성을 피력한다. 또한 연공사와 헌서관의 사행이 있어 그 수효가 예전과 같으니 장사치도 손해가 없고 원래의 세액에도 모자라지 않음을 강조한다.

貢之時, 則此非昔有裕而今不足也. 試言乎今年, 則目下雖無雜貨之延到者, 來頭年貢憲書兩次之所帶來者, 總以計之, 厥數自如, 在商民固無所損, 在稅所不失元數, 槩此事理情實, 想應財諒云云, 則稅官見之憮然, 便謂: '遣辭若是, 致有查照之擧, 則彼此俱不便.' 仍手寫數行, 請依此改之. 盖後市之襲謬, 彼人亦自知之, 惟恐其上聞皇帝, 只欲憑據文蹟, 要免地部縮稅之責罰耳. 遂依其所請改之曰: '藉以此次, 本國回還貨物, 不準迎接, 至邊門貿易, 此係本國申定之例, 將此事由轉報戶部奏明外, 將員役等, 先行放出, 則於國課無所礙, 在遠人亦爲便云云.' 以送之則稅官受之, 以爲: 明日當往示鳳城將從長議處云.": 兪彦鎬, 『燕行錄』, 〈還渡江狀啓〉: 『日省錄』, 1788년(정조 12) 3월 13일 참조.

당시 책문후시는 청조의 國稅와 관련된 사안으로, 책문의 주요
수입원이자 장사치의 생계와 직결된 중차대한 문제이다. 또한 조선
의 입장에선 변경 백성들의 생계와 직결된 사안으로, 특별히 보내
는 사신과 특별히 자문을 가지고 가는 사신은 모두 의주부에서 보
내게 되어 그 재력을 전적으로 여기에 의존하는 상황이다. 때문에
책문후시를 철폐한 이후로도 사건사고가 끊이지 않는다. 다음은 서
호수가 경험한 변경의 실상이다.

邊鎭을 설치한 것은 장차 禁條를 엄하게 하고 사명을 달성하여 중
국을 높이고 遠方을 회유하려는 것이다. 그런데 근래의 邊官은 모
두 이익을 좋아하며 부끄러움이 없는 만주사람이니, 우리 사신 또한
자신을 깨끗이 하여 법을 지킬 수가 없다. 저들의 겁박은 더욱 늘고
재물 요구는 날로 더하며, 우리나라 사람들의 속임은 더 생기고 금
법을 범함이 날로 심해지니, 장래의 근심을 이루 말할 수 있겠는가?
이번 사행을 보더라도, 이른바 城守尉가 우리나라의 私商이 몰래
산 말 24필을 엿보고, 갑군을 보내어 雪裏站에서 길을 막고 사상을
공갈하여 백금 240냥을 받아낸 뒤에 풀어주었다. 조정에서 만약 西
邊과 서로 화목하고 편안하게 지내고자 한다면, 우선 상호 교역을
중지하는 것이 상책이고, 사신을 특별히 선발하는 것이 다음이다.
또 변문·성경·산해관·연경의 4곳에서 주는 백금은 곧 역관들의
사사로운 일이고 예부에서 아는 바가 아니다. 옛날에는 다 일행의
팔포 중에서 수역이 담당하여 처리해 왔는데, 영조 신해년·임자년
사이에 수역 金慶門이 공용이라고 일컫고 조정에 보고한 일이 있었

다. 지금까지 60여 년 동안 사행에서 공용으로 소비하는 것이 번번이 백금 5,6천 냥이 된다. 당시 김경문은 전에 없었던 법을 처음 시작하였다고 하여 먼 곳에 귀양 보내기에 이르렀다. 그러나 남긴 폐단을 그대로 답습하면서 아직까지도 고치지 않으니, 실로 그 까닭을 알 수 없다. 한번 글을 예부에 올리면 또한 금지할 수 있을 것이다. 그러나 역관들이 사신을 공갈하고 위협하여 갖은 계책으로 막고 있으니, 이것이 어찌 참으로 변문에서 불미스러운 일이 생길 것을 염려하여 하는 일이겠는가? 반드시 중간에서 그대로 삼켜 버리는 일이 있어서 그렇게 하는 것이다.[64]

책문후시 철폐 이후 청조의 변경 관리의 겁박과 금품 요구는 상상을 초월할 정도이다. 저들은 자신의 이익에 골몰하는 만주족

---

64 徐浩修,『燕行紀』권4, 1790년 10월 8일. "邊鎭之設, 將以嚴禁條達使命, 尊中國懷遠方, 而邇來邊官, 皆是滿人之嗜利無恥者, 我使亦不能潔己守法. 彼人之操切轉緊, 索貨日增, 而我人之詐僞愈出, 犯禁日甚. 方來之虞, 可勝言哉? 雖以今行觀之, 所謂城守尉, 覘我國私商潛市馬二十四匹, 縱甲軍, 攔阻於雪裏站, 恐喝私商, 索出白金二百四十兩, 然後捨送. 朝廷如欲輯寧西邊, 姑罷互市爲上, 另擇專對其次也. 且邊門·盛京·山海關·燕京四處, 贈給白金, 卽象譯輩私事, 非禮部之所知, 而舊皆收斂於一行八包中, 首譯擔當彌縫. 自英廟辛亥·壬子間, 首譯金慶門, 稱以公用, 上聞朝廷. 于今六十餘年, 每行公用所費, 輒爲白金五六千兩. 伊時慶門, 以刱開無前之規, 至於遠竄, 而因襲流弊, 尙未釐革, 實莫曉其故. 一番呈文于禮部, 亦可禁斷, 而象譯輩, 恐嚇使臣, 百計沮遏, 是豈眞爲邊門生梗之慮? 必有中間乾沒而然也."

으로 사상의 반입금지 품목을 적발하는 것이 아니라, 이를 빌미로 공갈을 일삼고 금품을 갈취하는데 앞장선다. 이는 책문후시 철폐에 따른 또 다른 형태의 부작용이다. 더욱이 역관 김경문이 책문에 세금으로 바친 잘못된 관례로 인해, 여전히 그 폐단을 답습하는 상태이다. 조선후기 역관들은 조선과 청의 중개무역을 통해서 막대한 부를 축적한 것은 주지하는 바다. 따라서 책문후시 철폐는 당시 역관들에게 경제적으로 커다란 손실을 초래했던 바, 도리어 사신을 공갈하고 위협하는 지경이다. 서호수가 목격한 변경의 실상은 책문 후시 철폐와 역관들의 잘못된 관행에서 발생하는 문제인 셈이다.

따라서 책문후시를 부활시키는 문제가 끊임없이 제기되기에 이른다. 결국 1795년(정조 19) 4월 9일 우의정 채제공의 灣商에게 돈을 징수하는 것은 그만두고 금년부터 후시를 다시 설치하며, 이어 중국의 말총과 우리나라의 쇠가죽을 매매하는 수량을 헤아려서 稅規를 세우라고 명하여, 혁파되었던 책문후시를 다시 복구하게 된다.[65] 따라서 유언호가 연행노정에서 목격한 광경은 당시 조선과 청의 무역에서 빚어지는 각종 폐단과 부작용을 사실적으로 보여준다.

---

65 『日省錄』, 1795년(정조 19) 4월 9일 참조.

(4) 『燕行日錄』(趙瓛)·燕行詩(趙得永)의 相互 補完

조환의 『연행일록』과 조득영의 연행시는 앞서 언급한 바와 같이, 유언호의 『연행록』과는 상호 보완적인 성격을 지닌다. 조환은 칠순을 바라보는 노쇠한 나이에 고질병을 앓고 있어, 북경에 도착한 이후 공식적인 행사가 없으면 관소에 머무는 처지였다. 반면, 부사의 자제군관으로 수행한 조환의 손자 조득영은 혈기왕성한 청년으로 연행에 임하는 자세부터 남다르다. 특히 80제 115수에 달하는 연행시는 당시 연행의 이모저모를 빠짐없이 형상화한다.

당시 삼사가 전부 교체되는 우여곡절을 겪은 뒤에 1787년 10월 20일 한양을 출발하여 연행길에 오르는데, 조득영의 연행시에는 기대와 아쉬움이 묻어난다.

勁弓鐵箭與重裘,	굳센 활과 무쇠 화살, 두터운 갖옷
萬里西行指薊州.	서쪽으로 만 리를 떠나 계주를 향하네.
弱國金繒冬至使,	약국의 폐백을 갖춘 동지사
男兒書劍少年遊.	대장부는 책과 검을 젊은 시절 익혔네.
秋聲撼樹渾清夢,	가을소리에 흔들리는 나무에 온통 꿈은 맑아지고
塞路連雲忽遠愁.	변방에 연이은 구름에 문득 수심이 멀어지네.
一渡鴨江非我土,	한번 압록강을 건너면 우리 영토 아니니
滿天腥穢盡紅頭.	세상 가득한 누린내는 모두 오랑캐라네.[66]

한양을 출발하는 행색부터 묘사한다. 자제군관의 신분이라, 두

터운 갖옷 차림에 활과 화살을 갖추고 북경을 향해 연행길에 오른
다. 조선은 약소국이라 폐백을 갖추어 동지사행에 참여하지만 일찍
부터 책과 검술을 익힌 대장부의 기개가 드러난다. 연행의 기대와
고향을 그리는 수심이 교차하지만, 숭명배청 또는 존화양이에 투철
한 인식을 드러낸다. 이는 홍대용이 연경과 계주를 오가는 길에 은
근히 奇士를 찾으라는 부친의 당부로 끊임없이 자신의 바람을 이루
고자 고군분투한 사실이나,[67] 박지원이 황주를 지나며 문자로 쓰지
못하는 글자를 가슴 속에 쓰고 소리 없는 문장을 허공에 쓰며 기대
감을 표현한 대목[68]과는 전혀 딴판이다.

　18세기 연행록에는 북경의 천주당을 방문하여 서양 선교사를 만
나 필담을 나누거나 서양의 천문기구를 구경하고 기록하는 경향이
일반적이다.[69] 일찍이 1761년 이의봉 일행은 북경 천주당을 방문하
여 서양 선교사 劉松齡(Hallerstein, Augustin von, 1703~1771)과 교유

66　趙得永, 『日谷集』권1, 「發燕行」참조.

67　洪大容, 『乾淨衕筆談』. "乙酉冬, 余隨季父赴燕, 自渡江後所見, 未嘗無朌覝,
　　而乃其所大願, 則欲得一佳秀才會心人, 與之劇談, 沿路訪問甚勤."

68　朴趾源, 『熱河日記』, 「鵠亭筆談」. "余離我京八日, 至黃州, 仍於馬上, 自念
　　學識固無藉手, 入中州者, 如逢中州大儒, 將何以扣質, 以此煩寃. 遂於舊聞
　　中, 討出地轉月世等說, 每執轡據鞍, 和睡演繹, 累累數十萬言, 胸中不字之
　　書, 空裏無音之文, 日可數卷."

69　신익철, 「18세기 연행사와 서양 선교사의 만남」, 『한국한문학연구』 51, 한
　　국한문학회, 2013 참조.

하고 서양 그림을 비롯하여 기물들을 구경한 바 있다.[70] 당시 부사 조환과 서장관 정치순도 태평거를 타고 천주당을 방문한다. 다음은 조환과 조득영이 천주당을 방문한 대목으로, 천주당 또는 서양 선교사를 바라보는 인식이 드러난다.

⑴ 식사 후, 서장관과 태평거를 타고 천주당에 갔다. 길은 정양문을 지나 서쪽을 향해 가서 선무문 북쪽에 거의 이르렀다. 길가에 천주당이 있는데, 가옥의 규모와 외양이 매우 기이하다. 돌 계단을 올라 들어가니, 앞뒤 가옥의 벽은 모두 그림으로 그 가운데 한 곳의 벽에는 사람과 말, 작은 광주리를 그렸다. 두세 칸 떨어진 곳에 앉아서 바라보면, 사람과 말이 마치 살아있는 듯하고, 물건과 집기둥은 제작한 모습이 있는데 가까이 가서 만져보니 그림이다. 기이하고도 신기하다 말할 만하다. 정당 북쪽 벽의 그림은 여자 시선이 어린아이를 안고 있는데 양쪽 겨드랑이에는 모두 날개가 있어 시선인 듯하다. 이는 저들이 존경하는 곳으로 여자 신선을 그린 벽의 탁자 아래 서쪽 낮은 곳에는 의자를 설치하고 비단 보자기를 덮었는데 바

70 李義鳳, 『北轅錄』 권5, 1761년 2월 6일. "家君命小子書示曰: '向者多人恩擾, 未能從容. 故雖聞近少暇日, 而不速再來者, 一見眉睫, 決非烟火界人. 東歸隔日, 拔忙叩扉, 尊府亦知此意, 半餉倒傾, 幸甚.' 劉又命徐生, 以書對曰: '心中願得大人, 多住幾日, 多見幾次, 甚屬歡喜.' 曰: '日昨正副使, 有所奉贈之物, 而僕則一欲更攀淸儀, 仍爲面幣. 故玆始以若干紙扇携呈, 些略可愧. 以壯紙一束·別扇二把·大淸心二丸爲禮.' 劉受言藏之, 叩謝不已."

로 서양왕의 자리라고 한다. 이로써 본다면 여자 시선을 존경하는 걸 알 수 있다. 자명종 땅위가 있는데 지극히 기이하고 정교하여 구경할 만하다. 또 해를 관측하는 기구가 있는데 모양은 나팔과 같고 누런색이다. 뜰 가운데 탁자를 놓고 탁자 위에 관측기를 배치했는데, 말단은 조금 높고 입구는 곧장 해를 향한다. 상단은 약간 낮아 구멍을 통해서 해를 관찰하는데, 천리경을 보는 것과 같다. 사람들이 모두 "해가 환히 밝아 볼 수 있다."고 하기에, 내가 보니 눈이 어두워 분별할 수 없다. 머무는 자는 흠천감 관원으로 대부분 서양국 사람이다. 서양 사람이 차를 올려서, 마두를 시켜 물었다.

"귀국은 이곳과의 거리가 몇 리입니까?"

"수로와 육로를 합하면 구만 리입니다."

"이곳에 거처한 지 몇 년입니까?"

"십년을 기한으로 교대하여 돌아가는데, 우리들은 이미 팔년이 지났으며 천문·지리·역수를 전담합니다."

대개 저들 외모는 얼굴이 날카롭고 코는 뾰족하며 눈은 움푹하며 모습은 매우 정밀하고 상세하나 행동은 상당히 가볍고 조급하다. 곧장 관소로 돌아왔다. 『도곡집』에 '서양국과 북경의 거리는 해로가 구만 리이고 육로가 오육만 리이다.'라고 하였으니, 이번 서양 오랑캐와의 대답과는 다르니 괴이하다.[71]

---

71 趙瑍, 『燕行日錄』, 1788년 1월 27일. "食後, 與書狀, 乘太平車, 往天柱堂. 路過正陽門, 向西作行, 幾到宣武門北邊. 路傍有天柱堂, 屋宇制作外樣, 極甚

2 痛彼西洋學,　　애통하다, 저 서양학

　　衆生歸怵誘.　　중생을 겁박하고 유혹하네.

　　云自漢元壽,　　예전 한나라 초기에

　　降生天主母.　　천주모에게 태어났다 하네.

　　築堂崇淫祀,　　당을 세워 부정한 제사를 받들고

　　廢倫視尋常.　　인륜을 저버림도 예사로 여기네.

　　害正愈楊墨,　　정학을 해침이 楊朱·墨翟보다 심하고

　　惑愚甚佛莊.　　백성을 미혹시킴은 佛家·莊子보다 심하네.

　　誦經又觀象,　　성경을 암송하고 천문을 관측하며

　　自道歸樂界.　　스스로 천국으로 돌아간다 말하네.

奇異. 陞層石階入見, 則前後堂宇之壁, 皆是畫圖, 而其中一處之屋壁, 畫人馬屋宇及物形.〔物形卽小筐之類.〕 坐二三間之地視之, 則人馬宛然如生, 且物樣屋柱, 依然有製作之形, 近而摩之卽畫也. 可謂怪怪, 亦可謂神異矣. 正堂北壁所畫, 卽女仙抱小兒, 而兩腋皆有羽, 似是仙類. 此乃渠輩所尊敬之處, 而女仙所畫壁之榻下西邊低處, 設倚子, 罩以錦袱, 是西洋王之位云. 以此見之, 女仙之敬奉可知也. 有自鳴鍾之屬, 極其奇巧可觀, 而又有測候日形之器, 狀如囉叭而色黃. 庭中置卓子, 卓子上排置測候器, 而其末端稍高, 而以其口直向日影. 其上端乍低, 而從其孔窺覘日形, 如千里之鏡察視. 人皆曰:'日形昭昭可見.' 而余則視之, 眼眩不能辨矣. 所留者欽天監官員, 而多西洋國人也. 西洋人進茶, 使馬頭問曰:'貴國去此幾里?'答曰:'水陸通計合九萬里云.'又問:'寓此幾年?'答曰:'限十年替歸, 而吾輩則已過八年, 而專管天文·地理·曆數之法云.'蓋其爲人, 面銳鼻尖目凹, 貌甚精詳, 而行動頗輕躁. 卽歸館所. 陶谷集云:'西洋國距北京, 海路爲九萬里, 陸路五六萬里.'與今番西洋胡之所對, 有異可怪."

只有奪造處,　　다만 조화옹의 재주를 빼앗은 곳 있으니

活動四壁畫.　　살아 움직이는 사방 벽의 그림이네.[72]

　　[1] 천주당에는 기이하고 정교한 자명종을 비롯하여 해를 관찰할
수 있는 기구까지 설치되어 있다. 누구나 천리경 같은 기구를 통해
서 해를 관찰하는데, 연로한 조환은 눈이 어두워 그마저도 보지 못
한다. 또한 천주당에 상주하는 서양인과 필담을 통해서 궁금한 점
을 묻고 있지만, 정작 서양인이 누구인지조차 관심이 없다. 심지어
기존 『도곡집』의 내용과 서양인의 대답이 다르다는 걸 문제 삼는
다. 도리어 조환이 천주당에서 기이하고 신기하다며 감탄한 것은
다름 아닌 사방의 벽화이다. 사람과 말은 살아있는 듯 생동감이 넘
치고, 물건과 기둥은 제작한 듯하지만 다가가서 만져보면 영락없이
그림이다.

　　[2] 「燕京雜詠」 11수 가운데 〈天主堂〉에 대한 내용으로, 5언 12
구이다. 한마디로 서양학은 중생을 겁박하고 유혹한다고 단정한다.
이는 성리학을 존숭하고 이단을 배척하는 논리에 비롯한다. 따라서
천주를 숭상하는 행위는 淫祀에 다름없고, 인륜을 저버리는 행위도
서슴지 않는다고 논박한다. 심지어 정학을 해치고 백성을 미혹시키
는 폐단은 양주·묵적·불가·정자보다 심한 상황이다. 저들은 성경
을 암송하고 천문을 관측하며 천국으로 돌아간다고 떠들어대지만,

72　趙得永, 『日谷集』 권1, 「燕京雜詠」, 〈天主堂〉 참조.

조득영의 시선은 살아 움직이는 원근감과 입체감을 표현한 사방에 걸린 벽화이다.

천주당을 직접 방문한 조환과 조득영은 오로지 원근법과 입체감을 표현한 서양 벽화에 매료되고 있을 뿐, 천문기구나 서양 선교사에 별다른 관심을 보이지 않는다. 이는 남관을 방문한 서양 선교사를 대하는 유언호의 태도와도 유사하다.

부사와 서장관이 찾아와 만났다. 부사와 서장관은 지난번 천주당을 가서 구경하고 서양사람 劉思永을 만났는데, 그 사람이 관소로 찾아와 사례하고 나를 만나길 청했다. 내가 병을 핑계로 사양하니, 가져온 선물을 바쳤는데 綵畵 11幅·畵布巾 1件·蠟燈心 1繚·木瓜餠 2鐘이다. 또한 명분이 없다고 물리치니, 간절히 바라여 그치지 않아 결국 물건을 받고 붓 10자루·먹 5개·부채 5자루·환약 10개로 답례를 하였다.[73]

1월 27일 조환과 정치순이 천주당을 방문하여 만난 서양인은 바로 劉思永(Deus, Rodrigo da Madre de)이다. 유사영은 답례로 선물까

---

[73] 兪彦鎬, 『燕行錄』, 1788년 2월 3일. "副使·書狀來見. 副使·書狀, 日昨往觀天主堂, 與西洋人劉思永接面, 其人來謝館中, 又請見於予, 辭之以病, 則以其所齎贄物爲獻, 乃綵畵十一幅, 畵布巾一件, 蠟燈心一繚, 木瓜餠二鐘也. 又以無名却之, 則懇乞不已, 遂留其物, 而以十筆五墨五扇十丸藥爲回禮."

지 준비하여 2월 3일 조선사신의 숙소인 남관을 방문하고 유언호를 만나려고 한다. 그런데 유언호의 반응이 다소 의외이다. 병을 핑계로 만나지 않을뿐더러, 선물도 받을 명분이 없다며 마다한다. 1766년 홍대용 일행이 천주당을 방문했을 때, 서양 선교사가 조선 사행에게 호의적이지 않은 태도[74]와는 정반대이다. 이는 북경의 천주당과 서양 선교사를 바라보는 조선 사행의 다양한 시각을 엿볼 수 있는 대목이다. 분명 북경의 천주당 방문과 서양 선교사의 만남은 유의미하지만, 그 이면에 흐르는 반감과 정서를 파악하는 작업이 필요하다. 당시 유언호를 비롯하여 조환과 조득영은 북경의 천주당과 서양 선교사에 대한 호기심을 해소하고 있을 뿐, 발전적인 교류로 나아가지 못한다. 따라서 연행사와 서양 선교사의 만남을 심층적이고 다양한 시각으로 인식해야 한다.

---

74 金景善, 『燕轅直指』권3, 「留館錄」上, 1832년 12월 22일. "近年以來, 洋人益厭之, 求見必拒, 見亦不以情接之. 苟不先之以誠禮, 不可以動其心. 乃以壯紙二束·扇子三把·眞墨三笏·淸心丸三箇, 修書以送於洋人劉松齡·鮑友官兩人." : 본래 홍대용의 기록과는 약간의 차이가 있다. 洪大容, 『燕記』, 「劉鮑問答」. "正月初七日. 使馬頭世八, 先報以求見之意, 歸言: '連有公故, 待念後當相見云.' 盖亦厭見而故遲其期也. 余與德星謀曰: '東人之失歡於兩人, 已有年矣. 苟不先之以誠禮, 不可以動其心.' 初八日. 以壯紙二束·扇子三把·眞墨三笏·淸心元三丸, 聯名爲書, 送世八."

4. 『연행록』의 가치

1787년 동지겸사은사는 실제로 동지·성절·정조·연공에다, 문효세자의 죽음에 따른 청조의 상사에 대한 사은을 겸하였다. 따라서 〈行中人共數〉가 三使를 비롯하여 총 324명이고, 〈行中馬共數〉는 驛馬 49필·兼濟馬 2필·刷馬 101필·卜刷馬 11필·並卜刷馬 14필·私持馬 42필·並卜私持馬 6필·自騎馬 9필 등 총 235필이며, 〈行中包銀數〉도 銀 83,251兩에 이르는 방대한 규모였다. 유언호『연행록』의 가치를 요약하면 다음과 같다.

첫째, 『연행록』은 이전 연행록에서 연행 관련 지식과 정보를 널리 수용하고 있다. 또한 '鞦韆'과 '火戲'에서 확인할 수 있듯이 후대 연행록에서 상당한 영향을 끼친다. 따라서 『연행록』은 이전 연행 관련 지식과 정보를 두루 수용하는 동시에 새로운 지식과 정보를 재생산한다.

둘째, 『연행록』은 건륭제가 통치하는 청조 권력층의 실상과 이면을 적나라하게 보여준다. 이는 중국을 비롯한 주변국의 동향 등 천하의 대세를 살피는 '審勢'로써 매우 각별하며, 또한 사신 본연의 직무이다.

셋째, 『연행록』은 1787년 5월 22일 책문후시가 철폐된 이후 공식적인 첫 연행으로, 연행노정에서 책문후시 철폐와 관련한 다양한 사건사고를 목격한다. 당시 조선과 청의 무역에서 빚어지는 각종 폐단과 부작용뿐 아니라, 변경의 실상을 가감 없이 보여준다.

넷째, 『연행록』은 조환의 『연행일록』과 조득영의 연행시와는 상호 보완적인 성격을 지닌다. 더욱이 천주당과 서양 선교사에 대한 기록은 당시 조선 연행사가 북경의 천주당과 서양 선교사를 바라보는 다양한 시선이 감지된다. 따라서 조선 연행사와 서양 선교사의 만남을 심층적이고 다양한 시각으로 인식해야 한다.

俞彦鎬, 『燕行錄』, 단국대 율곡기념관.

俞彦鎬, 『燕行錄』, 『燕行錄選集』 下, 성균관대 대동문화연구원.

俞彦鎬, 『燕行錄』, 『燕行錄全集』 41, 동국대 출판부.

趙 瑍, 『燕行日錄』, 일본 東京大學 小倉進平文庫.

趙 瑍, 『燕行日錄』, 『燕行錄選集補遺』 中, 성균관대 대동문화연구원.

趙得永, 『日谷集』, 서울대학교 규장각.

金景善, 『燕行直指』, 『燕行錄選集』 上, 성균관대 대동문화연구원.

金正中, 『奇遊錄』, 『燕行錄選集』 上, 성균관대 대동문화연구원.

朴趾源, 『熱河日記』, 『韓國漢文燕行錄文獻選編』 22·23, 성균관대·복단대
    학 공동.

徐浩修, 『燕行紀』, 『燕行錄選集』 上, 성균관대 대동문화연구원.

俞拓基, 『燕行錄〔辛丑〕』·『瀋行錄〔甲戌〕』, 『燕行錄全集』 38, 동국대 출판부.

俞彦述, 『燕行雜識』, 『한국문집총간속』 78, 한국고전번역원.

俞漢雋, 『自著』, 『한국문집총간』 249, 한국고전번역원.

李德懋, 『入燕記』, 『韓國文集叢刊』 259, 한국고전번역원.

李義鳳, 『北轅錄』, 『燕行錄選集』 下, 성균관대 대동문화연구원.

李海應, 『薊山紀程』, 『燕行錄選集』 下, 성균관대 대동문화연구원.

洪大容, 『燕記』, 『燕行錄選集』 上, 성균관대 대동문화연구원.

김동석, 「俞彦鎬의 『燕行錄』과 趙瑍의 『燕行日記』에 대한 고찰 – 대청관계
    의 변화를 중심으로」, 『대동문화연구』 56, 성균관대 대동문화연구
    원, 2006.

김명호, 「박지원의 금강산 유람과 창작」, 『한국문화』 76, 서울대 규장각한
    국학연구원, 2016.

김영진, 「燕行日記(趙㻶) 해제」, 『燕行錄選集 補遺』中, 성균관대 대동문화
　　연구원, 2008.

박기성, 「朴趾源을 통해 본 俞彦鎬」, 『동방한문학』 74, 동방한문학회, 2018.

박 범, 「1787년 유언호의 대청사행단 구성과 운영」, 『한국사학보』 76, 고려
　　사학회, 2019.

신익철, 「18세기 연행사와 서양 선교사의 만남」, 『한국한문학연구』 51, 한
　　국한문학회, 2013.

이철성, 「조선후기 무역상인과 정부의 밀무역 대책 – 사행무역을 중심으로」,
　　『사총』 48, 2004.

임형택, 「박지원의 주체의식과 세계인식 – 『열하일기』 분석의 시각」, 『실사
　　구시의 한국학』, 창작과비평사, 2000.

최 식, 「한중 지식인 교류와 기록 – 홍대용과 엄성을 중심으로」, 『반교어문
　　연구』 40, 반교어문학회, 2015.

최 식, 「연행 지식·정보의 수집·정리 및 확대·재생산 – 연행록의 형성 과
　　정과 특징을 중심으로」, 『동방한문학』 75, 동방한문학회, 2018.

최 식, 「청심환으로 읽는 연행의 문화사」, 『민족문화』 55, 한국고전번역원,
　　2020.

최 식, 「俞彦鎬의 燕行과 『燕行錄』」, 『한국학논집』 58, 근역한문학회, 2021.

최 식, 「日谷 趙得永의 燕行詩 硏究」, 『민족문화』 57, 한국고전번역원, 2021.

연행록
燕行錄

범례

1. 이 책은 1787년 冬至兼謝恩正使 俞彦鎬의『燕行錄』을 脫草·標點·校註한 것이다.
2. 이 책은 단국대학교 율곡기념도서관 소장본『燕行錄』(고856.5-유285ㅇ)을 성균관대학교 대동문화연구원에서 1962년 간행한『燕行錄選集』下를 저본으로 한다.
3. 이 책은 1787년 至兼謝恩副使 趙瑍의 저작인『燕行日錄』(일본 東京大學校 小倉進平文庫, L45573)과 相互 對照·檢討한 것이다.
4. 이 책은 古典文獻에 통용되는 일반적인 한글의 표점 방식을 따른다. 단 原註는【 】로, 缺落字는 □로, 磨滅字는 ■로 표시한다.
5. 이 책은 인명 및 지명 등의 고유명사를 밑줄로 표시한다.

俞彦鎬, 『燕行錄』

「赴燕序」[1]

上之十一年【丁未】冬, 右議政止軒俞公,[2] 以賀正正使赴
燕, 將行, 命族子漢雋[3]爲之言, 漢雋謹拜而獻序. 戰國時
諸侯並爭, 修戈矛車乘, 伐侵克敗無虛日. 晉大夫鬷蔑·[4]

---

1 赴燕序 : 俞漢雋, 『自著準本』1,「送族父止軒相公赴燕序【丁未】」참조.

2 止軒俞公 : 俞彦鎬(1730~1796). 본관은 杞溪, 자는 士京, 호는 則止軒, 시호
   는 忠文. 右尹 俞直基의 아들. 1761년(영조 37) 문과에 급제하여, 벼슬은 평
   안감사·우의정·좌의정을 역임했다. 1787년 冬至兼謝恩正使로 북경에 다녀
   와서 『燕行錄』을 남겼고, 저서로 『燕石』이 있다.

3 族子漢雋 : 俞漢雋(1732~1812). 본관은 杞溪, 초명은 漢炅, 자는 曼倩 또는
   汝成, 호는 著菴 또는 蒼厓. 1768년(영조 44) 진사에 합격하여, 벼슬은 김포
   군수·형조참의 등을 역임했다. 저서로 『自著』가 있다. 유한준은 1790년 「止
   軒集序」와 1791년 「燕石集序」를 유언호에게 써 주고, 유언호는 1791년 「蒼
   厓自著序」를 유한준에게 써 준다.

4 晉大夫鬷蔑 : 춘추시대 鄭나라 大夫 鬷蔑를 말하는데, 자는 然明 또는 鬷明
   이다. 叔向이 정나라에 왔을 때, 종멸이 숙향을 만나 보기 위해 술대접하는
   심부름꾼을 따라 들어가 당 아래에 서서 한 마디 훌륭한 말을 하였다. 숙향
   이 마침 술을 마시려다가 그 소리를 듣고 "반드시 종멸일 것이다." 하고는

鄭大夫國僑,[5] 賢而嫺辭令, 秦·楚·齊·魯, 或猖然以伺須臾
之釁, 二大夫出一言, 不得不奉玉帛, 逡巡而退, 而宋元
祐[6]中, 司馬光[7]作相, 遼人勅其邊吏曰: "中國相司馬矣,
愼無生事開邊隙."[8] 故國有人, 强隣已膽慴, 而狡虜固心
折矣. 今淸人之所以懷好我國者, 靡不用極, 隆其待遇,
厚其贈遺, 略其征人, 簡其使命, 其意豈專以禮義冠裳重
我國哉? 必有以也. 雖然, 漢雋聞之行人, 通齒單于[9]性桀

당 아래로 내려가서 그의 손을 잡고 자신의 자리로 올라가 서로 친하게 이야
기를 나누었다는 고사가 전한다.

5 鄭大夫國僑 : 춘추 시대 鄭나라 賢大夫 公孫僑를 말하는데, 자는 子産이다.
   晉나라와 楚나라가 서로 패권을 다툴 적에 외교 정책을 잘 펼쳐서 약소국인
   정나라가 그 사이에서 무사히 보전할 수 있도록 하였는데, 그가 죽자 공자가
   눈물을 흘리면서 옛날의 遺愛라고 평한 고사가 전한다.

6 元祐 : 北宋 哲宗의 年號(1086~1093)를 말한다.

7 司馬光(1019~1086) : 자는 君實, 호는 迂夫 또는 迂叟, 시호는 文正. 涑水先
   生으로 불리며, 사후에 溫國公에 봉해져 司馬溫公이라고도 한다. 神宗이 王
   安石을 발탁하여 新法을 단행하게 하자, 이에 반대하여 관직에서 쫓겨났다가
   哲宗 때에 정승이 되어서는 신법의 폐해를 모두 제거하고 일을 공평하게 처
   리하며 파당을 짓지 않았다 한다. 저서에 『資治通鑑』·『涑水紀聞』·『司馬文
   正公集』 등이 있다.

8 宋元祐…邊隙 : 『承政院日記』 책118, 1840(헌종 6) 8월 23일. "唐郭子儀之爲
   將, 回紇之衆, 免冑羅拜, 裴度作相, 四夷問其起居. 宋元祐初, 司馬光爲相, 遼
   人戒其邊吏曰 : '中國相司馬矣, 愼無生事開邊隙.'"

悍, 怒其父[10]壞等威啓外國之寵, 常內懷不平. 慮遠者或
以爲: 淸帝年已老, 卽一朝死, 通齒立, 事有不可知者,
慮固當. 雖然, 書不云乎: '則商實.'[11] 實者非城池甲兵之
謂也. 我苟實矣, 齒雖悍, 可以慴折其心膽, 公道靜而德
淸, 文古而辭嫺, 行之以忠信, 輔之以篤敬,[12] 則鴨水[13]北
數千餘里, 攀軺而觀者, 其誰曰秦無人矣? 漢雋故曰: "不
足慮, 公行矣." 族子漢雋序.

---

9 通齒單于: 永瑢(1744~1790)을 말한다. 영용은 乾隆帝第六子이자 質莊親王
으로 호는 九思主人이다. 冬至書狀官 李勉兢의 別單(『正祖實錄』 권23,
1787년(정조 11) 2월 25일)에 따르면, "세상에서는 모두들 '지난해에 태자
대상자를 편액에다 이름을 써 놓았는데, 황제의 여섯째 아들 永瑢이라고도
하고 황제의 장손이라고도 하였다. 이제 장손이 이미 죽었으나 다시 고쳐
쓰는 일이 없으니, 비로소 영용이 태자라는 것이 의심할 것이 없다는 것을
알게 되었다.'고 하였습니다."라는 내용이 보인다.

10 其父: 乾隆帝(1711~1799)를 말하는데, 청조의 제6대 황제(재위 1735~1796)
이다. 성과 휘는 愛新覺羅弘曆, 묘호는 高宗, 시호는 法天隆運至誠先覺體元
立極敷文奮武欽明孝慈神聖純皇帝 또는 純皇帝이며, 연호는 건륭이다. 제4대
황제 강희제의 손자이자 제5대 황제인 옹정제의 넷째 아들이며, 옹정제의
후궁 출신인 孝聖憲皇后 鈕祜祿氏의 소생이다.

11 則商實: 『書經』, 「君奭」. "天惟純佑命, 則商實, 百姓王人罔不秉德明恤."

12 行之…篤敬: 『論語』, 「衛靈公」. "言忠信, 行篤敬, 雖蠻貊之邦行矣."

13 鴨水: 鴨綠江을 말한다.

「正祖宣皇帝御筆」[14]

西節纔歸又北槎,[15]

再勞原隰[16]意如何.

宮筵慣識詩三百,

此去殊庭用得多.[17]

丁未十月二十日燕行錄.

冬至兼謝恩正使,[18] 大匡輔國崇祿大夫議政府右議政兼
領經筵事監春秋館事, 兪彦鎬.[19]

軍官, 前府使, 柳增萬.[20]【丙辰.】晉州人.【初行. 兵房.】

---

14 正祖宣皇帝御筆 : 正祖, 『弘齋全書』 권2, 「贐原任提學兪彦鎬赴燕」 참조.

15 西節…北槎 : 『正祖實錄』에 따르면, 유언호는 1786(정조 10) 12월 15일 평
   안도 관찰사에 제수되고, 이듬해 2월 25일 우의정에 제수되며, 6월 27일 冬
   至兼謝恩正使로 제수되어 10월 20일 辭陛하고 한양을 출발한다.

16 原隰 : 使臣을 말한다. 『詩經』, 「小雅」, 〈皇皇者華〉. "皇皇者華, 于彼原隰.
   駪駪征夫, 每懷靡及."

17 詩三百 : 『詩經』을 말한다. 『論語』, 「子路」. "誦詩三百, 授之以政, 不達, 使
   於四方, 不能專對, 雖多, 亦奚以爲?"

18 正使 : 『萬機要覽』에 따르면, 정사 1인은 정2품인데 종1품으로 칭한다.

19 저본에는 '兪□□로 되어 있는데 보충한다.

20 柳增萬(1736~1797) : 본관은 晉州, 자는 武一, 호는 勿齋. 1766년(영조 42)
   무과에 급제하여, 벼슬은 형조정랑·위원군수 등을 역임했다. 1787년 司僕

【驛馬夫, 栗峰, <u>柳界金</u>. 卜刷馬夫,[21] <u>命采</u>. 私持馬夫,[22] <u>丁允</u>. 奴子, <u>快得</u>.】

前奉事, <u>尹履禰</u>.【乙卯.】坡平人.【初行.】

【驛馬夫, 金泉, <u>朴憶岩</u>. 並卜刷馬夫, <u>景得</u>. 私持馬夫, <u>乫石</u>.】

【打角.[23]】通德郎, <u>兪彦悍</u>.[24]【乙亥.】杞溪人.【初行. 禮房.】

【驛馬夫, 栗峰, <u>姜骨金</u>. 並卜刷馬夫, □□.[25] 私持馬夫, <u>長福</u>.】

【寫官.】崇祿, <u>洪聖源</u>.【乙巳.】南陽人.【二行.】

【驛馬夫, 大同, <u>金麻當</u>. 卜刷馬夫, <u>宗國</u>. 私持馬夫, <u>太順</u>. 奴子, <u>宅夢</u>.】

御醫, 副司果, <u>洪履福</u>.[26] 南陽人.【二行.】

으로 유언호를 수행하여 북경에 다녀왔다.

21 卜刷馬夫 : 사신의 짐을 운반하는 말을 관리하는 마부이다. 복쇄마는 조선 지방에 배치하였던 관용 말로 사행단의 방물과 관계 문서 등 짐을 싣고 가는 데 사용한다.

22 私持馬夫 : 사신이 사적으로 가져가는 말을 관리하는 마부이다.

23 打角 : 打角夫 또는 打角人으로 중국에 가는 사신 일행의 모든 기구를 감수하는 사람이다. 통상 打角軍官 또는 子弟軍官으로 불린다.

24 兪彦悍(1755~1793) : 본관은 杞溪, 자는 敬之. 유언호의 庶從弟로 1787년 冬至兼謝恩正使 유언호의 打角으로 북경에 다녀왔다. 유언호는 유언성의 죽음에 제문에 지은 바 있다. 兪彦鎬, 『燕石』 책8, 「祭庶從弟彦悍文【癸丑】」 참조.

25 저본에는 공란으로 되어 있는데 보충한다.

【驛馬夫, 大同, 朴介男. 卜刷馬夫, 守宅. 私持馬夫, 三同.
奴子, 小松.】

內局²⁷書員,²⁸ 金德文.【五行.】

【驛馬夫, 大同, 安東白. 藥材刷馬夫, □□.²⁹ 並卜刷馬
夫, 同伊. 私持馬夫, 奉昌.】

乾糧庫直, 尹商弼.【金致瑞役人代.】

奴子, 全世興. 趙仁興.

書者,³⁰ 龍川奴, 次尙.

馬頭,³¹ 鐵山奴, 在恭.

乾糧馬頭,³² 鐵山奴, 福乭.

籠馬頭,³³ 瑞興奴, 允得.

---

26 洪履福: 內醫院 의관으로 1791년 領中樞府事 徐命善을 간병하고, 서유구의
「烈婦劉氏墓誌銘」에도 의원으로 등장한다. 徐有榘, 『楓石鼓篋集』 권5, 「烈
婦劉氏墓誌銘」 참조.

27 內局: 內醫院을 말하는데 궁중의 의약을 맡아 보던 관청이다.

28 內局書員: 內醫院 書員을 말하는데 서원은 조선시대 書吏 없는 관아에 둔
衙前으로 서리보다 격이 낮다.

29 저본에는 공란으로 되어 있는데 보충한다.

30 書者: 사신의 수행원으로 각 방에 소속되어 사신의 여정과 숙식의 실무를
담당한다.

31 馬頭: 사신들이 선발해서 데리고 가는 말몰이꾼을 말한다.

32 乾糧馬頭: 사행단의 양식을 관리하는 마두이다.

表咨馬頭,[34] 安州奴, <u>興宅</u>.

左牽,[35] 鳳山奴, <u>雲得</u>.

軍牢,[36] 義州, <u>朴成采</u>. <u>朴枝春</u>.

日傘奉持,[37] 郭山奴, <u>喜慶</u>.

轎扶軸,[38] 嘉山奴, <u>同伊</u>. 平山奴, <u>一金</u>. 義州奴, <u>正月金</u>. 宣川奴, <u>畵鏡金</u>.

引路,[39] 宣川奴, <u>春遠</u>. 龍川奴, <u>國老</u>.

廚子,[40] 順安奴, <u>宅柱</u>. 宣川奴, <u>黃貴</u>.

刷馬領將,[41] 義州, <u>崔宗之</u>. <u>李彌勒金</u>.

---

33 籠馬頭 : 사행단의 침구를 관리하는 마두이다.

34 表咨馬頭 : 사행단의 表文과 咨文을 관리하는 마두이다.

35 左牽 : 左牽馬夫로 사신의 말을 좌견하는 마부이다. 좌견은 본래 긴경마로, 儀式에 쓰는 말의 왼쪽에 다는 넓고 긴 고삐를 말한다.

36 軍牢 : 일명 牢子로 불리는데 軍營과 官衙에 소속되어 죄인을 다스리는 일을 맡았던 군졸로, 사신단의 죄인을 구금하거나 형벌을 집행하는 담당한다.

37 日傘奉持 : 사신의 일산을 관리하는 사람이다.

38 轎扶軸 : 일명 轎馬頭로 불리는데 사행단의 수레와 가마의 수리를 담당하는 마두이다.

39 引路 : 사행단의 길 인도를 담당하는 사람이다.

40 廚子 : 사행단의 음식을 담당하는 사람이다.

41 刷馬領將 : 사행단의 쇄마를 담당하는 사람이다. 쇄마는 조선 지방에 배치하였던 官用 말로 사행단의 方物과 관계 문서를 싣고 가는 데 사용한다.

上騎馬夫,[42] 鰲樹驛, 金如才.

中騎馬夫,[43] 景陽驛, 張二盆. 黃山驛, 鄭大叔. 大同驛, 劉自山東.

道先生馬夫,[44] 大同驛, 徐衆伊. 魚川驛, 姜後三.

道先生兼濟馬夫,[45] 龍川奴, 實金. 鐵山奴, 東兼.

籠馬夫,[46] 輸城驛, 金元朶.

方物馬頭,[47] 宣川奴, 德秀. 鐵山奴, 在龍.【與首譯奴猠猯相換.】

歲幣木馬頭,[48] 宣川奴, 昌光.

歲幣米馬頭,[49] 宣川奴, 秀發.

---

42 上騎馬夫 : 사신의 上等 騎馬를 관리하는 마부이다.

43 中騎馬夫 : 사신의 中等 騎馬를 관리하는 마부이다.

44 道先生馬夫 : 道先生의 말을 관리하는 마부이다. 도선생은 관찰사를 말하는데, 평안도관찰사를 역임한 사람이 북경에 가면 大同驛과 兼濟庫에서 2필의 轎馬를 보냈다고 한다. 兪彦鎬, 『燕行錄』, 1787년 11월 3일. "自前道先生赴燕, 則自大同驛及兼濟庫, 各送二匹轎馬."

45 道先生兼濟馬夫 : 道先生의 짐을 운반하는 말을 관리하는 마부이다.

46 籠馬夫 : 사행단의 침구를 관리하는 마부이다.

47 方物馬頭 : 사행단의 방물을 관리하는 마두이다.

48 歲幣木馬頭 : 사행단의 歲幣木을 관리하는 마두이다. 세폐목은 매년 음력 10월 중국에 가는 사신이 貢物로 가져가는 무명을 말한다.

49 歲幣米馬頭 : 사행단의 歲幣米를 관리하는 마두이다. 세폐미는 매년 음력

副使,⁵⁰ 嘉善大夫行龍驤衛副司直, 趙瑗.⁵¹【君瑞, 庚子.】
豊壤人.

軍官, 折衝, 金學祖.【己未.】牛峰人.【初行. 兵房.】

【驛馬夫, 安奇, 黃成才. 卜刷馬夫, 岳金. 私持馬夫, 者斤
老味. 奴子, 聖禮, 副房⁵²奴.】

副司勇, 韓恒大.【丙辰.】淸州人.【初行. 禮房.】

【驛馬夫, 利仁, 劉千奉. 並卜刷馬夫, □□.⁵³ 私持馬夫,
明同.】

宣敎郞, 趙得永.⁵⁴【壬午.】豊壤人.【初行.】

【驛馬夫, 沙斤, 許同才. 並卜刷馬夫, 時德. 私持馬夫, 石乤.】

乾糧庫直, 梁德行.【尙方⁵⁵貿易刷馬夫代.】

10월 중국에 가는 사신이 貢物로 가져가는 쌀을 말한다.

50 副使:『萬機要覽』에 따르면, 부사 1인은 정3품인데 종2품으로 칭한다.

51 趙瑗(1720~1795): 본관은 豊壤, 자는 君瑞, 호는, 시호는 孝貞. 1769년(영
조 45) 문과에 급제하여, 벼슬은 호조참판·대사헌 등을 역임했다. 1787년
冬至兼謝恩副使로 북경에 다녀와서『燕行日錄』을 남겼다.

52 副房: 副使를 말한다.

53 저본에는 공란으로 되어 있는데 보충한다.

54 趙得永(1762~1824): 본관은 豊壤, 자는 德汝, 호는 日谷, 시호는 文忠. 趙
瑗의 손자. 1789년(정조 13) 문과에 급제하여, 벼슬은 병조판서·대사헌 등
을 역임했다. 1787년 冬至兼謝恩副使 조환의 수행원으로 북경에 다녀와서
80題 115首에 이르는 燕行詩를 남겼다. 저서로『일곡집』이 있다.

奴子, 朴仁健. 朴長壽.

書者, 龍川奴, 李仁光.[56]

馬頭, 宣川奴, 李春澤.[57]

乾糧馬頭, 義州奴, 雙同.

籠馬頭, 嘉山奴, 金夢標.[58]

左牽, 宣川奴, 崔雲泰.[59]

日傘奉持, 郭山奴, 金猉獜.[60] 【方物馬頭.】

轎扶軸, 郭山奴, 車福.[61] 郭山奴, 福文.[62] 坡州奴, 孟金. 鐵山奴, 昌變.

廚子, 鐵山奴, 尙取. 義州奴, 黔乞伊.

刷馬領將, 義州, 李五佛. 崔頓金.

上騎馬夫, 昌黎驛, 金采東.

---

55 尙方 : 尙衣院을 말하는데 임금의 의복과 궁내의 일용품, 보물 따위의 관리를 맡아보던 관청이다.

56 저본에는 '仁光'으로 되어 있는데, 『燕行日錄』에 의거하여 보충한다.

57 저본에는 '春澤'으로 되어 있는데, 『燕行日錄』에 의거하여 보충한다.

58 저본에는 '雲泰'로 되어 있는데, 『燕行日錄』에 의거하여 보충한다.

59 저본에는 '夢標'로 되어 있는데, 『燕行日錄』에 의거하여 보충한다.

60 저본에는 '猉獜'으로 되어 있는데, 『燕行日錄』에 의거하여 보충한다.

61 車福 : 『燕行日錄』에는 '姜次福'으로 되어 있다.

62 福文 : 『燕行日錄』에는 '孫東文'으로 되어 있다.

中騎馬夫, 幽谷驛, 金信保. 松羅驛, 李乭伊.

籠馬夫, 松羅驛, 李化守.[63]

書狀官,[64] 通訓大夫兼司憲府掌令, 鄭致淳.[65]【知卿. 壬戌.】東萊人.【初行.[66]】

軍官, 前監牧官, 鄭如淵.【己未.】東萊人.【二行.】

　　　【驛馬夫, 連源, 李二山. 並卜刷馬夫, 德五. 私持馬夫, 有同.】

乾糧庫直, 韓尙履.【內局貿易刷馬夫代.】

奴子, 福老味.

書者, 龍川奴, 德明.

馬頭, 瑞興奴, 別奉.

籠馬頭, 順興奴, 永釆.

左牽, 宣川奴, 仁大.

刷馬領將, 義州, 金玉貫.

上騎馬夫, 長水驛, 朴千根.

---

63 李化守：『燕行日錄』에는 '李化得'으로 되어 있다.

64 書狀官：『萬機要覽』에 따르면, 서장관 1인은 정5품인데 종4품으로 칭한다. 정사·부사보다 지위가 낮지만 行臺御史를 겸하여 일행을 糾檢한다.

65 鄭致淳(1742~1816)：본관은 東萊, 자는 季文. 1775년(영조 51) 문과에 급제하여, 벼슬은 대사간·이조참의 등을 역임했다. 1787년 冬至兼謝恩使行의 서장관으로 북경에 다녀왔다.

66 저본에는 공란으로 되어 있는데 보충한다.

中騎馬夫, 輪城驛, 金石奉.

籠馬夫, 輪城驛, 呂太.

譯官, 崇祿, 李洙.【辛丑.】金山人.【二十五行. 上房⁶⁷陪行.】

【驛馬夫, 大同, 金中元. 馬頭, 宣川奴, 廣石. 卜刷馬夫,
□□.⁶⁸ 私持馬夫, 貴富. 別私持馬夫, 實福. 奴子, 在龍.】

崇政, 金致瑞.⁶⁹【乙巳.】慶州人.【二十七行. 副房陪行.】

【驛馬夫, 黃山, 李元得. 卜刷馬夫, 晴同. 私持馬夫, 漢默.
別私持馬夫, □□.⁷⁰ 奴子, □□.⁷¹】

嘉善, 張濂.【乙巳.】仁同人.【十七行. 上房陪行.】

【驛馬夫, 保安, 朴奉男. 卜刷馬夫, 命哲. 私持馬夫, 光采.
別私持馬夫, □□.⁷² 奴子, 安興祚. 上房奴.】

折衝, 劉鳳翼.【己亥.⁷³】清州人.【八行. 副房陪行.】

---

67 上房 : 正使를 말한다.

68 저본에는 공란으로 되어 있는데 보충한다.

69 金致瑞(1725~1787) : 본관은 慶州. 1787년 冬至兼謝恩使行의 堂上譯官으로
12월 19일 野鷄屯에 이르러 병사하여, 이듬해 義州刷馬夫 高三同의 시신과
함께 귀국한다. 유언호는 김치서의 죽음에 제문을 써준 바 있다. 兪彦鎬,
『燕石』책8, 「祭譯官金致瑞文【戊申】」참조.

70 저본에는 공란으로 되어 있는데 보충한다.

71 저본에는 공란으로 되어 있는데 보충한다.

72 저본에는 공란으로 되어 있는데 보충한다.

【驛馬夫, 魚川, 車幼老味. 卜刷馬夫, 孟甲. 私持馬夫, 成雲. 別私持馬夫, 尹花貞, 三房⁷⁴從人. 奴子, 允得.】

漢學上通事, 李永逵.【辛巳.】完山人.【初行. 副房陪行.】

【驛馬夫, 靑岩, 金後天. 卜刷馬夫, 龍伊. 私持馬夫, 寬伊. 奴子, 仁尙.】

淸學上通事, 崔益柱.【丁丑.】慶州人.【二行. 上房陪行.】

【驛馬夫, 長水, 河二目. 卜刷馬夫, 大朴. 私持馬夫, 泰福. 奴子, 長福.】

教誨, 崔致健.【戊寅.】茂朱人.【初行. 質問通事. 三房陪行.】

【驛馬夫, 鰲樹, 金漢丁. 並卜刷馬夫, 幼老味. 私持馬夫, 姜同.】

年少聰敏, 洪處純.【壬午.】南陽人.【二行. 三房別陪行.】

【驛馬夫, 昌黎, 李貴乭. 並卜刷馬夫, 乭伊. 私持馬夫, 敬賢.】

次上通事, 金宗吉.【乙亥.】漢陽人.【初行.】

【驛馬夫, 大同, 白孟同. 並卜刷馬夫, 善宗. 私持馬夫, 奉伊.】

押物通事, 金亨瑞.【己巳.】牛峰人.【三行.】

---

73 저본에는 '己酉'로 되어 있는데 바로잡는다.

74 三房: 書狀官을 말한다.

【驛馬夫, 平陵, 洪橙西. 並卜刷馬夫, 漢大. 私持馬夫, 賢大.】

卞得圭.【癸未.[75]】草溪人.[76]【初行. 副房別陪行.】

【驛馬夫, 魚川, 安道井. 並卜刷馬夫, □□.[77] 私持馬夫,
斗文.】

　　李邦昱.【辛酉.】河陰人.[78]【六行. 上房乾糧官.】

【驛馬夫, 碧沙, 李山應. 並卜刷馬夫, □□.[79] 私持馬夫,
正東.】

　　偶語別遞兒, 吳載恒.【庚午.】樂安人.【三行. 上房別陪行.】

【驛馬夫, 銀溪, 權一太. 並卜刷馬夫, 大英. 私持馬夫, 宅京.】

　　敎誨, 金世禧.【甲子.】雪城人.【三行. 公幹. 歲幣及米領
去官.】

【驛馬夫, 成歡, 金有卜. 並卜刷馬夫, 老味. 私持馬夫, 永泰.】

　　蒙學別遞兒, 金致禎.【辛酉.】樂安人.【六行. 掌務官.
上房陪行.】

【驛馬夫, 金泉, 李今乭. 並卜刷馬夫, 亘卜. 私持馬夫, 聖

75　저본에는 '甲申'으로 되어 있는데 바로잡는다.

76　저본에는 '密陽人'으로 되어 있는데 바로잡는다.

77　저본에는 공란으로 되어 있는데 보충한다.

78　저본에는 '江陰人'으로 되어 있는데 바로잡는다.

79　저본에는 공란으로 되어 있는데 보충한다.

海. 奴子, 萬大, 三房奴.】

倭學聰敏, 趙完澤.【辛未.】韓山人.【三行. 歲幣領去官.】

　　　【驛馬夫, 召村, 朴莫三. 並卜刷馬夫, □□.⁸⁰ 私持馬夫,
春金.】

教誨, 邊鎬.【戊寅.】原州人.【二行. 副房乾糧官.】

　　　【驛馬夫, 幽谷, 朴松傑. 並卜刷馬夫, □□.⁸¹ 私持馬夫,
在春.】

蒙學元遞兒, 趙孟喜.【丙寅.】韓山人.【十行. 歲幣米領
去官.】

　　　【驛馬夫, 金井, 金龍得. 並卜刷馬夫, □□.⁸² 私持馬夫,
卓東.】

淸學別遞兒, 金權.【辛巳.】靑陽人.⁸³【初行. 歲幣領去官.】

　　　【驛馬夫, 金井, 孫橙甲. 並卜刷馬夫, 五金. 私持馬夫, 德彬.】

被選, 洪處儉.【辛酉.】南陽人.【四行.】

　　　【驛馬夫, 自如, 李仙. 並卜刷馬夫, 東伊. 私持馬夫, □
□.⁸⁴】

---

80 저본에는 공란으로 되어 있는데 보충한다.

81 저본에는 공란으로 되어 있는데 보충한다.

82 저본에는 공란으로 되어 있는데 보충한다.

83 저본에는 '淸陽人'으로 되어 있는데 바로잡는다.

新遞兒, 李寅旭.【戊午.】全州人.【二行.】

　　【驛馬夫, 參禮, 金成大. 並卜刷馬夫, □□.[85] 私持馬夫,
昌克.】

　　偶語別差, 高景禹.【己卯.】濟州人.【初行.】

　　【自騎馬夫, 允金.】

　醫員,[86] 前直長, 鄭思信.【丁卯.】峰山人.【初行.】

　　【驛馬夫, 連源, 朴以山. 並卜刷馬夫, □□.[87] 私持馬夫,
萬秀.】

　　寫字官,[88] 嘉善, 趙重鉉.【癸丑.】坡平人.【初行.】

　　【驛馬夫, 碧沙, 金應世. 並卜刷馬夫, 三同. 私持馬夫, 大亨.】

　　畫員, 副司果, 李宗根.【庚午.】完山人.【初行.】

　　【驛馬夫, 漆原, 金中味. 並卜刷馬夫, □□.[89] 私持馬夫,
鐵宗.】

　　日官, 前正, 崔光晉.【乙卯.】隨城人.【初行.】

84　저본에는 공란으로 되어 있는데 보충한다.

85　저본에는 공란으로 되어 있는데 보충한다.

86　醫員 : 內醫院의 관리를 말한다.

87　저본에는 공란으로 되어 있는데 보충한다.

88　寫字官 : 承文院·奎章閣의 벼슬로 주로 문서를 정사하는 일을 담당하며, 사
　　신 일행의 문서를 정사한다.

89　저본에는 공란으로 되어 있는데 보충한다.

【驛馬夫, 自如, <u>鄭儉禮</u>. 並卜刷馬夫, □□.[90] 私持馬夫,
<u>允希</u>.】

〈行中人共數〉

正使一員. 副使一員. 書狀官一員.

軍官八員. 譯官二十二員. 御醫寫畫醫日官五員.

灣上軍官二人.【放料, <u>安寬協</u>. 下處, <u>金相儉</u>.】內局書員一
人. 上副三房奴子五名. 軍官奴子三名. 譯官奴子七名.
御醫寫官奴子二名. 上副三房書者·馬頭·左牽·持傘·扶轎·
軍牢·引路等二十七名. 上副房廚子四名. 表咨文歲幣方物
馬頭五名. 首譯馬頭一名. 驛馬夫四十九名. 兼濟馬夫二
名. 刷馬夫八十二名. 又十九名. 卜刷馬夫十一名. 並卜
刷馬夫十五名. 私持馬夫四十二名. 並卜私持馬夫六名.
自騎馬夫三名.

以上人共三百二十四員人名.

---

90 저본에는 공란으로 되어 있는데 보충한다.

〈行中馬共數〉

驛馬四十九匹內. 五匹上房. 二匹上房.【道先生馬.】 四匹副房. 三匹三房. 八匹軍官. 二十一匹譯官. 五匹御醫寫畫醫日官. 一匹內局書員.

兼濟馬二匹.【上房道先生馬.】

刷馬八十二匹內.【巡營庫三十四匹. 運餉庫三十八匹. 海西庫十匹.】 二十九匹上房. 二十九匹副房. 六匹三房. 一匹表咨文. 一匹乾糧馬頭. 五匹北灣上. 七匹驛子都卜.

又十九匹內. 七匹一雙尙方貿易. 一雙內農圃貿易. 九匹一雙內局貿易. 一雙救急藥材. 一匹御醫藥物.

卜刷馬十一匹內. 九匹堂上軍官譯官兩通事. 二匹御醫寫官.

並卜刷馬十四匹一雙內. 十匹軍官譯官. 四匹一雙醫畫日官內局書員上副三房奴子.

私持馬四十二匹內.【堂上譯官別私持四匹幷入.】

並卜私持馬六匹內. 三匹上副三房書者馬頭. 二匹上副房廚子. 一匹軍牢.

自騎馬九匹內. 一匹偶語別差. 二必灣上軍官. 四匹廚子. 二匹軍牢.

以上馬共二百三十五匹.

〈行中包銀[91]數〉

京銀雜折三萬六千百兩. 松銀五千兩. 灣銀雜折三萬二千一百十六兩. 尙方貿易銀四千四百六十四兩. 內局貿易銀四千二百三十七兩五錢六分. 管運餉不虞備銀八百三十三兩一錢四分.

以上銀共八萬三千二百五十一兩九錢六分.

刷馬歲幣木一百二十六匹. 米三十四匹. 方物四十五匹. 元盤纏[92]三匹. 別盤纏[93]三匹. 添載盤纏三十四匹. 京路費十六匹. 上副房柤籠四匹. 三行帳幕五匹. 軍糧二十一匹.

以上并夫落柵.

---

91 包銀: 사행의 여비 조달을 위해 인삼 열 근씩 담은 꾸러미 여덟 개 즉 八包를 가져가도록 하다가 인삼 대신 그 값에 상당하는 銀을 가져가도록 했는데, 이를 '포은'이라 한다.

92 元盤纏: 사행단에게 지급하는 路資를 말한다.

93 別盤纏: 사행단에게 지급하는 元盤纏 외에 따로 지급하는 노자를 말한다.

十月小乙未, 二十日, 甲寅.

曉赴闕, 少憩于尙瑞院,⁹⁴ 徐判府【命善】·⁹⁵金判府【熤】·⁹⁶
李左相【在協】·⁹⁷鄭兵判【昌順】·⁹⁸徐畿伯【有防】⁹⁹來見. 少頃,
南科呼望, 與副使·書狀, 行禮于仁政殿庭. 仍有三使留待

94　尙瑞院 : 仁政門 안에 있는 관청으로 玉璽·符牌·節鉞·馬牌를 관장한다.

95　徐判府【命善】 : 判中樞府事 徐命善(1728~1791). 본관은 大丘, 자는 繼仲,
　　호는 歸泉·桐源, 시호는 忠憲 또는 忠文. 1763년(영조 39) 문과에 급제하
　　여, 벼슬은 우의정·좌의정·영의정을 역임했다.

96　金判府【熤】 : 判中樞府事 金熤(1723~1790). 본관은 延安, 자는 光仲, 호는
　　竹下·藥峴, 시호는 文貞. 1763년(영조 39) 문과에 급제하여, 벼슬은 대사
　　헌·우의정·영의정을 역임했다. 1784년 陳奏兼奏請正使·1786년 冬至謝恩
　　正使로 북경에 다녀왔다.

97　李左相【在協】 : 左議政 李在協(1731~1789). 본관은 龍仁, 자는 汝皐, 봉호
　　는 仁陵君. 1757년(영조 33) 문과에 급제하여, 벼슬은 우의정·좌의정·영의
　　정 등을 역임했다.

98　鄭兵判【昌順】 : 兵曹判書 鄭昌順(1727~1798). 본관은 溫陽, 자는 祈天, 호
　　는 四於. 1757년(영조 33) 문과에 급제하여, 벼슬은 경상도관찰사·예조판
　　서·판중추부사 등을 역임했다. 1776년 告訃兼請謚承襲副使로 북경에 다녀
　　왔고, 高橋堡에서 管餉銀을 잃어버려 三使가 모두 파직되었다.

99　徐畿伯【有防】 : 京畿道觀察使 徐有防(1741~1798). 본관은 達城, 자는 元禮,
　　호는 奉軒, 시호는 孝簡. 1772년(영조 48) 문과에 급제하여, 벼슬은 병조판
　　서·경기도관찰사·강원도관찰사 등을 역임했다. 1795년 進賀副使로 북경에
　　다녀왔다.

參班大臣, 同爲入侍之命. 遂訪閣外, 與承旨尹行元·[100]假
注書趙台榮·[101]左右史李相璜·[102]金祖淳,[103] 徐·金兩判·[104]
李左相·[105]副使·書狀, 入侍于誠正閣, 進伏問候訖.

　上曰：“右相[106]遠出, 心甚悵然.”

　賤臣進曰 :“臣今將辭陛, 經歲異域, 下情不勝戀缺, 況
爲擧國顒望之辰, 獨作萬里往役之行, 眷係祈祝之私, 尤
不容盡達.”[107]

100 尹行元(1732~?) : 본관은 坡平, 자는 伯春. 1775년(영조 51) 문과에 급제하
　　여, 벼슬은 대사간·우승지·대사성 등을 역임했다.

101 趙台榮(1760~?) : 본관은 白川, 자는 慶之. 1787년(정조 11) 문과에 급제하
　　여, 벼슬은 승정원주서·사간원사간·사헌부집의 등을 역임했다.

102 李相璜(1763~1841) : 본관은 全州, 자는 周玉, 호는 桐漁·玄圃, 시호는 文
　　翼. 1786년(정조 10) 문과에 급제하여, 벼슬은 영의정·호조판서·영중추부
　　사 등을 역임했다. 1813년 謝恩正使·1829년 瀋陽問安正使·1830년 奏請
　　正使로 북경에 다녀왔다. 저서로 『동어집』·『海營日記』가 있다.

103 金祖淳(1765~1832) : 본관은 安東, 초명은 洛淳, 자는 士源, 호는 楓皐, 시
　　호는 忠文. 1785년(정조 9) 문과에 급제하여, 벼슬은 이조참의·부제학·이
　　조판서 등을 역임했다. 1792년 冬至兼謝恩使의 서장관으로 북경에 다녀왔
　　다. 저서로 『풍고집』이 있다.

104 徐·金兩判 : 判中樞府事 徐命善·判中樞府事 金熤을 말한다.

105 李左相 : 左議政 李在協을 말한다.

106 右相 : 右議政 兪彦鎬를 말한다.

107 上曰…不容盡達 : 『日省錄』, 1787년(정조 11) 10월 20일 참조.

上自香案手取一軸紙, 授內侍傳宣, 起受展玩, 則乃御製賦章[108]也. 白色花牋, 書以'西節纔歸又北槎, 再勞原隰意如何. 宮筵慣識詩三百, 此去殊庭用得多.'其下安御章, 弘齋二字也.

敬覽訖, 作而謝曰:"周雅之四牡·皇華,[109] 卽古聖王遣使勞閔之詩, 千載之下, 亦足以想像感嘆, 而如臣無似, 幸逢盛際, 親於其身, 誠不勝惶感榮幸之下忱."

上曰:"渡江當在幾時?"

對曰:"似在望念間."

上曰:"筋力精强, 可保善往還矣."

賤臣曰:"臣以行事, 有所仰達者. 臣之帶率軍官, 以前府使李羲星啓下矣, 身病猝重, 無以作行. 其代以兼司保將柳增萬改付標, 以入所帶禁軍將之任, 則今姑改差何如?"

上曰:"依爲之."【出擧條.】

賤臣又曰:"臣向於前席, 略陳私懇矣. 臣之見任, 不過充位, 而奉命五六朔之間, 虛帶殘名, 則亦不得爲充位.

---

108 御製賦章: 正祖, 『弘齋全書』 권2, 「贐原任提學兪彦鎬赴燕」 참조.
109 四牡·皇華: 『詩經』, 「小雅」, 〈四牡〉·〈皇皇者華〉 참조.

其爲國體私義之難安，當如何哉？雖以武將言之，佩符出城，法所不許，則今此仍佩往還於萬里之域，尤是格例之外，冀蒙體諒之恩矣．”

上曰：“已事斑斑，所辭誠過矣．”

對曰：“煩瀆是懼，不敬更達，而當於渡江之前，冒入文字，復申籲號矣．”

上笑曰：“循例之事，則予不得止之．”

仍及禁紋禁書事，縷縷下教．

對曰：“自見向日傳教，先已申飭于象譯輩，而到彼後，謹當着意糾察矣．”

上曰：“拜表時晚，卿等退去可也．”

賤臣曰：“臣臨退益不勝耿結，惟願保嗇聖躬焉．”

上曰：“悵然矣．”

仍命招入檢書官，奉御詩納筒，前導至西郊．又命內侍，就賜物中，特入貂鼠煖帽，分賜三使臣，各頂戴而出．到仁政殿東廊，改服黑袍，掖隸來宣，賜物單子，卽貂皮·紗帽·耳掩·具纓子一部，蠟藥十種，胡椒五升，丹木二十斤，白磻十斤，扇子七把．又自內閣別賜，人參補中益氣湯五貼，人參六君子湯五貼，人參養胃湯五貼，牛黃淸心元十丸，龍腦安神丸十五丸，九味淸心元七丸，蘇合元三十丸，龍腦膏三丸，薄荷煎五丸，紫金丹三錠，木香膏三丸，木瓜丸十錠, 桂薑丸三十丸, 神保丸二錢, 好合茵陳元五錢, 白綿紙三十卷, 楮注紙二十卷, 胡椒三斗, 丹木三十斤, 白礬二十斤, 方物劍一柄, 鳥銃一柄, 馬上油芚一事, 靑黍皮二十張, 木綿十疋, 布子十疋. 此則非恒式, 故寫呈祗受單子.

拜表時至, 與副使陞就殿陛, 東西向立, 百官行禮訖. 入就殿內, 吏兵房承旨洪仁浩·[110]曹允大,[111] 跪傳卓上表咨文, 祗受奉安于龍亭,[112] 細仗鼓吹如儀, 三使隨之. 徐·金兩判府, 自西班少前, 立叙別語, 出敦化門. 閣吏奉御詩筒前導, 至慕華館,[113] 改服查對[114]訖. 具工判允鈺·[115]

---

110 洪仁浩(1753~1799) : 본관은 豊山, 초명은 英漢, 자는 元伯·雲伯, 호는 後跡·七隱·愚軒. 1777년(정조 1) 문과에 급제하여, 벼슬은 승지·대사헌·강원감사 등을 역임했다.

111 曹允大(1748~1813) : 본관은 昌寧, 자는 士元, 호는 東浦. 1779년(정조 3) 문과에 급제하여, 벼슬은 이조판서·한성판윤·판돈녕부사 등을 역임했다. 1801년 冬至兼陳奏正使로 신유사옥에서 처형된 청나라 신부 周文謨에 대한 전후 사정을 전했고, 1811년 冬至正使로 북경에 다녀왔다.

112 龍亭 : 龍亭子로 불리는데 나라의 玉冊·金寶 등 보배를 운반할 때 쓰는 肩輿를 말한다.

113 慕華館 : 중국 사신을 맞이하기 위해 설치한 객관이다. 1407년 開京의 迎賓館을 모방하여 서대문 밖에 세우고 '慕華樓'라 이름을 붙인 것이 그 시작이다. 이후 중국 사신을 맞이하는 객관으로 기능을 하다가 청일전쟁 이후 폐

吳參贊載純·¹¹⁶徐戶判有隣·¹¹⁷李刑判在簡·¹¹⁸金禮判履
素·¹¹⁹金吏參文淳·¹²⁰洪刑參秀輔·¹²¹黃兵參昇源·¹²²朴右

지되었다. 모화관 앞에 서 있던 迎恩門 자리에 지금은 독립문이 들어섰다.

114 查對 : 중국에 보내는 表文과 咨文을 살펴서 그 내용이 틀림없는가를 확인
하던 일을 말한다. 사신이 출발하기 전 崇文院·承政院·議政府 등에서 3
차례 검토하고, 도성을 출발한 뒤에도 黃州·平壤·義州 3곳에서 查對하는
것이 관례였다.

115 具工判允鈺 : 工曹判書 具允鈺(1720~1792). 본관은 綾城, 자는 聖集. 1753
년(영조 29) 문과에 급제하여, 벼슬은 병조판서·호조판서·판중추부사 등
을 역임했다. 1768년 冬至謝恩副使로 북경에 다녀왔다.

116 吳參贊載純 : 議政府左參贊 吳載純(1722~1792). 본관은 海州, 자는 文卿,
호는 醇庵·愚不及齋, 시호는 文靖. 1772년(영조 48) 문과에 급제하여, 벼
슬은 예문관제학·판의금부사·판중추부사 등을 역임했다. 1783년 瀋陽問
安使의 부사로 심양에 다녀왔다. 저서로 『순암집』이 있다.

117 徐戶判有隣 : 戶曹判書 徐有隣(1738~1802). 본관은 達城, 자는 元德, 호는
潁湖, 시호는 文獻. 1766년(영조 42) 문과에 급제하여, 벼슬은 판의금부
사·한성부판윤·수원부유수 등을 역임했다.

118 李刑判在簡 : 刑曹判書 李在簡(1733~1789). 본관은 龍仁, 자는 汝聃. 1759
년(영조 35) 문과에 급제하여, 벼슬은 우참찬·예조판서·대사헌 등을 역임
했다.

119 金禮判履素 : 禮曹判書 金履素(1735~1798). 본관은 安東, 자는 伯安, 호는
庸庵, 시호는 翼憲. 1764년(영조 40) 문과에 급제하여, 벼슬은 이조참판·예
조판서·좌의정 등을 역임했다. 1784년 冊封副使·1791년 冬至正使·1794
년 進賀正使로 북경에 다녀왔다.

120 金吏參文淳 : 吏曹參判 金文淳(1744~1811). 본관은 安東, 자는 在人. 1767

尹祐源,¹²³ 俱以政府六曹堂上, 或槐院提擧,¹²⁴ 同參查對.
仍作別而歸, 獨左相爲之少留, 盖以時任出疆, 則例自晝
廳設餞故也. 酒三行, 將起, 左相握手繾綣. 權正言中
憲·¹²⁵前僉使鄭信遠·摠歷尹坤·工郎兪漢忠·禁都兪國柱·
前衛將趙命鎭·校書校理金洪運·¹²⁶備郎柳友仁·安翼李駿
儉·梁嶢朴光進·前察訪李範天·寫官洪慶運·醫人李命運亦
來別. 金領相【致仁】·¹²⁷鄭領府【存謙】·¹²⁸洪領敦【樂性】·¹²⁹

년(영조 43) 문과에 급제하여, 벼슬은 이조판서·선혜청당상·우참찬 등을
역임했다.

121 洪刑參秀輔 : 刑曹參判 洪秀輔(1723~1799). 본관은 豊山, 자는 君實, 호는
含翠·松磵. 1756년(영조 32) 문과에 급제하여, 벼슬은 강화부유수·예조참
판·한성부판윤 등을 역임했다. 1781년 冬至副使로 북경에 다녀왔다.

122 黃兵參昇源 : 兵曹參判 黃昇源(1722~1807). 본관은 長水, 자는 允之, 시호는
文獻. 1771년(영조 47) 별시문과에 급제하여, 벼슬은 판의금부사·우참찬·
이조판서 등을 역임했다. 1781년 冬至使의 서장관으로 북경에 다녀왔다.

123 朴右尹祐源 : 漢城府右尹 朴祐源(1739~1794). 본관은 潘南, 자는 君受.
1774년(영조 50) 문과에 급제하여, 벼슬은 예조판서·경기도관찰사·강화
유수 등을 역임했다.

124 槐院提擧 : 承文院提調를 말한다.

125 權正言中憲 : 正言 權中憲(1774~?). 본관은 安東. 1774년(영조 50) 문과에
급제하여, 벼슬은 지평·장령·헌납 등을 역임했다.

126 金洪運(1738~?) : 본관은 光山, 자는 錫汝, 호는 東方子. 1775년(영조 51)
문과에 급제하여, 벼슬은 사천현감·영유현령 등을 역임했다.

李判府【福源】·¹³⁰訓將李敬懋·¹³¹禁將徐有大·¹³²御將金持
默·¹³³摠使徐有寧,¹³⁴ 各送錄事¹³⁵與將校致問. 畿伯¹³⁶以

---

127 金領相【致仁】: 領議政 金致仁(1716~1790). 본관은 清風, 자는 公恕, 호는
古亭, 시호는 憲肅. 1748년(영조 24) 춘당대 문과에 급제하여, 벼슬은 영의
정·판중추부사·영중추부사 등을 역임했다. 1776년 告訃兼承襲奏請正使
로 북경에 다녀왔다.

128 鄭領府【存謙】: 領中樞府事 鄭存謙(1722~1794). 본관은 東萊, 자는 大受,
호는 陽菴·陽齋·源村. 시호는 文安. 1751년(영조 27) 문과에 급제하여,
벼슬은 좌의정·우의정·영의정 등을 역임했다. 1782년 冬至兼謝恩正使로
북경에 다녀왔다.

129 洪領敦【樂性】: 領敦寧府事 洪樂性(1718~1798). 본관은 豊山, 자는 子安,
호는 恒齋, 시호는 孝安. 1744년(영조 20) 춘당대문과에 급제하여, 벼슬은
전라도관찰사·영의정 등을 역임했다. 1783년 謝恩正使로 북경에 다녀왔다.

130 李判府【福源】: 判中樞府事 李福源(1719~1792). 본관은 延安, 자는 綏之,
호는 雙溪. 시호는 文靖. 1754년 증광 문과에 급제하여, 벼슬은 형조판서·
우의정·좌의정 등을 역임했다. 1783년 瀋陽問安正使로 심양에 다녀왔다.

131 李敬懋(1728~1799): 본관은 全州, 자는 士直, 시호는 武肅. 무과에 급제하
여, 벼슬은 금군별장·삼도수군통제사·금위대장 등을 역임했다.

132 徐有大(1732~1802): 본관은 達城, 자는 子謙, 호는 晩圃, 시호는 武翼. 무과
에 급제하여, 벼슬은 훈련도감중군·좌포도대장·어영대장 등을 역임했다.

133 金持默(1724~1799): 본관은 清風, 자는 維則, 시호는 翼憲. 1750년(영조
26) 생원에 합격하여, 벼슬은 판돈녕부사·총융사 등을 역임했다.

134 徐有寧(1733~1789): 본관은 達城, 자는 致五. 1766년(영조 42) 문과에 급
제하여, 벼슬은 호조참판·함경도관찰사·황해도관찰사 등을 역임했다.

135 錄事: 조선 시대 議政府나 中樞院에 속한 京衙前의 상급 구실아치를 통틀

陪行事下直, 而聞方入侍, 不得出來, 仍令落後.

自此改衣平服, 乘轎踰慕華峴,[137] 到弘濟院. 路左已設小幕, 富平漢雋·[138]保僉駿柱·[139]姜正郎彙鈺,[140] 各携酒餞別. 定姪[141]父子·寔姪·[142]前水使許泍·前府使田光說·李鴻運·前中軍李光燮·引儀許哺·醫官安璟·李元鎭·亨鎭亦來別. 衿川縣監俞漢參, 以都差員入謁, 使之落後. 傔從及帶率, 皆令自此辭歸.

酉時前進, 行四十里, 初更抵高陽. 郡守李素·方物差員

어 이르던 말로, 기록을 담당하거나 문서·錢穀 따위를 담당했다.

136 畿伯: 京畿道觀察使 徐有防을 말한다.

137 慕華峴: 서울에서 西道로 나갈 때 반드시 거쳐야 하는 무악재를 말한다. 중국 사신을 접대했던 慕華館이 있어서 慕華嶺이라 불렸다.

138 漢雋: 俞漢雋을 말한다.

139 駿柱: 俞駿柱(1746~1793). 본관은 杞溪, 자는 聖大·文聲. 1768년(영조 44) 진사에 급제하여, 벼슬은 義禁府都事·宣惠廳郎廳·戶曹正郎 등을 역임했다. 유언호가 그의 죽음에 묘표를 써준 바 있다. 俞彦鎬,『燕石』책7,「聖大墓表【甲寅】」참조.

140 姜正郎彙鈺: 姜彙鈺(1748~?). 본관은 晉州, 자는 爰德. 1755년 문과에 급제하여, 벼슬은 자인현감·순천부사 등을 역임했다.

141 定姪: 俞漢定로 俞彦鉉의 養子로 俞彦鎬의 조카이다.

142 寔姪: 俞漢寔(1761~?). 자는 子範. 俞彦鏥의 아들로 俞彦鎬의 조카. 1792년(정조 16) 진사에 합격하여, 벼슬은 현릉참봉·고양군수·함흥판관 등을 역임했다.

平丘察訪金喜慶·夫馬差員重林察訪高廷煥入謁. 前府使梁塤·李元謙·李義星, 送行至此. 朴監役趾源[143]及閔正言師宣,[144] 携酒來話, 夜深而罷. 趙慶山鎭明,[145] 隨其大人副使行, 乘夜來見. 本郡姓族彦俊·漢誼·漢老·直柱·必煥亦來見. 夜宿存愛堂, 卽衙軒也.

廿一日, 乙卯. 曉大雷雨, 至朝始霽.

副使·書狀來見. 諸人皆辭歸, 獨李義星隨之. 晚發, 行四十里, 到坡州, 牧使吳載重入謁. 副使軍官韓恒大·書狀軍官鄭如淵·趙生得永來見. 趙則爲副使孫而隨行至此者

---

143 朴監役趾源: 繕工監監役 朴趾源(1737~1805). 본관은 潘南, 자는 美仲·仲美, 호는 燕巖·煙湘·洌上外史. 1786년 蔭仕로 선공감감역에 제수되어, 벼슬은 한성부판관·면천군수·양양부사 등을 역임했다. 1780년 進賀正使 朴明源의 수행원으로 북경에 다녀와『熱河日記』를 남겼다. 저서로『연암집』·『課農小抄』 등이 있다.

144 閔正言師宣: 正言 閔師宣(1746~?). 본관은 驪興, 자는 希文. 1778년(정조 2) 문과에 급제하여, 벼슬은 사헌부지평·정언·헌납·사간 등을 역임했다.

145 趙慶山鎭明: 趙鎭明(1741~1803). 본관은 豊壤, 자는 公華. 趙瑛의 아들. 1771년(영조 47) 진사에 급제하여, 벼슬은 평양서윤 등을 역임했다.

也. 海伯金思穆,[146] 以金川郡迎候事, 狀聞謄報, 故題送以勿爲出待. 夜宿豊樂軒,[147] 卽州衙也.

廿二日, 丙辰.

李義星告歸, 付家書. 早發, 行四十里, 至長湍, 午炊于臨湍館, 府使李觀賢入謁. 尹參奉厚東,[148] 具酒饌來別. 鄭志仁以松營幕裨迎謁. 政府丘從[149]領到行有之遺漏者, 其回付家書. 歷見尹監役獻東, 爲設酒饌以待之. 又行四十里, 至松都, 府民百餘人, 出迎於路左, 館于乃成堂.[150] 留守閔鐘顯,[151] 在京未還. 經歷韓鼎運·[152]大興中軍趙宅

---

146 金思穆(1740~1829) : 본관은 慶州, 자는 伯深, 호는 雲巢. 1772년(영조 48) 문과에 급제하여, 벼슬은 황해도관찰사·예조판서·우의정 등을 역임했다.

147 豊樂軒 : 坡州의 政堂으로, 崔錫鼎의 「坡州豊樂軒記」에 상세하다.

148 尹參奉厚東 : 順陵參奉 尹厚東(1749~?). 본관은 海平, 자는 載大. 1774년 (영조 50) 진사에 합격하여, 벼슬은 순릉참봉·제천현감·평양서윤 등을 역임했다.

149 丘從 : 驅從을 말한다.

150 乃成堂 : 開城府의 椽吏廳을 말한다.

151 閔鍾顯(1753~1798) : 본관은 驪興, 자는 公紀, 호는 寒溪, 초명은 閔鍾烈,

鎭·礪峴僉使張瑞翬入謁. 府人朴濟·梁浩孟·[153]彦孟·將校
金始泳·金儉礪等來謁. 留守胤子致福,[154] 再來穩話.

廿三日, 丁巳.

付家書于營便. 書狀及府居進士金載晉·[155]前參奉王爾
賓來見. 晚發, 行四十里, 至金川郡. 京畿差員平丘·重林
兩察訪辭歸. 本郡守李廷衡及本道假都事延安府使趙

　　시호는 文穆. 1766년(영조 42) 문과에 급제하여, 벼슬은 대사헌·이조참판
　　등을 역임했다. 1787년 冬至副使로 발탁되었으나 冬至正使 유언호와의 상
　　피 관계로 교체되었다.

152 韓鼎運(1741~?): 본관은 淸州, 자는 士凝. 1768년(영조 44) 문과에 급제하
　　여, 벼슬은 형조참의·영월부사·풍천부사 등을 역임했다.

153 梁浩孟: 본관은 南陽, 자는 養直, 호는 竹塢. 개성의 부유한 鄕班으로, 박
　　지원이 황해도 금천의 연암협으로 이거하면서 개성에 잠시 머물 때 그의
　　별장에 묵은 적이 있었다. 그때부터 교분을 맺고 연암의 문하를 출입했다.
　　박지원은 「竹塢記」(『연암집』 권10)와 「梁護軍墓碣銘」(『연암집』 권7)을 써
　　준 바 있다.

154 留守胤子致福: 閔致福(1766~1814). 본관은 驪興, 자는 元履, 호는 擴齋.
　　1789년(정조 13) 사마시에 합격하여, 벼슬은 원릉참봉·동몽교관·남평현
　　감 등을 역임했다.

155 金載晉(1744~1804): 본관은 海豊, 자는 桐叟·元允, 호는 泊然齋.

瑗·[156]都差員遂安郡守趙毅鎭·[157]夫馬差員金郊察訪尹說·方物差員白持斂使柳枝蕾·支應官海州判官趙光逵·[158]平山府使金瑗[159]入謁. 副使來見. 本道兵使鄭觀采,[160] 送裨請安. 本道伯再昨出待本郡, 及見回, 題以有私故, 不免經歸, 留書致意, 又有數種贐儀. 夜宿察眉堂, 卽郡衙也.

廿四日, 戊午. 朝雪晚晴.

鄭志仁·松人梁浩孟, 隨到至是辭歸. 灣撥回, 見家書. 晚發, 行六十里, 至平山. 本府使金瑗·[161]延安府使·遂安

---

156 趙瑗(1730~?) : 본관은 豊壤. 副使 趙㻐의 아우. 1765년(영조 41) 생원에 합격하여, 벼슬은 홍천현감·판의금부사·연안부사 등을 역임했다.

157 趙毅鎭(1738~?) : 본관은 豊壤, 자는 剛仲. 1763(영조 39) 무과에 급제하여, 벼슬은 수안군수·평해군수 등을 역임했다.

158 趙光逵(1727~?) : 본관은 楊州, 자는 子謙. 趙榮進의 아들. 1760년 冬至副使 조영진의 打角으로 북경에 다녀왔다.

159 金瑗 : 『燕行日錄』에는 '金瀋'으로 되어 있다.

160 鄭觀采(1739년~?) : 본관은 迎日. 1765년(영조 41) 무과에 급제하여, 벼슬은 선천부사·장단부사·평안도병마절도 등을 역임했다.

161 金瑗 : 『燕行日錄』에는 '金瀋'으로 되어 있다.

郡守·谷山縣監申耆·[162]歲幣差員所已萬戶尹興商入謁. 夜
宿執公堂.

廿五日, 己未. 暮雪.

延安府使·谷山縣監·海州判官并辭歸. 延安則爲假都
事, 使之落後故也. 三倅各有贐儀. 府居韓威景國·景翼來
見. 早發, 行三十里, 至苾秀館午飯. 兎山縣監金思義[163]
入謁. 飯已前進, 路逢灣撥之去者, 付家書, 又於回撥, 見
家書. 行五十里, 到瑞興府. 府使李昌會, 因公上京, 留致
數種贐儀. 兼任遂安郡守·夫馬差員等及載寧郡守洪善
養[164]入謁. 行關于平安監司, 保勿出待境上, 以其病重也.
夜宿畏氏堂.

---

162 申耆(1741~?) : 본관은 平山, 자는 國老. 1783년(정조 7) 문과에 급제하여,
   벼슬은 호조참판·이조참의·강원도관찰사 등을 역임했다.

163 金思義(1753~?) : 본관은 慶州, 자는 逸汝. 1773년(영조 49) 진사에 합격하
   여, 벼슬은 호조정랑·나주목사·재령군수 등을 역임했다.

164 洪善養(1727~1798) : 본관은 南陽, 자는 士浩. 洪直弼의 손자. 1754년(영
   조30) 진사에 합격하여, 벼슬은 청주목사·상의원첨정 등을 역임했다.

廿六日, 庚申. 陰.

平山府使·載寧郡守幷辭歸. 都差員逶安郡守, 亦使之
落後. 早發, 行四十里, 至劍水館午飯. 鳳山郡守李鼎
揆·[165]文化縣令金履裕·[166]殷栗縣監宋啓來·[167]長淵縣監李
漸運入謁. 文化有賻儀. 安岳郡守尹曠, 亦有書有饋. 又
行三十里, 到鳳山郡. 本郡守·長淵縣監及副使軍官金學祚
入謁. 尹生在貞來見, 卽履禰[168]之子, 而隨書狀以往者也.
海州姜生瑗亦委到. 本道兵使, 送裨請安. 平安中軍李尙
履, 書問又有賻物. 夜宿近民堂.

---

165 李鼎揆(1735~?) : 본관은 驪州, 자는 公宅, 호는 養閒堂. 1768년(영조 44)
  문과에 급제하여, 벼슬은 대사간·대사헌 등을 역임했다.

166 金履裕 : 본관은 安東, 자는 仲順. 金坦行의 둘째 아들로 金履素의 아우.
  벼슬은 문화현령·과천현감 등을 역임했다.

167 宋啓來(1748~?) : 본관은 恩津, 자는 昌汝. 1774년(영조 50) 진사에 합격하
  여, 벼슬은 호조좌랑·은율현감 등을 역임했다.

168 履禰 : 正使軍官 尹履禰을 말한다.

廿七日, 辛酉.

長淵縣監及姜生瑗辭歸. 海州姓族彦瑣·彦珠來見. 飯後, 行四十里, 至黃州. 兵使鄭觀采·虞候李壽哲·本牧使趙長鎭·鳳山郡守·金郊察訪·所已萬戶入謁. 平壤人兪敬柱·恭柱·共允臣·有臣·林興鳳迎謁. 本道監司金思穆·水使宋載岳·平安監司李命植·[169]兵使白東俊, 幷送裨請安. 夜宿決勝堂, 卽兵營也.

廿八日, 壬戌.

留黃州. 飯後, 詣齊安館, 與副使·書狀·本牧使·鳳山郡守·金郊察訪, 查對表咨文後, 修啓付撥, 且付家書.

---

169 李命植(1720~1800): 본관은 延安, 자는 樨仲, 호는 木厓, 시호는 文貞.
1751년(영조 27) 문과에 급제하여, 벼슬은 한성부판윤·지중추부사·판의금부사 등을 역임했다. 1757년 告赴使의 서장관으로 북경에 다녀왔다.

廿九日, 癸亥.

灣撥回, 見家書. 早發, 行五十里, 至中和府, 午飯于育
物軒. 海西夫馬差員·金郊察訪·方物差員日峙僉使幷辭
歸. 本道監司, 送裨請安. 平壤人兪漢皓·金鼎爕·金尙豹·
康寅·本府人李鳳集·象集來見. 李則持酒致數巡. 營執事
軍官·左右房土官·營吏·營奴馬頭·營將及管城將厥執至敎
練官頭目等, 幷如例迎候, 以曾經道伯也.[170] 本府使林載
洙·淸南都差員寧川府使林永老·[171]假都事兼淸南驛馬兩具
差員大同察訪尹載命·[172]淸南方物差員廣梁僉使異景基·大
同江過涉差員平壤庶尹金履中·[173]祥原郡守南正圭入謁.
江西縣令金履九, 書問又有饋物. 又行五十里, 過大同江,
至平壤府. 中軍庶尹·三和府使南志默·寧川府使·江西縣

---

170 營執事…道伯也 : 『正祖實錄』에 따르면, 유언호는 1786(정조 10) 12월 15
　　일 평안도 관찰사에 제수되고, 이듬해 2월 25일 우의정에 제수되었다.

171 林永老(1737~?) : 본관은 平澤. 1765년(영조 41) 무과에 급제하여, 벼슬은
　　경원부사·칠곡부사·숙천부사 등을 역임했다.

172 尹載命(1729~?) : 본관은 坡平. 1774년(영조 50) 문과에 급제하여, 벼슬은
　　지평·병조정랑·장령 등을 역임했다.

173 金履中(1736~1793) : 본관은 安東, 자는 時可. 1771년(영조 47) 진사에 합
　　격하여, 벼슬은 용인현령·고양군수·서흥부사 등을 역임했다.

令·順安縣令李英教·¹⁷⁴孟山縣監沈寬鎭·大同察訪·淸北驛
馬兩具差員魚川察訪柳弘之¹⁷⁵入謁. 三和·孟山，則有數
種贐儀. 營本府將校趙昌大·¹⁷⁶共德輝等二十三人入謁，
進酒饌受之. 夜宿練光亭. 監司有病委頓，不得相見. 其
季承旨命彬，¹⁷⁷ 出見穩話.

十一月大甲子，初一日，甲子. 朝霧晚晴.

留平壤. 曉詣大同館，與副使·書狀·中軍庶尹·三和·寧
川府使·江西·順安縣令·孟山縣監·大同·魚川察訪及行中員
譯等，行望闕禮.¹⁷⁸ 仍查對于東上軒，副使·書狀·庶尹·順

---

174 李英教(1740~?) : 본관은 全州, 자는 樂三. 1777년(정조 1) 진사에 합격하
　　여, 벼슬은 순안현감·괴산군수·충주목사 등을 역임했다.

175 柳弘之(1739~?) : 본관은 全州, 자는 士能. 1783년(정조 7) 증광문과에 급
　　제하여, 벼슬은 감동관·교서관교리 등을 역임했다.

176 趙昌大(1723~?) : 본관은 晉州. 1767년(영조 43) 무과에 급제하여, 벼슬은
　　오위장·보군고별장 등을 역임했다.

177 其季承旨命彬 : 李明彬(1722~?). 본관은 延安, 자는 士文. 李命植의 아우.
　　1765년(영조 41) 문과에 급제하여, 벼슬은 교리·평안도암행어사·우승지
　　등을 역임했다. 1770년 冬至使의 서장관으로 북경에 다녀왔다.

安縣令·大同·魚川察訪同參, 卽修啓以上, 又付家書. 慈
山府使尹東晚·[179]中和府使入謁, 慈山有賻儀. 咸從府史
尹履相,[180] 有書有饋. 海州判官, 亦專人書問, 送以酒柴.

初二日, 乙丑.

留平壤. 諸守令辭歸. 龍崗縣令李晴入謁, 且有賻儀.
灣撥, 付家書. 夜李承旨來別.

---

178 望闕禮 : 음력 초하루와 보름에 지방관이나 사신이 객사에 안치된 闕牌에
절하던 예식을 말한다. 이는 외관이나 사신이 왕을 공경하고 충성을 다한
다는 뜻을 나타내기 위한 것으로, 왕과 궁궐을 상징한 나무에 '闕' 자를 새
겨 패를 만들어 각 고을 관아의 객사에 봉안해 놓고 예를 올렸다.

179 尹東晚(1738~?) : 본관은 坡平. 1770년(영조 46) 문과에 급제하여, 벼슬은
사간원대사간·승지·좌윤 등을 역임하였다.

180 尹履相(1739~?) : 본관은 坡平, 자는 衡仲. 1774년(영조 50) 증광문과에 급
제하여, 벼슬은 지평·승지 등을 역임했다.

初三日, 丙寅.

治辭疏付上縣道, 又付家書. 龍崗縣令辭歸. 甑山康萬恒·萬咸·本府前佐郎金珍恪來見. 飯後發行, 庶尹有厚贐. 自前道先生[181]赴燕, 則自大同驛及兼濟庫,[182] 各送二匹轎馬, 又自營庫別有贐儀, 厥數夥然, 折錢爲三百餘兩云. 行五十里, 至順安. 本縣監及熙川郡守李渙·泰川縣監睦萬中.[183]大同察訪入謁. 熙川有贐物, 泰川以二律贈別.[184] 永柔妓蕙心, 年十九能詩. 春間巡邊時, 呼韻命賦, 賞以米包, 至是來謁, 寫呈一絶, 以行需如干種贈之.

---

181 道先生 : 觀察使를 말한다.

182 兼濟庫 : 조선 시대 중국을 왕래하는 사신의 짐을 실어 나르는 말과 인부의 삯으로 지급할 錢穀을 저장하던 창고를 말한다.

183 睦萬中(1727~1810) : 본관은 泗川, 자는 幼選, 호는 餘窩. 1759년(영조 35) 별시문과에 급제하여, 벼슬은 태산현감·대사간 등을 역임했다. 저서로 『여와집』이 있다.

184 泰川以二律贈別 : 목만중이 유언호에게 율시로 증별한 내용은 다음과 같다. 睦萬中,『餘窩集』권6,「贈兪右相【彦鎬】使燕」. "一別湖山歲幾廻, 關河此夕又離杯. 暫辭廊廟唧君命, 爲是朝廷重使材, 莫道重江隔萬里, 每從中夜望三台. 文章汪魏今誰踵, 仔細逢人問答來. / 霜毛不敢掩韶華, 赤舃從容驛路賒. 出塞仲冬多雨雪, 度遼終日盡風沙. 祇殘城郭猶前代, 可道車書是一家. 遙想君王虛席待, 禁林歸處正烟花."

初四日, 丁卯.

泰川縣監·熙川郡守辭歸. 早發, 行六十里, 至寧川. 本府使及安州牧使邊乃讓入謁. 本府使有賻儀. 始以都差員隨行, 故使之落後. 午飯于敬簡堂, 又行六十里, 到安州. 兵使白東俊·虞候權伋[185]及本牧入謁. 夜宿景梧軒, 卽州衙也.

初五日, 戊辰.

留安州. 殷山縣監韓曉裕·嘉山郡守李禹道·价川郡守金曦·本州前察訪金應麟·[186]前正郎白光澤[187]入謁. 价川有賻儀. 飯後, 查對于景梧軒, 副使·書狀·本牧·殷山縣監·大同

---

185 權伋(1738~?) : 본관은 安東, 자는 敬思. 1759년(영조 35) 진사에 합격하여, 벼슬은 현릉참봉·사릉참봉 등을 역임했다.
186 金應麟(1729~?) : 본관은 水原, 자는 信伯. 1771년(영조 47) 문과에 급제하여, 벼슬은 안릉찰방 등을 역임했다.
187 白光澤(1738~?) : 본관은 水原, 자는 潤民. 1765년(영조 41) 문과에 급제하여, 벼슬은 기사관·흥덕현감 등을 역임했다.

察訪同參, 修上狀啓, 仍付家書. 假都事大同察訪, 使之落後, 先歸. 成川府使李祖承·[188]江界府使李頤祥,[189] 俱書問, 又有贐儀.

初六日, 己巳.

殷山縣監辭歸. 兵使·本牧, 俱有贐儀. 平壤查對狀回便, 見家書. 飯後發行, 路逢灣撥, 付家書. 渡淸川江, 本牧以過涉差員, 來別江頭. 行五十里, 秣馬津頭村, 嘉山郡守入謁. 又行三十里, 過大定江,[190] 至嘉山. 本郡守及淸北都差員定州牧使李壽鵬·博川郡守朴基蘇·郭山郡守張重吉入謁. 博川則以大定江過涉差員, 適有殺獄, 不及待候云. 淸北方物差員安義僉使金重栗·古城僉使金大郁·廣梁僉使, 自外問安. 夜宿新嘉軒.

---

188 李祖承(1754~1805) : 본관은 延安, 자는 順汝. 1774년(영조 50) 문과에 급제하여, 벼슬은 사간원대사간·사헌부대사헌·의정부우참찬 등을 역임했다.

189 李頤祥(1732~?) : 본관은 延安, 자는 季養. 1774년(영조 50) 문과에 급제하여, 벼슬은 의주부윤·대사간·충청도관찰사 등을 역임했다.

190 大定江 : 博川江 또는 大寧江이라 불리며, 박천군의 서쪽 15리에 있다.

初七日, 庚午.

定州人承憲祖·[191]博川人兪漢章·郭山人兪漢興來見. 飯後發行, 行二十五里, 秣馬于納淸亭. 嘉山郡守至此辭歸, 有贐儀. 又行四十五里, 至定州. 本牧以午站, 本州座首[192]公兄之移囚, 惶悚待罪云, 使之入謁. 夜宿琴哺堂.

初八日, 辛未. 風雪.

留定州. 宣川府使金益彬·龍川府使朴鎏·魚川察訪入謁. 副使·書狀來見. 始過坡州也, 副使後到, 勸馬放炮如例. 譯輩私自請止出入, 時輒由正門, 亦違體例. 至是兵房, 定爲東挾往來之規, 盖故例然也. 淸北歲幣差員西林

---

191 承憲祖(1741~?) : 본관은 延日. 1798년(정조 22) 문과에 급제하여, 벼슬은 주부·좌랑 등을 역임했다.

192 座首 : 조선 시대 鄕廳의 우두머리로 首鄕·亞官이라고도 한다. 수령의 자문에 응하고 수령의 권력을 견제하면서 鄕員의 인사권과 행정 실무의 일부를 맡아보았다. 고종 32년(1895)에 鄕長으로 고치면서 유명무실한 존재가 되었다.

僉使朴重禧，以歲幣一百二十五馱，無弊領到義州事報
來．灣撥回，見家書．

初九日，壬申．甚寒．

曉過喪餘，愴緒鬱懷，不可形言．箕城查對狀回便，見
家書．本州白光澤·承憲祖父子入見．乾糧庫直朴有範，未
及定州五里，忽落馬傷臂，多般療治，終無減勢，不得已
留置閭舍．又使全傔世興[193]護視，俟其少間，昇到義州，
以爲觀勢去留之地．是日早發，行三十里，到雲興館午飯，
郭山地也．本郡守入謁．都差員定州牧使，隨到至此，使
之落後．灣撥付家書．又行四十里，至宣州．本府使入謁．
夜宿倚劍亭．

---

193 全傔世興：正使奴子 全世興을 말한다.

初十日, 癸酉. 陰.

本府使有贐儀. 早發, 由東林·西林兩城, 行五十里, 到
鐵山車輦館午炊. 本府使鄭澺入謁. 又行三十里, 到龍川
良策館, 宿聽流堂. 溪澗林壁, 幽爽可愛. 前有天淵亭, 狎
臨溪流, 亦頗精灑. 壁上多前人詩板, 次第點閱, 足以消
寂. 本府使入謁, 有贐物. 泰川縣監有書, 又寄短律一
篇.[194] 灣撥回, 見家書.

十一日, 甲戌. 極寒.

早發, 行五十里, 到義州所串館. 本府尹沈煥之,[195] 入
謁先歸. 又行三十里, 到義州府. 自箭門嶺, 已望鴨水[196]

---

194 泰川…一篇 : 목만중이 유언호에게 보낸 율시는 다음과 같다. 睦萬中, 『餘
窩集』 권6, 「右相至安陵, 撥路寄書奉贈.」 "家國蒼茫遠, 西流薩水長. 夢魂
依日月, 筋力晏冰霜. 縣吏元踈劣, 函書實寵光. 春風灣上意, 深眷詎能忘."
195 沈煥之(1730~1802) : 본관은 靑松, 자는 輝元, 호는 晩圃. 1771년(영조 47)
문과에 급제하여, 벼슬은 규장각제학·이조판서·우의정 등을 역임했다.
196 鴨水 : 鴨綠江을 말한다.

以北, 胡山矗矗, <u>馬耳</u>·<u>松鶻</u>·<u>鳳凰</u>[197]諸峯巒, 出沒於陳雲
黯黮中, 令人倍增去國離鄕之愁. 止宿<u>鎭邊軒</u>, 府尹及魚
川察訪入謁.

十二日, 乙亥. 風寒悸慄, 可知絶塞氣候, 有殊於他方也.

飯後, 行査對于<u>鎭邊軒</u>. 副使·書狀·府尹·魚川察訪同
參, 付進狀啓, 仍付家書. 楚山府使<u>林濟遠</u>·[198]昌城府使<u>李</u>
<u>周燦</u>·碧潼郡守<u>李漢佐</u>, 俱書問, 又有贐儀. 富平漢雋·保
斂<u>駿柱</u>, 并有書, 賾送御製詩以申別意. 領·左相·鄭領府·
李判府, 亦各書問.

十三日, 丙子. 寒.

安州査對狀回便, 見家書. 魚川察訪辭歸. 府尹日一入謁.

---

197 馬耳·松鶻·鳳凰: 馬耳山·松鶻山·鳳凰山을 말한다.

198 林濟遠(1737~?): 본관은 羅州, 자는 商用. 1771년(영조 47) 문과에 급제하
여, 벼슬은 대사간·고령현감·병조참판 등을 역임했다.

十四日, 丁丑. 寒.

是日爲冬至. 曉詣<u>龍灣館</u>, 行望賀禮. 副使·書狀·府尹·清城僉使<u>李昌彬</u>·麟山僉使<u>趙德仁</u>及行中員譯等同參. 歸路, 暫見副使于下處. 乘夜又見府尹而歸. 本道兵使, 送裨請安.

十五日, 戊寅. 大風寒, 晚又大雪.

曉詣館所, 行望闕禮. 參班人與昨日同, 獨副使·書狀, 有病未參. 聞初八日辭疏批下, 仍命此批答, 下送于平安監營. 附近遣守令中時常兼史者, 使卽齎往傳諭, 後形止仍令兼史狀聞事, 下諭于該道監司處.[199] 於是兼春秋雲山

---

199 初八日…監司處: 관련 내용이 『日省錄』에 보인다. 『日省錄』, 1787년(정조 11) 11월 8일. "右議政兪彥鎬, 從縣道上疏辭職賜批. 疏略曰: 行邁漸遠, 京國渺然. 凡係廟謨, 漠未與聞, 虛帶議政之銜, 不免於瘝且曠焉. 渡江之期隔日, 玆從縣道仰瀆, 乞解臣職. 批以行旆漸遠, 益覺悵然. 所辭誠過矣. 仍佩往返, 中書故事, 不啻班班, 卿須安心勿辭. 仍命此批答下送于平安監營, 附近邑守令中時帶兼史者, 使卽齎往傳諭, 後形止仍令兼史狀聞事, 下諭于該道監司處."

郡守金鳳顯,²⁰⁰ 午時承命來宣, 祗受如儀. 灣撥回, 見家
書, 又於兼史狀啓便, 付家書. 夜上望辰樓, 玩雪月.

十六日, 己卯. 極寒, 亥時月食.

雲山郡守辭歸. 書狀及趙生得永入見.

十七日, 庚辰.

鐵山府使入謁, 且有數種贐儀. 朴有範與全傔,²⁰¹ 自定
州追到, 盖聞其傷處, 自初顯勝云.

---

200 金鳳顯(1732~?) : 본관은 延安, 자는 潤伯. 1768년(영조 44) 문과에 급제하
     여, 벼슬은 호조좌랑·운산군수 등을 역임했다.
201 全傔 : 正使奴子 全世興을 말한다.

十八日, 辛巳.

本府巡檢狀啓便, 付家書. 夜深, 登二宜亭, 看月色. 亭在鎭邊[202]之北, 累十層階之上, 眺望豁然可喜.

十九日, 壬午. 自昨寒解.

皇曆齎咨官[203]從人先回, 本府狀聞, 故付家書於其便.

二十日, 癸未.

副使入見. 本府查對狀回便, 見家書. 渡江始定以是日, 因燕卜未及齊到, 更退於廿二日. 盖自後市罷[204]後, 銀路

---

202 鎭邊: 鎭邊軒을 말한다.
203 皇曆齎咨官: 李鎭復을 말한다.
204 後市罷: 柵門後市의 革罷를 말한다. 1787년 영의정 金致仁이 금년부터
     齎官과 節使의 행차 때 柵貨後市를 일체 혁파를 청하여 후시의 명칭이 없
     어진다.『正祖實錄』권23, 1787년(정조 11) 5월 22일 :『萬機要覽』,「財用

似廣, 而商輩不欲空費包直, 暗險如前潛越, 擧皆逗留觀
望云. 遂探得本府捕校中有力用事者, 李之弘·尹春成爲名
二人, 移囚於龍川府, 則奸計莫售. 行期漸迫, 於是乎絡
續流入, 數日之間, 正銀與雜卜折價之數, 幾滿八萬兩.
行中員譯, 雖不得一一准包, 而所不足者, 無論堂上下,
各不過四五百兩, 盖是近年所未有云.

廿一日, 甲申.

龍川府使入謁, 饋以酒肴數種. 本道監司, 旬前以病見
遞, 金台履素居其代, 交符將不遠矣, 候伯病亦少差, 專
撥送書, 以申向日失別之懷. 譯官李寅旭, 以報門官, 告
辭先行. 盖以某日使行當到柵門之意, 先通于鳳城將[205]故
也.

廿二日, 乙酉.

留義州凡十日, 將以是日渡江. 府尹有厚贐, 本府先設
三使幕次于江邊. 飯後, 由東門, 約行五里, 至幕次. 人馬
如雲, 殆同集場. 書狀與府尹, 搜檢行卜訖, 修渡江狀及
家書, 付諸陪持. 府尹及龍川府使辭歸. 朴有範亦自此還
向京中. 巡營小童安興祚, 卽在營時使令者, 及余還京,
亦隨來矣. 今行, 渠迎謁于鳳山, 仍隨到此中, 朴[206]也現
有病落後, 則不可無代, 使渠加冠以從之. 營執事朴酉鳳·
營吏金履宅·啓書洪處澤·馬頭金載福等, 以道先生之故,
依例陪行, 至是亦告歸. 未末, 三使先渡鴨江,[207] 本府哨
官率槍軍四十五名, 分護三行. 自此前排陳卒皆落後, 只
有牢子·[208]引路各一雙, 行色甚草草. 又渡小西江·中江,
過涉差員麟山僉使, 事竣辭歸. 偶見巡檢二胡, 立於路傍,
馬頭與之問答.

問: "爾在那裏?"

---

206 朴: 朴有範을 말한다.

207 鴨江: 鴨綠江을 말한다.

208 牢子: 일명 軍牢로 불리는데 軍營과 官衙에 소속되어 죄인을 다스리는 일
을 맡았던 군졸로, 사신단의 죄인을 구금하거나 형벌을 집행하는 담당한다.

答：“在村裏.”

問：“怎麼不洗臉?”

答：“天氣冷啊.”

問：“天氣暑呢怎麼，天氣冷啊爾的面羞啊.”

其人笑而無答，頗有愧色，觀者莫不失笑. 又過方坡浦，渡三江，至九連城止宿. 此去鴨江爲二十五里. 灣府[209]已先差人，設三行帳幕. 正使則三盖與四障，俱是重氈，下鋪薄板于土窖火上，方正穩燠，無異房室. 帳外多爇野燎以禦寒，時時吹角吶喊，以防虎患. 此城一名鎭江城，明時游擊將軍，留屯於此，萬曆戊午以後仍廢，只餘城址云.[210]

廿三日, 丙戌. 朝陰暮雨.

曉灣尹書問，始入家書，卽十九日所出也. 異域聞泣，

---

209 灣府：義州府를 말한다.

210 此城…城址云：兪拓基, 『燕行錄【辛丑】』. “九連城, 一名鎭江城. 明朝設置游擊將軍於此地, 作一關防, 而萬曆戊午以後, 仍成胡地, 只餘城址, 而亦不甚分明.”

無異漢世消息. 平明發行, 過望隅·者音卜·碑石隅·松隅·馬轉坡, 至金石山野次朝飯. 去九連[211]爲三十五里, 金石山逶迤蜿蜒, 水滙其傍, 峭爽可愛. 大抵三江以北, 所過山川明麗, 原野開曠, 處處岸樹方列, 明是昔時田園桑柘之墟, 可惜其一任荒棄也. 飯後, 又過雙西峴·溫井·細浦·柳田·湯站, 凡行三十里, 至葱秀山野次, 止宿如昨日. 湯站有城址, 尙宛然. 葱秀山川體勢, 恰似我東瑞興之葱秀. 是日雨不止, 夜又雪下. 下卒露處沾濕, 達宵關心, 不成穩眠.

廿四日, 丁亥. 大風寒.

早發, 過魚龍堆·沙坪·孔巖·上龍山, 至柵門. 去葱秀爲三十里, 野次朝飯. 俄而報門官回言："鳳城將方持柵鑰來到云." 傳與入柵報單, 書狀卽就門外, 點閱人馬共數訖, 三使先入. 入時, 以城將坐處之相望, 例皆卸轎, 前軛而過. 過時瞥看, 則城將主壁, 門御史與稅官, 分左右坐, 各

---

211 九連：九連城을 말한다.

据椅子, 校卒之列立者, 爲十餘人, 城將姓名額爾太阿云.
歲幣方物, 則以雇車未及到, 三庫別將等, 守直於柵外,
差員首譯,[212] 亦留待交付云. 館于柵內鄂姓人家. 修付入
柵狀啓於灣校之回, 且付家書. 護送領將槍軍亦辭歸. 柵
門在孤山下, 以小木縱橫排植, 中設一門, 以通往來. 自
此迎送官伊常阿·通官徐寧保,[213] 相後先以行. 每站護送
章京一人·甲軍二十名, 以次交遞云. 皇曆齎咨官李鎮
復,[214] 回到此處, 聞於晦初, 始當前進故留, 付家書. 主
胡二少女, 偶入炕內, 問其年, 則或十七·或十二, 各給淸
心丸一圓.

又給蜜果子十二者, 問曰: "好啊?"

答曰: "好啊. 這裏無有的東西云."

稚兒不識意義, 而能作此話頭, 聽之可喜.

---

212 首譯: 譯官 李洙를 말한다.

213 迎送官…徐寧保:『燕行日錄』에는 '通官徐寧甫·迎送官伊常阿'로 되어 있다.

214 李鎭復(1741~?): 본관은 全州, 자는 伯亨. 1762년(영조 38) 역과에 급제하
     여, 1787년 皇曆齎咨官으로 북경에 다녀왔다.

廿五日, 戊子. 終日大風, 寒威悷慄.

副使有事, 故爲留一日.[215] 夜書狀來見. 人馬之入柵者, 雖經搜檢, 而柵內外往來, 無禁攔入, 可兼使書狀, 更爲點閱, 各給紙牌, 以憑後考.

廿六日, 己丑. 晚後寒少解.

平明發行, 過安市城·榛坪·舊柵門·鳳凰山, 至鳳凰城. 去柵門爲三十里, 午炊于王姓人家. 龍川·鐵山漂人幷十三人, 方住城中, 來謁于路左, 故給小錢三條以送之.[216] 鳳城[217]不過一小遠堡, 而城堞高大, 市肆羅列, 不可比諸柵門. 從此以進, 可知其愈往愈盛也. 衆胡之來觀者, 塡街咽門以至, 轎不得入, 出亦如之. 又渡三叉河, 河源出自開原, 至此與混河·太子河合流, 故名三叉云. 歷乾者浦·

---

215 副使…留一日:『燕行日錄』에는 '風寒比昨尤酷, 故不得前進.'으로 되어 있다.

216 龍川…送之:『燕行日錄』에는 '我國人十餘名, 羅拜于前, 問之則龍川民漂泊, 方到鳳城, 而爲待領付咨文, 久留此處, 糧資見乏云. 故略干帖給.'으로 되어 있다.

217 鳳城: 鳳凰城을 말한다.

伯顏洞, 踰麻姑嶺, 至松站, 凡爲五十里, 止宿于張姓人家. 齎咨官[218]因事追到此處, 又付家書以通. 聞今安信, 安市城漸有遺址, 卽唐太宗敗歸之地. 鳳凰山綿亘三十里, 石峯嶄秀, 氣勢磅礡, 恰似我東之三角.[219] 松站, 一名薛劉站, 唐將薛仁貴·劉仁軌, 東征時來住處云.[220]

廿七日, 庚寅.

平明發行, 過小長嶺·瓮北河·大長嶺·劉家河, 凡行二十五里, 至黃家庄午炊. 又過八渡河·獐項·金鷄河, 至通遠堡, 宿于郭姓人家, 去黃家庄爲三十五里. 通遠堡, 卽明時鎭夷堡也. 八渡河, 則以其一水八渡, 故以是得名. 金鷄河, 亦其上流也, 或謂之牛塗河, 盖自我國京城至北京, 此河正當其半故名云.[221]

---

218 齎咨官: 皇曆齎咨官 李鎭復을 말한다.

219 三角: 漢陽 三角山을 말한다.

220 松站…來住處云: 尹汲, 『燕行日記』. "松站, 一名薛劉站, 唐將薛仁貴 · 劉仁願, 所住兵處云."

221 或謂之…故名云: 崔溥, 『漂海錄』권3, 1488년 6월 3일. "或謂之牛塗河, 以

廿八日, 辛卯.

平明發行, 過石隅·草河橋, 至沓洞, 凡爲二十五里, 館
于仁和店. 主王姓人家, 乃是廛房也. 架上所貯金帛茗茶
器皿之屬, 或有不知名者, 夥計[222]張姓者, 一一書示, 次
第點閱, 足以破寂. 午飯已前進, 踰分水嶺. 嶺上立交界
牌門, 卽遼陽·鳳城分界處也. 自嶺以北, 地勢低下, 谿壑
諸水, 俱入于遼河, 自嶺以南之水, 則皆會于八渡河, 此
分水之所以名也.[223] 又踰高家·兪家兩嶺,[224] 凡行三十五
里, 冰路崎嶇, 人馬顚踣. 日晡, 至連山關, 止宿王姓人
家. 書狀及趙生[225]來見.

其自我朝鮮京城, 至中國北京, 此河正在其中界兩半故名.": 李民宬, 『壬寅
朝天錄』, 1602년 12월 2일. "八渡河, 一名蛇梢河, 以八渡其水故名. 自王京
到北京, 此河界其半, 又謂之半塗河."

222 夥計: 심부름꾼 또는 점원을 말한다.

223 自嶺…名也: 崔溥, 『漂海錄』 권3, 1488년 6월 2일. "自嶺以北, 地勢北下,
谿壑諸水, 俱會于泰子河, 西入于遼河, 自嶺以南之水, 俱會于八渡河, 嶺之
得名以此."

224 高家·兪家兩嶺: 高家嶺·兪家嶺을 말한다.

225 趙生: 趙得永을 말한다.

廿九日, 壬辰. 朝漸霰, 晚後晴燠.

　　早發, 行十五里, 抵會寧嶺. 嶺下有小關廟, 楣揭'五峯觀'三字.[226] 少憩, 踰嶺, 嶺不甚陡峻, 而邐迤紆回, 幾十里窄路, 左右樹木, 低垂交柯, 往往觸破轎窓, 重以積雪塡委, 經歷之艱, 最甚於所過諸嶺. 遙望山勢, 蜿蜒北走, 兩峯交互, 中開碻砑, 卽青石嶺也. 下嶺, 又有關廟, 傳言此廟最靈,[227] 而中經回祿,[228] 屋宇比前差小云. 過此, 始得平野, 閭居櫛比, 是爲甛水店, 宿何姓人家. 是日行四十里.

三十日, 癸巳.

　　早食發行, 行十里, 到青石嶺, 在昔孝廟[229]赴瀋時, 作

226　嶺下⋯三字 : 李海應, 『薊山紀程』권1, 1803년 12월 1일. "嶺下有神祠, 扁曰五峯觀. 前有五峯羅立, 故取以爲名."

227　有關廟⋯最靈 : 韓弼教, 『隨槎錄』권2, 「遊賞隨筆」上, 〈青石嶺〉. "嶺上有關帝廟, 極其靈驗."

228　回祿 : 火災를 말한다.

青石嶺歌,²³⁰ 即此地也. 嶺上有關廟, 門揭'亘古一人'四大
字.²³¹ 和尙數人, 兩盤盛茶果餌餳四五器以進之, 手持勸
善帖, 蘄爲布施, 而行卜先去, 只給淸心丸五圓, 仍下嶺.
行里餘, 又踰小石嶺. 遙望前面, 雲靄莽蒼中, 有山周遭,
尖峯森列, 問是千山云. 又行十餘里, 至狼子山, 宿王姓
人家. 盖甜水河在兩嶺之間,²³² 雖平衍開曠, 而地勢斗絶,
比諸狼子, 則其高幾占三之二焉. 是日行三十里. 副使來
見.

229　孝廟：朝鮮 孝宗을 말한다.

230　在昔…靑石嶺歌：효종이 鳳林大君 시절 심양에 볼모로 끌려갈 적에, 의주
에서 심양으로 가는 도중에 있는 고개인 청석령을 넘으면서 지은 시조로,
〈靑石嶺歌〉 또는 〈陰雨胡風曲〉이라고도 불린다. 그 내용은 다음과 같다.
"靑石嶺已過兮, 草河溝何處兮, 胡風凄復冷兮, 陰雨亦何事, 誰畵其形象, 獻
之金殿裏?"

231　嶺上…四大字：盧以漸,『隨槎錄』, 1780년 7월 9일. "此家之前, 左邊高處,
有閣高崇. 閣前立朱漆雙木, 高過十丈, 問于官隸, 則是關廟也. 卽往見之,
則大門門楣, 額以'亘古一人'. 左右門傍, 各書儷文一句, 而皆奬關公之忠節
也.": 金景善,『燕轅直指』권2, 1832년 11월 27일. "行到嶺上, 遂下車少憩.
路右有關廟, 扁曰'亘古一人', 餘無可觀."

232　盖甜水河在兩嶺之間：朴思浩,『燕薊紀程』, 1828년 12월 2일. "甜水河在兩
嶺之間."

十二月大甲午, 初一日, 甲午. 晩陰, 夜雨雪.

早發, 行八里, 過三流河. 又行二十里, 至王祥嶺. 路旁有一古塚, 前竪短碑, 或傳王祥[233]墓, 而不知爲何代人也. 舊嶺崩汰, 不通人往來, 從右邊間路, 行三里, 又爲石門嶺. 又行九里, 至冷井, 午炊于吳姓人家, 凡行四十里. 飯後, 復行十五里, 至阿彌庄. 前後十里之間, 閭閻相望, 通謂之阿彌. 盖自三流河以後, 殘山斷麓, 散而不收, 地勢開豁, 村居點綴, 可知遼野之漸近. 未及到庄數里, 行轉一隅, 忽見曠野平沙, 一望無際. 左有一大路, 通舊遼東. 烟樹微茫中, 白塔兀然入望, 此所謂丁令威化鶴華表柱云.[234] 迂路不過十餘里, 而日晏道泥, 有難紆回以待歸路. 歷尋只許從人之願觀者, 使之自此先行, 來趁夕店. 又行

---

233 王祥(184~268): 중국 24孝 중의 한 사람으로, 자는 休徵, 시호는 元. 자기에게 잔인하게 대하는 계모를 지극한 효성으로 봉양했다. 계모는 산 물고기 먹기를 좋아했다. 한번은 겨울에 계모에게 잉어를 대접하기 위해 강에 내려가 얼음을 깨려고 하자 얼음이 절로 벌어져 한 쌍의 잉어가 뛰어 나왔다고 한다.

234 丁令威化鶴華表柱云: 尹根壽, 『月汀集別集』 권4, 「漫錄」. "或云: '丁令威, 杭州人, 入醫無閭學仙, 至今有桃花洞聖水盆, 此是令威遺跡, 而化鶴飛鳴華表柱云.'"

里餘, 至木場舖. 野中積置木植近抱之大, 不知其幾萬株.
盖自鴨江以上, 伐木作筏, 由太子河而運入者, 此乃私商
之所買賣云.[235] 又過新遼東城, 至太子河, 世傳燕太子丹
自殺處. 河有兩橋, 過此爲永壽寺,[236] 宿于楊姓人家, 去
冷井爲三十里.

初二日, 乙未. 朝大雪, 晚又風寒.

冒雪早行, 幾千里大野, 作一琪花境界, 空明晃朗, 一
色無際. 但恨目力有限, 數里間村墅樹林外, 茫然無所見
耳. 過接官廳·防虜所·三道把, 凡行三十里, 至爛泥堡, 午
炊于李姓人家. 又行三十里, 至十里堡, 宿于田姓人家.
三十里間所經由者, 烟台河·山腰舖·五里堡·十里河也. 自
鳳城至此, 謂之東八站.[237] 山川重複, 道路磽确, 往往多

---

235 野中…買賣云: 李德懋, 『入燕記』上, 1778년 4월 19일. "向舊遼陽時, 望見
新遼陽, 太子河邊, 積大木, 彌滿七八里. 馬頭輩以爲: 此木從渾春地方來,
積于此, 無處不走, 爲棟樑之用. 書狀謂余曰: '吾前年爲御史歷江界·楚山等
地, 彼人入廢四郡, 伐大木作筏浮江而下, 卽此是也.' 晉用楚材, 良足慨歎."
236 永壽寺: 일명 迎水寺 또는 慈航寺로 불린다.

大川峻嶺. 過遼以後, 地與天接, 路坦如砥, 亭障寺館, 皆
在野中. 居民不事耕農, 太半以店肆爲業.[238]

初三日, 丙申. 朝氣極寒.

平明發行, 過板橋舖·長城店·沙河橋及堡,[239] 盖自通州
以東水, 以沙河爲名者多, 以其地多沙土故也. 又過火燒
橋·暴交洼·氈匠舖, 凡行四十里, 至白塔舖, 午炊于田姓
人家. 舖東有塔, 爲七層八面, 其高可八九丈, 舖名盖以
是云. 又歷一所台·紅花舖·混河,[240]【一名耶離江.】 至鬼王

---

237 自鳳城…東八站: 兪拓基, 『燕行錄【辛丑】』. "自鳳城至十里堡, 謂之東八
站.": 黃梓, 『甲午燕行錄』권1, 1750년 12월 7일. "自鳳城至此, 謂東八站
也."

238 山川…爲業: 兪拓基, 『燕行錄【辛丑】』. "山川盤紆, 道路艱險, 往往多大水.
過遼以後, 大野無際, 四望不見一拳山, 路坦如砥, 堡壁亭障, 皆在野中. 居
民太半以店肆爲活計, 畊種者絶少."

239 沙河橋及堡: 沙河橋·沙河堡를 말한다.

240 混河: 渾河·小遼水·軒芋濼水·阿利江·耶里江 등으로 불린다. 朴趾源, 『熱
河日記』, 「盛京雜識」, 〈山川記略〉. "渾河, 在承德南, 一名小遼水, 一名阿利
江, 一名軒芋濼水. 發源長白山, 與太子河會, 又合遼水入于海."

廟, 卽瀋陽土城外也. 入廟少憩, 道士爲進茶果. 自此三
使, 捨轎乘馬, 屛盖去角, 從土城門以入, 軍官·任譯輩,
分左右序列從之. 約行一里, 至內城南門. 門無懸額, 石
面只刻'德盛門'三字. 入城少西, 至文姓人家止宿. 自午店
至此, 爲二十里. 瀋陽舊稱盛京, 卽淸初建都之地, 管轄
州府縣. 奉天府承德縣治, 皆在城內, 又有瀋陽將軍·戶禮
兵刑工五部等官. 城郭高堅, 人物富盛,[241] 視新·舊遼東,
不啻倍蓰. 南門外有一高塔, 其旁廟殿宏麗, 雕墻繚繞,
是爲太宗[242]之願堂.[243] 西城外又有萬壽寺, 此則瀋陽諸
官, 出財力刱建, 爲聖祖[244]願堂. 皇帝行幸時, 每於兩寺
焚香祝釐云.

---

241 瀋陽…富盛: 兪拓基, 『燕行錄【辛丑】』. "瀋陽卽淸汗初都之地, 今稱盛京,
　　轄二州二府七縣. 奉天府承德縣治, 皆在城內, 又有盛京將軍·戶禮兵刑工五
　　部官, 略倣明朝南都舊制. 城郭高堅, 人物富盛."

242 太宗: 崇德帝를 말한다.

243 太宗之願堂: 願堂寺·實勝寺·皇寺 등으로 불린다.

244 聖祖: 康熙帝를 말한다.

初四日, 丁酉. 自昨晚寒意少解.

是日留瀋陽. 自前歲幣中, 各樣物件, 自北京禮部, 文移知會, 參酌餘留, 以備不虞之用. 故使行到此, 爲留一日.[245] 今番亦自禮部, 已送文移, 而歲幣方物所載雇車, 自柵門尚未及到, 使首譯留待領呈, 使行則明日前進爲計. 書狀來見.

初五日, 戊戌. 日氣晴燠.

去夜, 主胡具茶果以進, 答以蜜果·扇子·淸心丸, 則固辭不受, 知其稍識人事. 待朝相見, 則外貌頗精明, 姓名爲文元, 謂: "以滿人世居此地, 方爲七品官, 屬於刑部, 管掌戢盜之任云."

問能解文字, 則歷擧四書曰: "幼時曾一讀過云."

盖其稍識人事, 似有所自矣.

245　自前…一日: 俞拓基, 『燕行錄【辛丑】』. "自前歲幣中, 各樣物種, 自北京禮部, 文移知會于瀋陽戶部, 參酌除出, 留作汗墓祭用, 亦復儲置, 以備不虞之故, 使行到此, 輒留一日."

平明發行, 由城中大路, 左右市肆, 簷甍相聯, 丹艧燦
然, 彩帘金牌, 婀娜輝映, 直令人眩目. 過四牌樓, 出西城
門, 門上鐫'外攘門'三字. 行五里, 至願堂寺, 卽所謂萬壽
寺, 而綵殿黃瓦, 殆若宮闕. 又行里餘, 遙望北山五里許,
殿閣隱映於樹林蔥郁之間, 是爲太宗之陵云. 又行七里,
到塔院. 自此有大路, 則歷方士村·狀元橋, 以抵永安午
站. 左邊又有捷徑, 幾先十里, 而但春夏沮洳, 不通人行.
今則冰滑如砥, 遂取此路, 直抵永安橋. 橋以石築, 左右
欄頭, 刻以獅子, 其廣幾數間. 度橋爲午店, 館于趙姓人
家. 飯後又行, 過雙家子·大方身·磨刀橋, 至邊城,[246] 宿
于楊姓人家. 是日行六十里.

初六日, 己亥.

早食發行, 歷神農巖, 至孤家子, 秣馬于陶姓人家, 去
邊城爲二十五里. 又行十里, 過周流河. 地勢至此, 少有
丘陵, 上有頹垣破礎, 卽周流河堡舊址也. 其前數百步,

---

246 邊城:『燕行日錄』에는 '老邊城'으로 되어 있다.

又有小城, 雉堞煥然, 是則年前所築之新堡云. 又行里餘,
至西店子, 宿高姓人家. 是日行四十里.

初七日, 庚子. 無風晴朗.

平明發行, 歷五道河·四方臺·郭家屯, 至新民屯. 左右
市肆, 視諸瀋城,[247] 雖遜鮮明, 而櫛比聯絡, 幾至數里,
車馬塡塞, 轎不得行, 亦可謂一大都會也. 又歷小黃旗堡,
凡行三十五里. 至大黃旗堡, 午炊于祁姓人店. 是典當舖
也, 衣服器物, 積置如山. 問其掌樻者根本, 則是登州黃
縣人, 流寓于瀋, 已至累百年云. 飯後又行, 歷柳河溝·石
獅子·古城子, 至白旗堡, 宿于馬姓人家. 是日行七十里.

初八日, 辛丑. 風.

未明發行, 歷小白旗堡, 至一板門. 自入遼野, 不見一

---

247 瀋城 : 瀋陽城을 말한다.

拳山, 自此始望見醫巫閭山, 蜿蜒西北間, 綿亘數百里,[248] 卽廣寧之大山也. 又歷王家庄,【一名浦子.[249]】 至二道井, 去白旗[250]爲五十里, 午炊于李姓人家. 又過神隱寺, 至新店. 店後土崗屹然, 若斷若續, 邐迤數十里, 名爲新店峴云.[251] 又過土子井·烟臺河, 至烟臺, 以甓累築, 長可四五丈, 周爲數十步. 自瀋陽至山海關, 夾路棋布, 盖是明朝所設, 而以野中無山, 置此以代烽燧, 且備偵探云. 至小黑山, 宿于戴姓人家. 是日行百里. 夜書狀來見.

初九日, 壬寅.

平明發行, 過羊腸河, 至中安堡, 凡爲三十里, 午炊于張姓人店. 又過于家庄·二臺子·㺔子店, 至三臺子. 北望

---

248 自此⋯數百里: 兪拓基, 『燕行錄【辛丑】』. "自小黑山始望見醫巫閭山, 蜿蜒於西北間, 連亘數百里."

249 浦子: 黃梓, 『庚午燕行錄』권2, 1751년 4월 12일. "至浦子, 路面之泥滑滑, 埃心之水盈盈, 與新店前路, 一般樣子."

250 白旗: 白旗堡를 말한다.

251 店後⋯新店峴云: 元在明, 『芝汀燕記』권3, 1805년 2월 20일. "月出發行, 度煙臺, 踰新店峴."

十餘里, 有殿宇依山而縹渺者, 是爲北鎭廟. 其前浮屠對
峙, 而雉堞隱映于樹林之間, 卽舊廣寧云. 又過袁家子·大
于家子·新店, 至新廣寧, 宿于陳姓人家. 是日行七十五
里.

初十日, 癸卯. 日氣極晴暖.

欲明發行, 過興隆店·雙河堡, 至壯鎭堡. 城堞頹盡, 而
聞堡中有郭姓女, 以巨富稱, 故一名寡婦堡云. 又過常興
店·二三臺子, 凡行四十里, 至閭陽驛. 驛在醫巫閭[252]之
南, 故名以閭陽. 市肆之繁麗, 村閭之聯絡, 超過於新民
屯. 午炊于朱姓人店. 又過一二三四五六臺子, 至十三山.
盖醫巫閭, 南走大野, 陡起爲十三峯, 高低羅列. 其西南
有路, 通牛家庄, 在前貢道. 自遼東直抵牛庄,[253] 則不過
爲百五十里, 而康熙己未爲慮海防, 設堡於牛庄, 遂改今
路, 比前迂回九十里云.[254] 又見『明史』, 成化中, 朝鮮請

---

252 醫巫閭: 醫巫閭山을 말한다.
253 牛庄: 牛家庄을 말한다.

改貢路, 劉大夏[255]以爲: "貢路, 自鴉鶻關, 出遼陽, 經廣
寧, 過前屯[256]而入山海,[257] 迂回三四大鎭, 此祖宗御意也.
今若自鴨江, 直抵前屯·山海, 則其路太徑, 恐貽他日憂."
竟不許.[258] 我國貢路之不許由徑, 自明朝而已然, 其來盖

---

254 醫巫閭…九十里云: 兪拓基, 『燕行錄【辛丑】』. "醫巫閭山, 南走大野, 邊陲
起爲十三峯, 高低羅列. 其西南有路, 通牛家庄, 在前貢道. 由遼東行六十里
至鞍山, 又行五十里至海州衛, 又行四十里至牛家庄, 六十里至沙嶺, 六十里
至高平驛, 四十里至盤山驛, 五十里至廣寧, 康熙己未爲慮海防, 設堡於牛家
庄, 改今路, 比前迂回九十里云."

255 劉大夏(1436~1516): 자는 時雍, 호는 東山, 시호는 忠宣. 1464년(天順 8)
년 진사 출신으로, 벼슬은 병부시랑·병부상서·우도어사 등을 역임했다.
王恕·馬文升과 더불어 '弘治三君子'로 일컬어진다.

256 前屯: 前屯衛를 말한다.

257 山海: 山海關을 말한다.

258 又見…不許: 兪彦述, 『松湖集』 권6, 「燕京雜識」. "曾見『明史』, 以爲: 成化
十六年, 朝鮮請改貢道, 盖因爲建州女眞所邀劫故也. 太監有爲朝鮮之地者將
從之, 職方郞中劉大夏, 獨執不可曰: '朝鮮貢道, 自鴉鶻關, 出遼陽, 經廣寧,
過前屯而入山海關, 迂回三四大鎭. 此祖宗微意也. 若自鴨綠江, 抵前屯·山
海, 則路太徑, 恐貽他日憂.' 仍不許.": 徐浩修, 『燕行紀』, 1790년 6월 24일.
"『淸一統志』云: 明成化十七年, 朝鮮使臣還國, 道經鳳凰山下遇掠, 奏乞於舊
路南, 別開一路, 以便往還, 因築此城. 『明史』 「劉大夏傳」云: 朝鮮貢道, 故
由鴉鶻關, 至是請改由鴨綠江, 大夏曰: '鴨綠道徑, 祖宗朝豈不知? 顧紆廻數
大鎭, 此殆有微意, 不可許.' 按成化庚子奏請使韓明澮, 以女眞邀劫, 乞改貢
道. 事下兵部, 將從之, 職方郞中劉大夏曰: '朝鮮貢道, 自鴉鶻關, 經遼陽·廣
寧·前屯, 入山海, 紆廻三四大鎭. 若自鴨綠, 直達前屯·山海, 取路太徑, 恐

久矣. 宿于孟姓人家. 是日行八十里. 自義州至燕京, 此
爲半程云.[259]

十一日, 甲辰. 早陰晚晴.

平明發行, 歷二三臺子, 至禿老店. 南通大路, 問之則
爲遼陽捷徑, 使行先來, 輒由是路, 丙申失銀[260]以後, 禁

　貽他日憂.”

259　自義州…半程云: 통상적으로 책문부터 북경까지의 노정 가운데 십삼산이
　　중간에 해당한다. 따라서 저본의 '의주'는 '책문'의 오기로 추정된다. 南履
　　翼, 『椒蔗續編』, 1822년 9월 9일. “自柵門, 至燕京, 此爲半程云.”: 任百淵,
　　『鏡浯遊燕日錄』, 1835년 12월 5일. “自柵門, 至燕都, 此爲半程云.”: 徐慶
　　淳, 『夢經堂日史』 편1, 1855년 11월 12일. “自柵距皇城, 此爲半程.”

260　丙申失銀: 1776년 告訃兼請諡承襲使行 때 高橋堡에서 管餉銀을 잃어버린
　　사건을 말한다. 이 사건으로 正使 金致仁·副使 鄭昌順·書狀官 李鎭衡은
　　모두 파직되었다. 『正祖實錄』 권2, 1776년(정조 즉위) 9월 1일에 상세하다.
　　李德懋, 『靑莊館全書』 권66, 「入燕記」 上, 1778년 5월 2일. “丙申, 告訃使宿高
　　橋堡班姓人家. 班盖與徐姓人同室, 而定州人方次同, 齋不虞備銀隨行. 是夜,
　　置銀於徐炕, 臥睡其上. 夜半, 次同驚覺, 大呼有盜入室. 徐姓人宿於炕下, 驚
　　起檢視, 則失銀一千兩, 炕窓微開不逾闥.”: 朴趾源, 『熱河日記』, 「馹汛隨筆」.
　　“夕宿高橋堡. 此往歲使行失銀處也, 地方官因此革職, 而附近站舖, 有刑死者.
　　故甲軍竟夜巡警, 而嚴防我人, 無異盜賊. 聞下處庫子言, 則其視東人, 有若仇

不得行云. 過大凌河, 凡行三十里. 至大凌河堡, 午炊于
王姓人家. 又過四同碑, 卽明時都指揮游擊王盛宗·王平墓
碑也. 二仆二存, 而字畫刓缺不能辨. 至雙陽店, 宿于孫
姓人家. 是日行五十里.

十二日, 乙巳. 晩風.

平明發行, 歷小凌河堡·小凌河, 凡行二十五里, 至松山
堡, 午炊于賈姓人家. 所過大凌河及此地, 俱是明末征戰
之場, 義士李士龍[261]立懂, 亦此地也. 又行至官馬山. 胡
馬百餘頭, 脫韉羣行, 後有一人, 騎馬持長鞭以馭之, 馬
俯首而行, 不敢散逸.[262] 盖此山水草盛密, 原野廣闊, 宜

讐, 到處閉門不接曰: '高麗高麗, 怖殺了居停主人. 一千兩銀子, 怎賞得四五個
人命? 吾們的固多歹人, 儞行中那無奸細? 其走藏避匿, 無異蒙古云.'"
261 李士龍(1612~1640) : 경상도 星州의 軍士로서, 1640년 봄에 청나라가 명
나라를 공격하기 위하여 우리나라에 원병을 청했을 때 砲士로 징발되었다.
청군과 함께 錦州에서 明將 祖大壽와 대전하게 되었는데, 명나라 군대에
게 헛총질만 하다가 청군에게 발각되어 위협을 받았으나 끝내 굽히지 않고
죽임을 당하였다. 죽은 지 2년 후 성주 목사에 제수되었고, 성주 忠烈祠에
제향되었다.

於放牧之場, 山名官馬, 亦以是山云. 又過杏山堡·十里河, 至高橋堡, 宿于郎姓人家. 是日行六十里.

十三日, 丙午. 朝小雪, 晚後有風, 塵沙漲起, 盡日晦霾, 不辨咫尺.

未明發行, 過五里河. 自此始見大海, 一碧晴空, 與之終始, 浩洋無涯. 又過塔山所·罩籬山·朱沙河·卓羅山·二臺子, 凡行三十里, 至連山驛, 午炊于于姓人家. 又歷烟臺河·長春橋·雙石城·雙石店·八里堡·永寧寺, 至寧遠衛, 由春和門入, 卽城東門也. 寧遠[263]在明朝, 久爲關外重鎭, 總兵袁崇煥,[264] 守此以禦外兵. 及崇煥被讒死, 城始得陷.[265] 來時未及寧遠十餘里, 有兩山嵯峨, 中通大路, 是

---

262 胡馬…散逸: 兪拓基, 『燕行錄【辛丑】』. "路逢胡馬五百餘頭, 脫羈羣行, 驅者只數人, 騎而持長鞭以御之, 馬俯首而行, 不敢散逸."

263 寧遠: 寧遠衛를 말한다.

264 袁崇煥(1584~1630): 明末의 명장으로 자는 元素, 호는 自如. 1619년 사르후 전투 이후 북경을 향해 진격해 오던 후금의 누르하치를 영원성 전투에서 막아내고 이후 홍타이지의 공격도 막아내었다. 1622년부터 병부 직방사 주사를 지내다가 산해관 총병을 맡았으나 억울하게 처형당하였다.

爲首山口. 其上有一烟臺, 又有所謂嘔血臺者, 卽太宗接
戰時故跡云.[266] 城中有四牌樓, 制如瀋陽. 由牌樓而南,
有兩重石門, 乃都督祖大壽[267]四世牌樓也. 柱楣簷瓦, 皆
以石成雕劎, 極其奇巧, 四面多有所刻文字, 皆誥贈褒揚
之辭也. 仍有延輝門出, 行里餘, 止宿于劉姓人店. 是日
行六十五里.

十四日, 丁未.

平明發行, 過靑墩臺·曹庄驛·七里坡·中右所·五里橋,
凡行三十里, 至沙河所, 午炊于郭姓人家. 又過乾溝臺·烟

---

265 寧遠…得陷: 兪拓基, 『燕行錄【辛丑】』. "此地在明朝, 久爲關外重鎭, 名將
袁崇煥守此, 虜不敢近. 及崇煥被讒死, 始得陷云."

266 有兩山…故跡云: 李宜顯, 『陶谷集』 권29, 「庚子燕行雜識」 上. "寺後有一
峰, 卽所謂首山, 高可數十丈. 其西有峰對立, 傳言汗駐軍於此, 望見寧遠城
內, 覘其虛實, 仍築將臺云.": 黃梓, 『甲寅燕行別錄』 권1, 1734년 8월 24일.
"寺後有三首山, 山有嘔血臺."

267 祖大壽(1579~1656): 明末淸初의 장수로, 寧遠大捷 등에서 전공을 세우며
후금에 항전하였으나, 1631년 大凌河 전투에서 패하여 항복하였다. 다시
錦州로 도망하였다가, 1642년 금주에서 1년간 포위되어 항복한 뒤, 漢軍正
黃旗 摠兵에 제수되었다가 1656년 북경에서 병사하였다.

臺河·半粒店·望海店·曲尺河·三里橋，至東關驛，宿于城內蔣姓人家．是日行六十里．

十五日，戊申．

未明發行，行八里，至二臺子，有烟臺舊基，臨海陡絶，其上可觀出日．書狀諸人，先已往候，時適海氛，乍翳未然，十分晴朗，而紅暈葱鬱，碧波蕩漾．及其日輪之上昇也，天際蒙翳，亦稍豁然，見得分明，觀者莫不叫奇．偶有蒙古三人，各騎駿驄，亦來觀於其下．貌甚豪悍，使之馳馬，應聲卽諾，縱鞭放蹄，上下峻坂，其狀如飛，身不貼鞍，隨意低仰，亦一可觀，各給淸心丸以送之．又歷六渡河，凡行二十里，至中後所．城堞市肆之盛，可與寧遠相挐．午炊于張姓人家．又歷三臺子·沙河店，至葉家墳．右有一帶林麓，衆塚相望，列竪石碑．葉氏不知爲何代人，而似是巨室族葬之地也．又歷口魚河屯·口魚河城，至兩水河，[268] 宿于李姓人家．是日行六十里．夜任譯四人，告往

---

268 兩水河：『燕行日錄』에는 ‘凉水河’로 되어 있다.

山海關, 將通使行入關之由也.

十六日, 己酉.

未明發行, 過前屯衛. 自此望見角山, 綿亘西北間, 長
城迆出山腰, 雉堞歷歷可辨. 又過王濟溝·王家堡·高寧驛·
大小松嶺·兩水湖·王家庄, 至老鷄屯. 前行數里, 取左邊
小路, 有姜女祠.[269] 祠在野中高阜行宮之內, 姜女卽秦時
范郎[270]妻, 許氏號孟姜[271]者. 送其夫赴役于長城, 久而不
歸, 許氏携其兒往尋, 則夫已死矣. 登高望之, 仍投海而
死.[272] 其立祠不知自何代, 而龕中安其塑像, 其上揭'芳流

---

269 姜女祠: 姜女廟 또는 貞女祠로 불린다.

270 范郎: 范七郎 또는 范杞梁이라고 한다. 徐慶淳, 『夢經堂日史』편2,「五花沿
筆」, 1855년 11월 17일. "陝西人范七郎.【名植, 西安府同官人. 或曰名甯.】"

271 孟姜: 일명 姜女로, 그 남편은 潼關 사람 范七郎이다. 秦始皇 때 만리장성
을 축조하는 데 동원되어 남편이 죽자, 강녀가 그 시신을 찾아 성 밑까지
가서 울다 죽었다는 전설을 토대로 사당이 조성되었다.

272 祠在…而死: 兪拓基, 『燕行錄【辛丑】』. "姜女祠在野中高阜, 安貞女塑像,
彩畫貞女行蹟於四壁上. 蓋姜秦時范郎者, 赴長城之役, 久而不歸, 其妻許
氏, 携其兒往尋, 則范郎已死矣. 遂登此望之, 投海而死云."

遼水'四字，是則皇帝[273]筆也．祠後有望夫石，太原白輝
書，刻三字于石面．其左又刻皇帝詩．詩曰：

凄風禿樹吼斜陽，尙作悲聲弔乃郞.

千古無心誇節義，一身有死爲綱常.

由來此日稱姜女，盡道當年哭杞梁.

此見秉彝公懿好，訛傳是處也何妨云.

遍尋行宮殿閣．已又前進，由大路，至八里堡．路右岸
上有將臺，甓築如城，四面方正．由重門而入，臺之四隅，
層累爲梯，高皆五六丈．登其上以望，則後有角山，嵯峨
環擁，前則大瀛，接天無際，眼界極杳茫．望海亭在長城
入海之隈，亦在俯臨中．自姜祠[274]至此，副使·書狀，後先
追到，與之同觀．又行過二里堡，至山海關．凡有四重門，
第二門大書'天下第一關'五字，蓋洪武初依中山達，[275] 因
長成增築之．世傳蒙恬[276]所築，李斯[277]所扁，此誤也．[278]

---

273 皇帝：乾隆帝를 말한다.

274 姜祠：姜女祠를 말한다.

275 中山達：中山王 徐達(1332~1385). 명나라 개국공신으로 자는 天德, 시호
는 武寧, 호주(濠州) 사람이다. 征虜大將軍으로 명나라 군대를 이끌고 천
하를 평정하여 명나라 건국의 일등 공신이 되었고, 魏國公에 봉해졌으며,
죽은 뒤에 중산왕으로 추봉되었다.

276 蒙恬(?~기원전 210)：秦나라의 장군으로 30만 대군을 거느리고 오르도스

甲申[279]吳三桂,[280] 求救於淸, 毁城引入, 今其遺址尙洞然,
以鐵網維之, 禁不得通, 只皇帝藩行時, 必由此出入云.
關內市廛之繁麗, 人物之富盛, 可與瀋陽相上下. 我使入
關時, 副都統及諸將領, 出衙點視, 過此者亦暫卸轎, 一

　　를 원정하고, 臨洮부터 遼東까지 만리장성을 축성하였다. 진시황이 죽은
　　이후 승상 李斯와 환관 趙高의 모함으로 죽음을 당하였다.

277　李斯(?~기원전 208) : 秦 나라 때 승상으로 원래는 楚나라 上蔡 사람이었
　　는데, 法家의 荀子의 제자가 되었다. 나중에 秦始皇을 도와 법가에 그 사
　　상적 기반을 두어 도량형을 통일하고 焚書 등을 실시하여 진나라의 법치
　　주의 기반을 확립하는 데 큰 기여를 하였다. 진시황 사후에 趙高와의 권력
　　싸움에 패하여 살해되었다.

278　世傳…此誤也 : 李滫, 『燕途紀行』中, 1656년 9월 13일. “自角山至臨洮, 乃
　　秦將蒙恬所築. 自角山至海曲, 是明朝徐達所創. 前後防胡, 靡不用極.” : 金昌
　　業, 『燕行日記』권3, 1712년 12월 18일. “有扁曰天下第一雄關, 世傳李斯筆,
　　而非也.” : 兪拓基, 『燕行錄【辛丑】』. “世傳謂蒙恬所築, 李斯所扁者, 妄也.”

279　甲申 : 1644년.

280　吳三桂(1612~1678) : 明末淸初의 무장으로 자는 長白이다. 산해관의 鎭將
　　으로 청나라 군대를 방어하다가, 1644년 闖王 李自成이 북경으로 쳐들어
　　와 성이 함락되고 崇禎帝가 자살하자, 산해관을 열고 청군과 결탁하여 틈
　　왕을 격퇴시켰다. 이후 청나라의 중국 정벌에 혁혁한 공을 세워 1662년 雲
　　南을 봉지로 平西親王에 봉해져 廣東의 尙可喜, 福州의 耿精忠과 함께 三
　　藩으로 불리며 거의 독립국가의 체제를 유지하였다. 1673년 康熙帝가 삼
　　번 철폐의 명을 내리자, 상가희·경정충과 함께 반란을 일으켜 1678년 衡
　　陽에서 周나라를 세우고 황제에 올랐으나 바로 병사하였다. 손자 世璠이
　　뒤를 이어 제위에 올랐으나, 1681년 청나라에 의해 멸망되었다.

如柵門例. 出內城, 過戶部稅官所坐處, 亦如之. 又過深河, 迫暮, 至紅花店, 宿蘇姓人家. 是日行九十里.

十七日, 庚戌.

平明發行, 歷陸家庄·范家庄·大理營·王家嶺, 凡行三十里, 至鳳凰店, 午炊于劉姓人家. 又歷望海店·深河驛·網子店, 至楡關. 其間岡阜相繞, 路多高低, 轎不能安. 此地舊有關今廢, 西北有渝河, 又有臨渝山, 故以是爲名, 今稱爲楡, 盖訛傳也. 隋開皇中伐高句麗時, 史稱漢王諒帥兵出渝關者,[281] 卽此地也.[282] 宿于韓姓人家. 是日行七十里.

---

281 史稱…渝關者 : 고구려 영양왕이 2월 3일에 말갈 군사 1만여 명을 거느리고 隋나라의 遼西를 침략하자 수나라의 營州摠管 韋冲이 막았다. 이후 隋文帝는 漢王 楊諒과 王世積을 원수로 삼아 수군과 육군 30만 명으로 고구려를 치게 하였다. 그러나 양량의 군대는 중간에 장마를 만나 군량의 수송이 끊기고 질병까지 겹쳤으며 水軍摠官 周羅睺는 배를 타고 고구려의 국도인 평양성으로 향했다가 폭풍을 만나 많은 兵船이 漂沒되었다. 9월 21일에 수나라 전군이 중도에 돌아갔는데, 이때 죽은 자가 열에 여덟아홉은 되었다. 『三國史記』권20, 「高句麗本紀」8, 〈嬰陽王〉: 『資治通鑑』권178, 「隋紀」2, 〈高祖〉開皇18年 참조.

282 此地…此地也 : 崔溥, 『漂海錄』권3, 1488년 5월 5일. "店舊爲關, 今移爲山

十八日, 辛亥.

未明發行, 過白石舖·下白石舖·吳家嶺, 至撫寧縣. 山
水明麗, 人物繁盛, 城內多有牌樓. 又有所謂徐進士家,[283]
在街路傍, 自其先世, 多富書畫古蹟. 我使之歷過者, 必
入其家. 閱視之際, 觸手壞損, 主人還甚苦之, 乃以贗本,
强副塞責云. 門上扁以'文魁', 似是奕世科宦之家也. 南距
四十里, 爲昌黎縣, 有文筆峰, 雙尖突兀於諸山之後. 自
吳家嶺, 已入指點中, 至于今, 文士猶盛, 科甲相繼, 以有
文筆峯云. 又歷羊河·五里舖·蘆峯口·茶棚庵·飮馬河·背陰
舖, 凡行五十五里, 至雙望堡,[284] 午炊于劉姓人家. 又歷
要店·部落嶺·二十里堡·十八里堡·漏澤園, 發驢槽, 至永平

海關. 店之東有渝河, 河之上有臨渝山. 隋開皇中伐高句麗時, 漢王諒帥兵出
楡關者, 卽此地也." 兪拓基, 『燕行錄【辛丑】』. "『撫寧縣志』, 楡關卽渝關,
古有關今廢, 西有渝河, 通于海, 俗稱爲楡關者, 誤也." 徐浩修, 『燕行紀』
권4, 1790년 9월 11일. "渝河, 在縣城東二十里. 源出古陽州, 南流至連峯山,
入于海. 渝關·臨渝縣之名, 皆因此."

283 徐進士家: 洪大容, 『燕記』, 「撫寧縣」: 李坤, 『燕行記事』上 , 1777년 12월
17일: 金正中, 『燕行錄』, 1791년 12월 16일: 任百淵, 『鏡浯遊燕日錄』건,
1836년 12월 13일 참조.

284 雙望堡: 『燕行日錄』에는 '雙望舖'로 되어 있다.

府. 城池市廛之盛, 倍于寧遠. 是府卽漢之右北平,[285] 城外有無終山, 其上有燕昭王塚, 又有北平城遺址. 李廣爲太守時, 射虎沒羽之石,[286] 至今猶存, 在城西十里許云.[287] 宿于胡姓人家. 是日行九十里.

十九日, 壬子.

平明發行, 歷靑龍河橋·南坨店, 渡灤河. 行數里, 北望十里許, 有樹林隱映, 屋墻繚繞, 是爲夷齊廟. 其傍一帶

---

285 城池…右北平 : 兪拓基, 『燕行錄【辛丑】』. "永平卽漢之右北平, 李廣爲太守處. 城池人物市廛之盛, 倍于寧遠."

286 李廣…沒羽之石 : 射虎石. 李廣은 漢文帝 때의 명장으로, 北平太守로 있을 때 사냥을 하다가, 숲 속에 있는 호랑이를 보고, 정신을 집중해 화살을 쏘자, 깊이 박히는 소리가 들렸다. 그러나 아무런 움직임이 없어 살펴보니, 호랑이로 알았던 것은 바위였고, 화살촉이 깊숙이 박혀 있었다. 이에 다시 돌아가서 화살을 쏘아 보았으나, 이번에는 화살촉이 바위에 박히지 않았다고 한다.

287 城外…十里許云 : 崔溥, 『漂海錄』 권3, 1488년 4월 29일. "臣問諸張述祖曰 : '傳聞此地, 乃漢右北平之地, 李廣射虎沒羽之石, 在何方?' 述祖曰 : '距此東北三十里, 有無終山, 山下有無終國舊基及北平城遺址, 城卽李廣出獵遇石之處, 山上又有燕昭王之塚.'"

岡巒, 邐迆起伏, 卽首陽山云. 又歷范家庄·望府臺·梅花店, 凡行四十里, 至野雞屯, 午炊于朱姓人家. 堂上譯官金致瑞, 自義州示燙, 猶能自力隨行, 日漸沉篤, 至是奄忽,[288] 不勝驚惻. 落留數三任譯, 儌得近處僧寺, 使之棺斂土殯, 仍率諸裨, 往哭其所. 自此前進, 歷沙河堡, 至沙河驛. 自野雞屯, 列植梨栗棗樹於平田, 廣野延袤, 幾數十里, 有園官守之, 待秋上供云. 宿于任姓人家. 是日行六十里.

二十日, 癸丑.

未明發行. 歷紅廟·馬舖營·七家嶺·新店·乾河草·王家庄·新坪庄·扛牛橋·蓮花池·靑龍橋, 凡行五十五里, 至榛子店, 午炊于朱姓人家. 又歷白草堡·鐵聲坎·小鈴河·白燭窪·板橋·銀城堡·五里堡, 至豊潤縣. 城池高深, 屋閭櫛比, 亦一大都會. 宿于王姓人家. 是日行百里.

---

288 奄忽: 死亡을 말한다.

廿一日, 甲寅.

未明發行, 歷趙家庄·張家庄·漁河橋·盧家庄, 至高麗堡. 此是我國被擄人所居, 堡前有數頃水田. 前此有一老婆, 造我國糕餅, 每進於使行過時, 今其死已久, 而後生無有知者云.[289] 又歷草里庄·沙河子·軟雞舖·尹家店·茶棚庵·李家庄, 凡行四十里, 至沙流河, 午炊于楊姓人家. 又歷兩水橋·兩家店, 自此南望, 一帶樹林, 與路經始, 天氣晴朗, 氛翳廓盡, 而若有物, 似烟非烟, 似水非水, 霏微隱

---

289 至高麗堡…有知者云: 洪大容,『燕記』,「沿路記略」, "高麗堡在豊潤縣西二十里, 村前有水田, 雖甚粗蕪, 猶是東國制作, 關內外所未有也. 有小米糕, 雜以棗肉, 亦如東國蒸餠. 數十年以前, 堡人見我使, 極其歡迎, 享以酒食, 自稱高麗子孫. 近因驛卒輩, 強討酒肉, 奸騙器物, 不堪其苦, 遂漠然不相接. 或問其有高麗子孫者, 則皆怒曰: '有高麗祖公, 無高麗子孫.'": 李坤,『燕行記事』上, 1777년 12월 24일. "行到高麗堡. 俗傳舊時我國被虜人, 接於此土, 便成一村, 故稱以高麗堡. 蓋關內外, 皆是黍粟, 且多旱災, 作畓之禁至嚴, 元無水田, 而惟此處, 我國人來作稻田, 仍以爲習, 至今不廢. 溝洫制度, 與我國無異, 此堡後面, 亦多稻田云. 是以歷路民家, 皆以蘆荻蓋之, 至此間或有以穀草覆屋者矣. 數十頃開墾之畓, 土沃米膏, 胡人取米作餠, 恰似我國所造者. 過肆之時, 從者爭先買喫一笑.": 李德懋,『入燕記』上, 1778년 5월 11일. "高麗堡距城十餘里, 村家不滿數十, 蕭條零星, 垣屋制度, 頗似我國平安道. 有水田, 澄明堪映, 二千里來初見, 可以醒眼. 此蓋丙丁之亂, 被擄留此, 因成風俗."

約, 一望無際. 只有遠近樹杪, 露出其上, 高低斷續, 個個
分明, 宛是活畫境界, 即所謂薊門烟樹.[290] 是爲入北後第
一奇觀也.[291] 又歷二十里堡·十五里屯·東八里堡·龍池庵·
三里橋, 至玉田縣. 城堞人物, 亦不遜於豊潤.[292] 宿于韓
姓人家. 是日行八十里. 主人十一歲子能文, 書進一絶,
有'衣冠楚楚多風雅, 元日朝天拜聖顔.'之句, 招問其名,
卽松齡, 而面貌亦頗精明可愛, 賞以筆墨扇諸種.

---

290 薊門煙樹: 薊州의 아지랑이가 덮인 숲의 광경으로 燕京八景 중 하나이다.
『燕行日錄』, 1787년 12월 20일 참조.

291 自此…奇觀也: 金昌業, 『燕行日記』 권3, 1712년 12월 24일. "南則廣野一
望眇然, 意去海益遠也. 是日朝霧成木稼, 所謂薊門烟樹, 化爲銀海瓊花, 天
下奇觀也.": 李宜顯, 『庚子燕行雜識』上. "過宋家城·鼈山店, 望見西南間
煙霧中, 有一帶長林, 隱映數百里外, 卽所謂薊門煙樹也. 遠而望之, 宛如雲
樹, 迫而察之, 無所見, 如蜃樓之起滅於空中, 眞奇觀也. 此爲燕都八景之
一.": 李坤, 『燕行記事』上, 1777년 12월 25일. "遙望西南間, 一帶長林, 極
望無際, 烟霧籠罩, 中半以上, 銀海滉漾, 並與林間人家, 若在空明之中. 上面
則樹梢翳然依微, 出沒於雲霞之表. 此蓋眼界浩渺, 野色迷空, 海門密邇, 氛
靄掩映, 搖蕩怳惚, 有若蜃樓. 近而察之, 漸無所見, 儘一奇觀也. 我國之人,
每以此爲北京八景, 所謂薊門烟樹, 而『帝京景物志』, 旣以燕城西北隅古薊門
土阜傍林木, 爲京師八景中烟樹, 皇明金幼孜題咏, 亦極分明, 而我人之全無
考據, 襲謬吒傳, 每多類此. 夫數百里外所不見之景物, 混稱爲京師勝景者,
豈相襯耶?"

292 豊潤: 豊潤縣을 말한다.

廿二日, 乙卯.

未明發行, 歷西八里堡·五里屯·黃家店·彩亭橋·大小枯樹·蜂山店·螺山店·梯子山, 凡行四十五里, 至鰲山店, 午炊于劉姓人家. 又行至二里堡, 自此由大路, 則過現渠·小橋坊·漁陽橋·薊州·五里橋·徐家庄, 以抵邦均宿站, 而右路差近. 故由此以行, 過李家庄·日流河·日流河堡, 至二十里堡. 北距二十里許, 薊州城堞及盤山·崆峒山, 左右列峙, 歷歷可見. 到邦均店, 宿于楊姓人家. 是日行百里. 薊門烟樹, 終日不去馬首, 無限長林, 半沉銀海, 或似童童之盖, 或似子子之族, 或層累相承, 或齊整成行, 長短疎密, 曲有姿態. 其最遠處, 宛在水中, 或如浮家汎宅, 或如欹岸側島, 或如人荷擔而陡涉, 或如舡載物而中流, 千奇萬巧, 怳惚難狀, 視昨日所觀, 倍有勝焉. 盖當薊州前面, 地勢益遼闊, 雲氣益淨而然也.

廿三日, 丙辰. 朝陰晚晴.

首譯自瀋陽追到, 盖因歲幣雇車晚到, 十二日始計除呈納云. 未明發行, 歷白澗店·公樂店·段家嶺·石碑村·滹沱河, 凡行四十里, 至三河縣, 午炊于陳姓人家. 又歷棗林庄·白浮圖·新站·李祖舖·皇親庄·夏店·柳河屯·馬起乏, 至燕郊堡, 宿于吳姓人家. 是日行九十里.

廿四日, 丁巳. 早朝漸雪, 晚晴.

雞鳴發行, 歷高家庄·鄧家庄·胡家庄·習家庄, 至白河.[293] 一名潞河, 在通州城外, 明朝鑿此, 以通南方漕運云.[294] 捨通州, 取城北路, 過八里橋·楊家閘·管家庄·閏家庄·定府庄·藤家庄·三間房, 凡行四十里, 至大王庄, 午炊于楊姓人家. 又過太平庄·紅門·十里堡·八里堡·彌勒院, 至東岳廟.[295] 自通州至此, 四十里之間, 正路皆以鍊石舖之. 路左右多有朝貴墳園, 松杉成列, 門巷深邃. 入廟門, 大使通官輩, 先已來待矣. 改服之前, 遍觀殿宇碑板, 結

---

293 白河 : 현재 중국 通州區를 흐르는 강으로 潞河·外河·通州江 등으로 불린다. 李宜顯, 『庚子燕行雜識』上. "通州江, 一名潞河, 俗又呼爲外河."

294 至白河…漕運云 : 兪拓基, 『燕行錄【辛丑】』. "白河, 一名潞河, 在通州城外, 明朝鑿此, 以通南方漕運."

295 東岳廟 : 『燕行日錄』에는 '東嶽寺'로 되어 있다.

構之壯麗, 制作之奇巧, 非比所歷廟觀. 東西翼廊, 各數
十間, 列十地報應之神, 塑像如生. 正殿安東岳像, 像前
懸大柒燈, 晝夜長明, 爐盒之雕剜, 花綵之眩晃, 令人奪
目. 金稼齋之以東岳塑像爲壯觀者,[296] 信非虛也. 三使齊
會, 改具公服, 屛盖乘馬, 一如入瀋之例. 由朝陽門入, 次
通官二人, 自廟前前導以行, 至四牌路, 折而南行, 幾至
崇文門, 循玉河橋邊路, 又轉而向西, 由城趾, 行數馬場,
爲南小舘.[297] 各房書者, 先期來此, 修理以待矣. 小憩館

296 金稼齋…壯觀者: 金昌業, 『燕行日記』 권1, 「往來總錄」. "第一壯觀, 遼東
野, 山海關城池. 其次, 遼陽白塔, 居庸關疊嶂, 千山振衣岡巖刻, 薊州獨樂
寺觀音金身, 通州帆檣, 東岳廟塑像, 八里堡墳園, 天壇三層圓閣, 午門外象,
大通橋橐駝.【其數百匹.】": 李元禎, 『歸巖集』 권11, 「燕行錄」, 1660년 3월
7일. "祠廟之雄壯, 此爲天下第一云.": 申泰熙, 『北京錄』, 「壯觀」. "遼東千
里大野, 遼陽白塔, 山海關城址, 角山寺, 望海亭, 居庸關疊嶂, 千山振衣亭
岩刻, 薊州獨樂寺觀音全身, 通州帆檣, 朝陽門外東岳塑像, 八里堡墳園, 天
壇三層圓閣, 大淸門外象圈, 大通橋橐駝."

297 南小舘: 玉河橋館·玉河南館·南館 등으로 불린다. 청나라 초기의 조선사
관은 명나라 때 옥하관을 그대로 사용하였다. 1689년 청나라가 러시아와
네르친스크 조약을 맺은 이후 옥하관은 러시아 사절이 사용하였다. 이때마
다 조선 사신은 別館·智化寺·督捕寺·法華寺·北極寺·十方院·乾魚衕衚
館 등 여러 곳을 옮겨 다녔다. 1748년 건륭제가 오랫동안 수리하지 않았던
안정문대가관을 내무부로 반환하고 玉河橋館을 조선 사절에게 내어주는
칙령을 반포한 이래 조선 사절의 전용 공간이 되었다.

舍, 更檢表咨文, 合盛一櫃. 三使以下任譯, 仍以公服乘馬, 至<u>正陽門</u>內折而北, 從大淸門左路, 詣禮部中門外下馬, 至正堂. 堂上設一卓, 又置小卓於其前. 侍郎<u>劉躍雲</u>·主客司員外郎<u>圖巴</u>,[298] 立於卓左, 三使跪傳表咨文於通官,[299] 則通官奉置卓上訖. 三使行一拜三叩頭禮, 侍郎使首譯, 傳其慰行役之勞. 請行相見禮, 則使之停免. 遂退還館所. 是日行六十四里.

廿五日, 戊午.

朝工部尙書<u>金簡</u>·[300]四驛館提督<u>滿敦</u>, 各送人問訊. 尙書則其先本是龍灣人, 貫慶州, 而其從祖<u>常明</u>,[301] 爲<u>康熙</u>

---

298 侍郎…圖巴:『燕行日錄』에는 '禮部侍郎劉躍雲·主客司郎中圖巴'로 되어 있다.

299 通官:『燕行日錄』에는 '通官雙林'으로 되어 있다.

300 金簡(1734~1794): 金常明의 從孫으로 청나라의 공부상서·이부상서 등을 지내고 1782년에 우리나라에서 간 사신들이 김간의 畫像讚을 지어 준 일도 있다.『燕行日錄』에는 '金柬'으로 되어 있다.

301 常明: 金常明, 金尙明 또는 金相鳴으로 불린다. 청황제의 寵臣인데, 그의 증조부는 丁卯胡亂 때 포로로 잡혀간 조선 義州 사람이다. 그의 모친은 康

寵任之臣, 凡於我國事, 曲爲周旋, 多賴其力. 故渠不待我使, 別致款曲, 自前如此云.[302] 是日光祿寺, 送致食物淸單. 正副使·書狀, 每日各給, 鵝一隻, 雞一隻, 肉一斤, 半魚一尾, 漢羊半隻, 牛乳半鏇, 白麵二斤, 黃酒六壺, 豆腐二斤, 醃菜三斤, 淸醬六兩, 醬六兩, 醬瓜四兩, 醋十兩, 香油一兩, 燈油二兩, 茶葉一兩, 花椒一錢, 鹽一兩. 五日共給, 苹果七十五枚, 梨七十五枚, 葡萄七斤半, 棗七斤半, 沙果一百十二個. 大通官三員·押物官二十三員,

---

熙帝를 보육한 공로가 있으며, 通官의 무리들이 그의 휘하에 있었다고 한다. 그의 아들 金三保는 無備院卿을, 손자 金簡은 吏部尙書 및 四庫全書副總裁를, 金輝는 兵部侍郎을 지냈고, 손녀는 乾隆帝의 貴妃가 되었으며 증손자 金縕布는 戶部尙書를 지내는 등 조선의 對淸交涉에 지대한 역할을 하였다. 李義鳳, 『北轅錄』 권4, 1761년 1월 16일. "蓋尙明義士人之子, 丙子被虜入北, 位至一品. 其父母墳, 尙在義州府城. 東國有大事, 必爲之周章曲護云.": 成大中, 『靑城雜記』 권3, 「醒言」. "淸金尙明者, 其祖我人也, 丙子被擄, 仕爲貴族. 尙明以文學, 爲雍正帝師, 尊寵用事. 其曾高墓在義州, 碑碣刻淸贈爵, 而尙明常睠念故國, 我使所幹, 必爲之先後, 壬寅封冊, 亦有力焉, 故我亦待之加厚."

302 尙書…如此云: 徐浩修, 『燕行紀』 권3, 1790년 8월 24일. "工部尙書金簡… 金之先德雲, 我國義州人也. 德雲之孫, 常明內附爲尙書. 簡卽常明之從孫, 而前後效勞於我國事甚多, 故不得不加意也.": 成大中, 『靑城雜記』권3, 「醒言」. "今尙書金簡, 卽尙明後也, 爲天子寵臣, 總裁四庫全書. 其再從姪倭克精額, 丙午秋以通事出來, 余及見之, 亦聞發其先墓於灣上."

每日各, 雞一隻, 肉二斤, 白麵一斤, 醃菜一斤, 黃酒一壺, 豆腐一斤, 淸醬二兩, 醬四兩, 香油四錢, 燈油二兩, 茶葉五錢, 花椒五分, 鹽一兩. 得賞從人三十名, 每日各, 肉一斤半, 白麵半斤, 醃菜二兩, 黃酒共六壺, 鹽一兩, 燈油共十二兩. 無賞從人二百六十五名, 每日各, 肉八兩, 醃菜四兩, 醬二兩, 鹽一兩. 迎送官一員, 每日肉二斤. 無品通事及跟役等, 每日各鹽五錢. 戶部送糧料, 正副使·書狀, 每日各稻米二升. 大通官·押物官·從人, 各白米一升. 工部送柴炭馬草, 正副使, 每日各柴十七斤, 烤手炭十斤. 書狀, 柴十五斤, 烤手炭十斤. 大通官, 各柴十斤, 烤手炭七斤. 押物官, 各柴十斤, 烤手炭五斤. 從人, 各柴四斤. 馬每匹, 太四升, 草二束, 柴二斤. 使行入館後, 下鎖正門, 只開一夾門. 通官輩坐其傍, 驛卒·馬夫若干人外, 自任譯以至傔從, 開市揭榜前, 禁不得出入. 盖聞今春使行之回, 此中一牙儈,[303] 騙買弓角於我人, 旣受其直, 而不還本主, 至呈刑部, 致使牙儈自殺, 通官輩亦被推勘, 是以門禁視前有加云. 副使·書狀來見.

---

303 牙儈 : 商人을 말한다.

廿六日，己未.

副使來見.

廿七日，庚申.

見主客司[304]移付四驛館公帖五度.

一則本月二十八日巳時，帶領朝鮮國·琉球國貢使，赴鴻臚寺演禮云.

一則本月二十九日，朝鮮貢使在午門前，瞻仰天顏，是日四鼓，帶領瞻仰云.

一則本月除夕日，朝鮮·琉球貢使，在保和殿筵宴，是日五鼓，帶領筵宴云.

一則正月初一日，朝鮮·琉球貢使，元朝行禮，是日五鼓，帶領行禮云.

一則正月初間，朝鮮·琉球貢使，赴紫光閣筵宴，飭有的

---

304 主客司 : 明清 시대 禮部에 속하여 전적으로 외교 업무를 맡아보는 기구이다. 主客司主事와 提督會同館 등이 있어 사신의 접대 등을 담당하였다.

日再行移付, 臨期帶領入宴云.

廿八日, 辛酉.

巳初初刻, 爲立春節. 平明, 三使爲行朝參演禮, 具公服乘馬, 進詣鴻臚寺. 任譯二十一人內一人身死,[305] 其外三房軍官各一人及御醫·寫官·醫官, 並備正官二十六員之數, 入寺門下馬, 步入中門, 轉向東北翼室中, 少憩. 時至, 通官前引, 至龍亭門外. 門內有八角亭子, 中設御座儀仗, 垂以黃羅帳, 亭額揭'習禮亭'三字. 三使就西庭, 東向序立, 琉球三使, 次之其後, 任譯及軍官, 重行序列. 已而通官引至龍亭門外, 北向而立. 鳴贊二人, 立門左右, 以滿音高聲唱進,【어버리】通官引進, 向前數步. 又唱跪,【나쿠라】又唱叩頭者三,【헝키러】末唱興,【일니러】若是者三, 所謂三拜九叩之禮也. 禮畢, 又唱退,【버드러】遂復東向位.

本寺少卿福泰, 使通官傳語曰: "禮儀嫻熟, 無容再演,

---

305 一人身死 : 譯官 金致瑞이 病死한 일을 말한다.

罷歸可也."

遂還館所. 琉球使, 今二十日入京, 處于西館. 其職官
姓名, 卽耳目官翁秉儀, 正議大夫阮廷寶, 都通官陳天龍,
幷從人爲二十人,[306] 衣黑斑布, 長至脛, 袖廣而短, 且無
曲袷, 帶畫黃緞, 廣可數寸. 頭戴黃冠, 形若篩輪, 而上有
七圈細襞襀, 觀其面貌, 極爲淳良底人物.

廿九日, 壬戌. 曉始雪, 至晚晴.

是日皇帝將詣太廟行祭,[307] 故因衙門, 奉旨知會. 夜四
鼓,[308] 三使具公服, 率正官二十六員, 循前行鴻臚寺前路,
詣外城箭門, 由長安門而步入, 過天安門·端門, 至午門,
一名五鳳門. 門左右有樓, 嵬然對峙, 是爲五鳳樓也. 少
憩于兩邊行閣. 有頃, 通官至呼吹燈, 東西翼廊燈火, 一
時盡滅, 只見御路, 有兩行燈燭. 及數隊儀仗, 擁護步輦,

---

306 其職官…二十人: 『燕行日錄』에는 '上副使臣翁秉儀·阮廷寶'로 되어 있다.

307 是日…行祭: 『燕行日錄』에는 '皇帝往宗廟.'로 되어 있다.

308 四鼓: 四更, 곧 오전 2시~4시 사이에 치는 북소리를 말한다.

向端門而去. 左右寂然無譁, 惟聞步履聲, 乃知皇帝之出,
而威儀太簡率矣. 初意幷行送迎之禮, 追聞於通官, 則禮
部知會, 只擧還內之時, 則不當行禮於出宮之初云. 移時,
通官引至午門前燈燭儀仗之內, 向門跪坐.

問其所以然, 則以爲還內輦路, 由闕左門, 故祇返班次,
向午門云.

俄而右見闕左門, 儀衛軒架, 次第以入.

皇帝步輦繼至, 使近侍一人, 前進來問曰: "國王平安
乎?"

使首譯漢對曰: "平安矣."

近侍卽御前大臣福長安,[309] 而回奏之際, 輦過班次, 據
窓諦視, 仍轉向午門而入. 三使將起, 通官來致禮部尙書
德保[310]之言, 要於歷路, 暫與相見. 三使不得已就東廊行
閣, 則尙書立以待之, 遂進前相揖. 其人年方七十, 長身
踈鬚, 儀貌頗精悍. 爲問三使職官年歲, 多示款厚.

---

309 福長安(1760~1817) : 자는 誠齋, 만주 鑲黃旗 사람이며, 太學士 傅恆의
庶子, 孝賢純皇后의 조카이다. 건륭제 때 軍機大臣·戶部尙書로 臺灣을
평정하고 廓爾喀 전투에서 공적이 있어 誠靖侯에 봉해졌다. 이후 和珅의
죄를 방임하고 부화뇌동한 죄로 건륭제 사후에 처형되었다.

310 德保(1719~1789) : 자는 仲容 또는 潤亭, 호는 定圃, 시호는 文莊.

仍以皇旨問曰: "該國世子[311]服制已盡否?"

答曰: "期制已過矣."

其人曰: "制若已盡, 則皇上欲令使臣與宴, 教我問之."

言已卽告歸, 由端門而出. 地皆舖甓, 中開御路, 闊幾二三丈. 左右甍宇相聯, 宗廟在東, 社稷在西, 各設三門. 至天安門, 門內對立擎天柱, 大幾三四圍, 高可五六丈, 刻雲龍狀, 制作奇巧. 出門, 有禁川橋, 以白石爲欄, 通大清門. 橋左右立石獅子一對, 其前又分竪擎天柱, 高大如門內, 其東又有石橋, 通長安門, 卽來時門也. 由此歸館.

三十日, 癸亥.

爲參保和殿筵宴,[312] 雞鳴, 與副使及軍官一人·任譯數

---

311 世子: 文孝世子(1782~1786). 正祖의 元子로 어머니는 宜嬪 成氏이다. 원래 조선 정조의 맏아들로 태어나 3살 때 세자책봉까지 받았으나 1786년 5살에 요절하였다. 5월 3일 홍역을 앓았으나 이튿날 나았으므로 경사라 하여 陳賀할 채비를 하던 중, 다시 別症이 발생하여 5월 10일에 죽었다.

312 爲參保和殿筵宴: 『燕行日錄』에는 '通官持禮部關來言: 保和殿設年終宴, 上副使進參云.'으로 되어 있다.

人, 具公服乘馬, <u>由玉河橋</u>, 路橫過長安大街, 循宮墻西
址, 過外墻二門, <u>至東華門</u>, 下馬步入. 又過一門, 至左翼
門, 卽太和殿左翼也. <u>太和殿</u>, 在永樂初, 名以奉天, 至嘉
靖, 改以皇極, 今稱太和殿.[313] 殿後有<u>中和殿</u>, 其後又有
<u>保和殿</u>, 幾乎相聯. 前後左右, 階凡三層, 每層皆以白石
爲欄檻, 瑩滑如新磨, 階級以鼕齒, 層累相承, 使人登降,
不知其懸截, 而亦不跌步. 少憩于中和殿陛, 時至, 通官
引入保和殿庭, 序於東班三品之末, 琉球兩使,[314] 亦在其
下. 班前預設宴卓, 各覆以黃色袱. 仰見殿上, 諸王·貝勒·
閣老等, 左右列立, 殿下侍衛諸官, 佩劍相向. 當殿庭南
對御座, 設黃幄中安一卓, 列置爐盆樽罍三層, 幄後分左
右設樂器. 俄而殿上樂作, 皇帝自殿北出御坐榻. 殿上諸
臣, 進茶與饌, 有若獻壽之狀. 少頃, 止樂, 撤饌, 更進他
樣飣餤, 而遠不能辨. 未幾, 堂上下樂作, 自東南隅, 奇形
異類十餘輩, 闖入殿庭. 有乘馬執戟者, 有徒手持劍者,
相與追逐, 回旋若搏戟然. 已又進諸番雜戲, 筋斗獅戲外,
不知其名色, 而大抵皆類兒戲, 此所謂例行年終宴也. 戲

---

313 在永樂…太和殿: 徐浩修, 『燕行紀』 권3, 1790년 8월 13일. "明永樂間, 爲
奉天殿, 嘉靖間, 改爲皇極殿, 淸順治初, 改名耳."
314 琉球兩使: 耳目官 翁秉儀과 正議大夫 阮廷寶를 말한다.

罷, 皇帝卽還內. 遂退出, 由來路, 歸館所. 夕書狀來見.

戊申. 正月大甲子, 初一日, 甲子.

雞鳴,[315] 副使·書狀來見. 三使仍率正官二十六員, 具公服乘馬, 至東華門, 捨門而循墻西趾, 行數馬場, 爲闕左門, 下馬步入, 卽午門外也. 憩于前日所坐西廊閣中, 已而皇帝輦過云. 盖每歲元日曉, 必往禮於堂子. 所謂堂子, 不知爲何神, 而或云鄧將軍廟, 或云太宗願堂云.[316]

少頃, 琉球三使,[317] 忽入坐側, 略有擧手致敬之意, 而其副使似解漢語. 遂使吳載恒, 書問識字與否,

答："曉得字義."

---

315 雞鳴:『燕行日錄』에는 '通官因禮部關來言: 正朝賀禮, 使臣當進參云.'으로 되어 있다.

316 所謂…願堂云: 洪大容,『燕記』,「京城記略」. "堂子在玉河東數里, 皇帝正朝所朝謁, 自來不知其何神. 考『一統志』, 亦言元朝親祭而已, 終不言其何神也. 我人或稱鄧將軍, 或云: '劉綎死爲厲鬼, 淸人畏而祠之.' 或云: '祖汗賤時所服用, 如劉裕耕具葛燈繩屨之屬.' 皆無所考. 但秘諱之, 中外不敢知, 必有其故也."

317 琉球三使: 耳目官 翁秉儀, 正議大夫 阮廷寶, 都通官 陳天龍을 말한다.

問:"貴國貢道, 應由福建, 而水路·旱路, 各爲幾許里?"

答:"敝國到進福建, 水路五千多里, 無旱路."

問:"曾聞貴國三分, 有中山·山南·山北之稱, 今亦然否?"

答:"今亦有皆中山王管."[318]

問:"曾見風俗志, 貴國人去髭鯨手, 羽冠毛衣, 今見諸公, 儀觀冠服, 一皆反是, 何也?"

答:"昔時不知, 敝國素冠服如今."

問:"貴國有高華嶼·彭湖島等地否? 又聞有落際, 水去不回, 舟流到此, 輒墊溺云, 然否?"

答:"此二島, 非敝國管轄. 聞正東邊有落際水弊, 舟素不至落到."

仍又問:"我請問貴國到京師, 水路多少, 旱路多少?"

答:"我朝鮮則只有旱路, 去京爲三千餘里."

彼又問:"乾隆四十三四年間, 貴國人漂到敝國, 護送回藉, 今知否?"

答:"果有漂人, 歸自貴國."[319]

---

318 曾聞…中山王管:李睟光, 『芝峯集』卷9, 「琉球使臣贈答錄」, 〈後記〉, "問: '貴國有三國分立, 皆號琉球云, 信否?' 答曰: '否. 本國方都中山, 而設都三處, 曰中山, 曰南山, 曰北山. 此必傳說之誤.'"

仍問: "貴國有鬪鏤樹, 似橘而葉密,[320] 亦有成實, 可啖否?"

答: "本國無有此樹, 疑溫木葉密."

問: "又有速香云,[321] 是甚麼香?"

答: "此樹無有, 有十里香."

問: "貴去日本幾里?"

答: "不知其幾千里."

---

319 乾隆…貴國: 1790년 전라도 영암사람 李再晟 등 12인이 유구에 표류해서
   중국을 경유하여 돌아온 일을 말한다. 『正祖實錄』 권10, 1790년(정조 4)
   9월 17일. "我國人李再晟等男九口·女三口, 漂到琉球國, 轉送閩縣之意, 自
   禮部成給咨文, 而不言某處居住. 再晟等來期, 當於十月間到北京云.": 『正
   祖實錄』 권11, 1791(정조 5) 2월 7일. "昨年十二月十七日, 全羅道漂人李再
   晟等十二人, 自福建解至北京, 而因臣等歸期之尙遠, 派定通官徐宗顯, 同月
   二十四日領送義州府云.": 『日省錄』, 1791년(정조 5) 2월 15일. "備邊司啓
   言: '北京回還漂民全羅道靈巖人李再晟等男女十二名, 縣次替送, 纔已上來.
   故使本司郞廳, 詳細問情後, 所供辭緣, 別單書入, 而今無留置更問之事. 下
   去時, 分付沿路各道, 使之善爲饋食, 所騎別馬, 次次替給之意, 請亦爲分付.'
   從之."

320 貴國…葉密: 『隋書』, 「流求國傳」. "多鬪鏤樹, 似橘而葉密, 條纖如髮, 然下
   垂."

321 有速香云: 속향은 본래 暹羅의 토산물로 유구와 혼동한 듯하다. 李睟光,
   『芝峯集』 권9, 「琉球使臣贈答錄」, 〈附暹羅〉. "所産, 象牙·胡椒·蘇木·烏
   木·檀香·速香·藤黃·豆蔲之類, 其異物則有鰐魚·龜·蛇等項."

問：“貴國俗尙何學，而所有書藉，願聞其名.”

答：“敝國俗尙聖人書，四書五經皆學.”

問：“行中有所携書否?”

答：“路遠不帶來.”

問：“貴國地方幾何?”

答：“有三十六島.”

問：“五穀及虎豹牛馬雞犬等畜，皆有之否?”

答：“有之，虎則無有.”

問：“有綾羅文錦之屬否?”

答：“只有布云.”

俄而天明，通官引三使，由午門之右掖門，過石橋，入太和門之西貞度門，至太和殿西庭，席地少憩. 朝貴之趁班者，環立注視，其中回子國人，面色黑眼眶凹大，猛悍異常. 蓋此國本以南蠻之最遠者，負險不馴，近歲始討平質，其酋長處之西館云.³²²

---

322 其中…西館云：洪大容，『燕記』，「蕃夷殊俗」. “回子，在中國西北，累爲邊患，或云是回回諸國，或云是回紇遺種. 朝參日，有一官人見淸譯邊翰基，挽衣熟視，翰基問其故，不答. 翰基善滿語，以滿語問之，亦不答. 翰基始悟，謂余曰：‘此回子人，被虜入京，皇帝赦其罪，拜官而寵之. 年前一見于此地，尙能記認. 但居中國已踰十年，不通華語一句，可見禀性之昏塞也.’ 余見其人，

工部尚書金簡, 亦在西庭, 使通官致意曰: "俺欲就見,
而侍衛不敢去, 信地期與相見."[323]

三使不得已移步進前, 先使首譯, 通以殿庭不敢行私禮
之意, 則彼點頭曰: "是."

及見其爲人, 精緊祥和, 年今六十八矣. 爲問三使職官
年齒及曾前赴京, 使臣之安否. 自稱: '俺是朝鮮人, 每當
使价之來, 傾嚮自別云.'

俄而敲鐘擊磬於殿上, 文武官移列仗外. 少選, 淨鞭[324]
三響, 皇帝已出御, 而高遠深邃, 莫可指辨. 但遙望殿北
屛扇微動, 而殿上侍衛·親王·近臣, 趨出序立於殿陛上
矣.[325] 紅黃涼傘及幢節劍戟干旄之屬, 自殿陛上下, 兩行
序排, 至大和門而止. 三層階上, 御路左右, 各置二銅爐,

深目如愁鷹, 短鬚磔如蝟毛, 可知爲絶域異種也."

323 俺欲…相見: 『燕行日錄』에는 '我欲就見, 而有事不能去, 暫枉相接云云.'으
로 되어 있다.

324 淨鞭: 제왕이 사용하는 儀仗의 하나로 靜鞭이라고도 한다. 黃絲로 채찍을
만들고 그 끝에다 蜜蠟을 발라서 소리가 난다.

325 俄而…殿陛上矣: 兪拓基, 『燕行錄【辛丑】』, "日出後, 敲鐘擊磬於太和殿上,
左右侍衛, 一時列立, 東西班趨列仗外. 俄而淨鞭三響,【以皮爲之, 其聲雄揚,
以肅靜朝班者.】淸帝出殿云, 而殿宇高遠深邃, 莫可知卞. 但遙望殿內北戶
開, 而殿上侍衛·親王及近臣, 趨出立於殿陛上矣."

共爲十二, 蓺沉檀, 香烟藹蔚. 太和門內設堂下樂, 與殿上樂相對, 如保和殿筵宴. 階下以銅鑄山形, 高五六寸, 各竪十八於東西班, 謂之品牌.[326] 殿上鳴贊呼唱, 若演禮時, 我使則坐於西班九品之末, 琉球使次之, 隨行三跪九叩禮. 曾聞此中朝賀跪叩興俯之節, 無一參差, 如手五指之屈伸, 今見之錯亂不齊,[327] 大抵目見多不及耳聞, 不獨此事爲然也.

班罷卽出, 殿之東西, 有二層樓, 聞是內帑,[328] 我國方物, 亦皆收貯於此云. 過太和門, 門外竪銅獅一對, 其前分列黃輦. 出午門, 其左右又列黃屋車, 駕以馴象者五. 象之高可二丈餘, 長幾二間. 鼻長至地, 兩牙外出, 長亦三四尺, 投之物則以鼻尖捲入口中, 其狀奇詭, 天下物畜之壯大者, 恐無復有此也. 遂由闕左門, 還館所. 是日光祿寺送致歲饌, 各一卓于三使, 二卓于三通官, 油蜜果九器, 畵園

---

326 階下…品牌:俞拓基,『燕行錄【辛丑】』. "自階下至庭內, 以銅鑄山形, 高五六寸, 分置左右幾八九行, 謂之品牌."

327 曾聞…不齊:『燕行日錄』에는 '曾聞群胡班次拜跪, 興俯無參差云, 今見不然矣.'로 되어 있다.

328 殿之…內帑:『燕行日錄』에는 '殿庭東西, 有兩層高閣, 卽內帑也.'로 되어 있다.

餠六器, 圓餠六器, 方餠四器, 龍眼·荔枝·黑葡萄·石榴·生
栗·榛子·胡桃各一器, 生梨四器, 大棗二器, 蜜棗二器, 冰
糖·八寶糖·胡桃糖各一器, 生羊一首, 生魚二尾也.

初二日, 乙丑.

風聞正陽門外, 市廛失火, 延燒幾五百餘間云.

初三日, 丙寅.

副使來見. 通官來言 : "皇帝不日當幸圓明園, 使臣亦將
與宴供頓之具, 宜先留意."

故卽送乾糧馬頭, 討得安歇處而歸. 金尙書[329]使其管
家,[330] 送致餠果各四盒于正副使, 二盒于書狀, 不得已受
之. 仍差一譯躬往致謝, 歸言 : "其第宅高大, 賓客塡咽.

---

329 金尙書 : 工部尙書 金簡을 말한다.
330 管家 : 집일을 관리하여 주관하는 奴僕을 말한다.

且其仲女，方爲皇子婦，適當歲謁回還之際，見其輿飾保御甚盛云."

啓其盒子，松仁餠·粧花餠·七星餠·到口酥爲一盒，小光頭·小缸爐·荷葉酥·梅花酥爲一盒，生梨荸薺爲一盒，黃柑查果爲一盒. 其中松仁·梅花二種，味雖過甛，而香膩可啖.

初四日，丁卯.

歲幣方物雇車始到. 入館以後，火熱可乘. 每夜以行中刷馬驅人二名，輪回巡警，至是另加申飭.

初五日，戊辰.

書狀來見.

初六日，己巳.

始服拱辰歸元湯. 鹿茸酒炙二錢，山茱萸枸杞子酒，洗當歸身酒，洗肉蓯蓉酒，浸退鹽去鱗甲貝母姜汁炒去目橘皮各一錢，茴香鹽水炒破，故紙鹽水炒砂仁炒研各五分，沉香鹿末各三分，卽御醫[331]所命也．

初七日，庚午．

聞皇帝辰時幸<u>天壇</u>，行上年祈谷祭，明將還宮云．是日爲開市打發，商胡輩來，與衆譯，定其物價高下．彼輩以今行銀貨之多齎，評直太峻，多般爭難，畢竟以時價爲定云．歲幣米，使該譯，領納于西華門外細糧庫而歸．副使來見．

初八日，辛未．朝雪晚晴．

四驛館[332]送示主客司移付公帖三度．

---

331 御醫：洪履福을 말한다．

332 四譯館：會同四譯館．청나라 초기부터 禮部의 會同館과 翰林院의 四驛館을 1748년 회동사역관으로 통합하여 예부에 소속시키고 예부의 낭중 한

一則曰："所有朝鮮·琉球二國在京貢使，於本月初九日，赴紫光閣入宴，館卿於是日五鼓，帶領二國貢使入宴可也."

一則曰："恭照本月初十日，皇上駕幸圓明園，所有朝鮮·琉球二國使臣，應赴西華門外三座門，迎送聖駕，館卿于是日五鼓，帶領可也."

一則曰："所有朝鮮·琉球二國貢使，應于本月十一日，帶領齊赴圓明園守候，十二日，赴山高水長閣筵宴，卽于十一日，先帶該二國貢使前去，至十二日亮鐘時，帶領伺候筵宴可也云."

金尙書旣有餽物，不可無回禮，依近例，具藥飯粘饌各一盒·蜜果一盒，副房[333]亦具餠餌乾魚，三房[334]則代以紙筆墨扇丸藥等種，差一譯躬進致意，回答以俱是適口之味，深用感謝云.

사람이 鴻臚寺少卿을 겸임하면서 사역관의 사무를 총괄하게 하였다. 회동 사역관은 외국사절의 숙식과 초대 등의 일을 총괄하고 역관 후보생을 교육하는 역할도 담당하였다.

333 副房：副使 趙瑍을 말한다.
334 三房：書狀官 鄭致淳을 말한다.

初九日, 壬申.

雞鳴, 與副使及首譯, 具公服乘馬, 過<u>正陽門</u>, 由大淸門右路, 五六折而循宮墻西趾, 入<u>西安門</u>【一云外西華門.】三座門, 至<u>福華門</u>, 下馬步入, 是爲<u>紫光閣</u>後太液池邊也. 時尙早, 少憩于<u>時應宮</u>,[335] 乃禪宮也. 日欲出, 通官引出宮外, 就列樹下序坐, 琉球兩使處其下, 卽御路傍, 而儀仗與鼓角, 已分左右, 排立于前面, 白黃紅綠畫繖各一對次之, 其後侍衛, 或只佩劍, 或只公服, 鱗次以來. 俄而皇帝乘黃屋小轎, 八人擔昪, 從<u>玉蝀橋</u>而來. 至我使班次, 据窓諦視者良久, 遂隨其後, 入帳內. 盖繞階四邊, 設黃布帳, 以防外人也. 兩房[336]軍官及諸譯多隨來者, 并不得入焉. 通官引陞階上, 序于東班二品之後, 琉球使亦同之. 移時, 殿上下鼓樂齊作, 皇帝自閣北出, 御寶榻上. 閣是二層五間, 階欄皆刻雲龍, 甚奇巧. 前面四石臺, 各置銅爐, 蒸沉香. 階下東西南, 各設黃幄一座, 中置床卓樽罍之屬. 旣而庭南幄中, 諸人奉茶及樽罳, 由階上殿, 以次

335　時應宮: 『燕行日錄』에는 '應昭宮'으로 되어 있다.

336　兩房: 正使·副使를 말한다.

獻酢, 如年終宴時. 自殿上先頒酪茶一巡, 味似牛乳, 而
羶膩不可噉. 繼自階下, 旋進宴卓, 自殿上諸臣, 以及于
我使, 上殿共一卓, 白飯各一小器, 熱鍋湯各一座, 圓餠
各一小器, 熟肉各一器, 醎菜一小楪, 木筯二, 鑞匙一, 而
匙則無柄. 次賜熟肉各二器, 終賜肉涪一器, 羊猪未分,
而不羶臊, 不堪食. 少頃, 當殿庭南, 設黃屋門子, 垂一畫
布以通人, 出入如門. 門前設綵凳爲層, 有二十餘箇人,
或星冠玉佩, 或靑衣紫袴, 頭戴花帽. 又有冠綠衣紫者,
又有紫巾靑衫者, 自黃瓦門, 換隊迭入, 始列庭中, 北向
做聲, 若祈禱頌祝之狀. 旋又回轉, 上綵凳, 以類分行五
色層列, 末乃展揭一幅緞, 各以金書一大字, 橫看則乃'乾
隆萬福壽'五字也. 是際階上, 又陳雜戲, 筋斗獅戲, 則如
年終宴. 畢竟植一竿長, 升跳出一少兒, 年可十歲者, 解
衣跣足, 腰纏靑布, 緣竿直上, 倏若飛猱. 仍又貼腹, 竿頭
倒身, 抱竿而下直, 令人眩慄. 戲罷, 皇帝卽出後門, 諸臣
一時散去. 遂進閣上, 遍觀床榻屛帳, 則飾以純金, 都極
奢麗. 楣上列揭御製詩板, 西壁畫阿桂337征小金川勝捷獻

---

337 阿桂(1717~1797) : 자는 廣廷, 兵部尙書 阿思哈의 손자, 大學士 阿克敦의
   아들. 본래 만주 正藍旗 사람인데 回部駐伊犂를 평정한 공적으로 正白旗
   에 소속되었다. 또한 大小金川을 평정한 공으로 英勇公에 봉해졌다.

凱狀, 東壁附書, 而或楷或半草, 不知何人筆也. 通官引
至庭西黃幄前, <u>金簡</u>及<u>福長安</u>,[338] 對坐頒賞, 兩使進前受
訖, 行一叩頭禮. 正使, 錦三疋, 障絨三疋, 小卷八絲緞五
疋, 小卷五絲緞五疋, 花大荷包一對, 小荷包八箇. 副使,
錦絨各一疋, 八絲五絲各三疋, 大荷包一對, 小荷包四箇.
琉球兩使亦如之. 閣老<u>和珅</u>[339]退到, 見其面貌, 則姣好憸
佞, 雖云威權傾朝, 而終是不吉底人也. 少憩<u>太液池</u>傍,
池源出自<u>玉泉山</u>,[340] 入大內, 出都城, 通于<u>白河</u>.[341] 源遠
流長, 廣可一緱場. 兩岸綵閣長林, 隱映杳綿, <u>玉蝀橋</u>跨
其上, 接<u>福華門</u>外. 橋底五六水門, 可容舟舡. 歸由橋上

---

338 金簡及福長安 : 『燕行日錄』에는 '和珅 · 福長安'으로 되어 있다.

339 和珅(1750~1799) : 이름은 善保, 자는 致齋, 만주 正紅旗 사람이다. 25세
에 侍衛가 된 뒤로 乾隆帝의 총애를 받으며 6부의 상서 등 주요 관직을
역임하고 軍機大臣에 이르렀다. 그의 장남인 豐紳殷德이 和孝公主와 결혼
하여 황실의 인척이 되는 등 건륭 연간 권세를 독점하며 부정부패를 일삼
았다. 1799년 건륭제가 세상을 떠나자, 嘉慶帝가 즉시 화신을 체포하여 그
의 죄상을 조사한 뒤에 화신에게 자결을 명하고 그의 재산을 몰수하였다.

340 玉泉山 : 옥천산은 북경 내성의 西直門에서 북서쪽으로 10km 정도 떨어진
곳에 위치한 산이다. 명승지로 유명하여 청 康熙帝의 별장인 靜明園이 있으
며, 조선 사신이 머물렀던 玉河館의 물줄기가 여기에서 흘러나온다고 한다.

341 池源…白河 : 『燕行日錄』에는 '其上流來自玉泉山, 作西山圓明園之湖, 又引
以作此池, 下流接于通州江云.'으로 되어 있다.

望見, 五龍亭列峙, 上流渺然難辨, 而亦在外墻之內, 則
其廣闊遼遠可知也. 度橋, 由衍祥門左, 歷乾元資始門·永
綏皇祚門以行, 此爲萬壽山³⁴²西側, 而最上頭三層殿閣,
自在紫光閣時, 已入望中, 卽崇禎皇帝³⁴³殉社處也. 自此
無數曲折, 過北門, 循宮城東趾, 出一里, 門卽東華門外
也. 又過二外墻門, 還館所. 所受別賞, 前此或送戶共, 或
留灣府, 以備公用, 而或行或否, 其規不一. 然格外之賜,
無用之紬, 雖不得不受, 於義終有所不安. 念予曾經西藩
留付泉流庫似無妨, 遂封置錦紬, 預授譯輩, 俾爲歸時關
錄記付之地. 荷包卽綵囊子, 無所用處, 分與傔從輩. 所
服貼, 率自是日入寒五分, 盖用醫言也.

---

342 萬壽山 : 만수산은 지금의 頤和園 서쪽에 있는 昆明湖의 북쪽에 위치한 야
    트막한 산으로 西山이라 불렀다.

343 崇禎皇帝(1611~1644) : 明의 마지막 황제 毅宗으로 이름은 由檢, 시호는
    莊烈皇帝. 1644년 3월에 流賊 李自成이 북경을 함락하자, 나라가 망하면
    임금이 社稷에서 죽는 도리를 지켜 자결하였다.

初十日, 癸酉.

是日皇帝幸圓明園.[344] 雞鳴, 三使如例, 率正官等, 詣西安門內三座門外, 改具公服, 等候于塵房. 至天明, 車駕始出, 就御路左, 祗送如儀, 琉球兩使亦同之. 黃屋小轎, 八人擔昇, 威儀簡率, 一如昨日. 前後儀衛及騎步兵, 成隊奔馳, 全無行伍, 只肅然無聲而已. 皇帝過班次, 据窓出面, 諦視良久, 喜色充然. 盖是方面廣頰, 豊碩淳和, 一見可知爲福厚底人也. 輦過後, 無數彩輿, 四夫擔荷, 絡續不絶, 問是妃嬪及宮女隨駕云. 禮部尙書德保, 來檢班序, 使首譯傳言: "于苑設宴時, 使臣必當應製, 預先留意, 無致遲滯爲宜云." 班罷, 卽還館所.

十一日, 甲戌.

首譯以下, 領納歲幣方物于內帑庫而歸. 夕飯後, 乘太

---

344 是日…圓明園: 『燕行日錄』에는 '禮部使通官來言曰: 皇上明日幸圓明園, 朝鮮使臣當爲祗送云.'으로 되어 있다.

平車, 與副使及尹洪二裨·[345]首譯通事, 出西直門, 向圓明
園, 卽離宮也. 去城爲三十里, 路左右樹林閭屋, 幾乎相
聯, 近園數里, 市肆廟觀之盛, 與他一樣. 二更始到園外,
館于王姓人家.

十二日, 乙亥. 自曉下雪, 終日不止.

欲明, 兩使具公服乘車, 行二里, 到園門, 下馬步入. 又
歷一門, 約行一馬場. 見樹林中, 有閣翼然以出, 是爲山
高水長[346]也. 庭前已設黃幄及戲具, 參宴諸臣, 亦皆守候
矣. 少憩于行閣, 旋聞以雪停宴, 遂退, 歸館所.

---

345 尹洪二裨: 正使軍官 尹履禰과 洪聖源을 말한다.

346 山高水長: 山高水長閣. 圓明園의 四十景 중 하나로, 원명원 남서쪽에 있
   으며 雍正帝가 세운 것이다. 청 황제가 官僚나 外藩 등을 불러 잔치를 하
   거나, 사절들을 접대하던 곳이다. 范仲淹, 「桐廬郡嚴先生祠堂記」, "雲山蒼
   蒼, 江水泱泱, 先生之風, 山高水長."

十三日, 丙子.

申後, 通官引詣<u>山高水長閣</u>. 閣是三層九間, 當中扁以 '山高水長'四字, 卽御筆也. 繞庭三面, 設木欄如樹柵形, 每間以木珥刻爲綱, 表裏空洞, 簷階上下, 設一榻一席, 背負黃綉靠墩, 乃御座也. 其前分竪畫棚一對, 上設簷楣, 下垂九條紅索, 各懸玻璃燈, 聯絡至地. 又其左右, 各設 假屋子五間, 檐甍柱欄, 皆具中列峯巒怪石花草之狀. 自 閣上下, 以至假屋木欄, 皆列琉璃水晶諸燈, 木欄外廣庭, 分序東西班. 其外設鞦韆火戲之具.

所謂鞦韆者, 凡爲二對. 其一對則立畫龍高柱, 上橫四 橡爲八觚. 每觚掛以長紅索, 槪如我國之制. 綵服童子八 人, 各乘索而上, 則龍柱自轉, 其人或緣索聳身, 或倒懸將 墜, 或橫臥輾轉, 隨柱回旋, 五綵紛披. 其一對則列竪紅柱 五箇, 凡爲四間, 中二間則稍高. 每間從上頭架一勾股, 闊 可容一體, 長可容二童之身. 架內又懸二箇小勾股, 俱可 容一童子, 一則懸於上勾, 一則懸於下勾, 而垂下俾各轉 動而不止者. 仍以一條木, 橫貫中二間柱心與二大勾股之 腰, 左右二間亦如之, 則四架勾股, 如轆轤之轉. 於是八箇 童子, 仙冠荷衣, 聳上於每架兩箇小勾股之上, 雙手抱股 而立, 則四架八人, 隨機自轉, 上者才下, 下者復上, 循環不已, 瞻忽難狀. 下作金石之樂, 進速應律, 行序不錯, 箇箇浮空, 況若游仙, 最爲可觀, 聞是西洋國所獻云.

所謂火戲者, 鞦韆之傍, 樹畫屋二座, 上設簷甍丹, 四面方而狹, 長幾數丈. 但以畫席四障, 故不知中藏何樣機括. 其傍又設高棚, 如門子樣, 柱皆紅柒, 上飾綵畫. 兩邊立層梯, 列垂長索. 俄而有人擡來, 一個方物, 闊可三尺餘, 長幾如之, 外黃紙塗者, 是所謂盒燈也. 懸于一索, 自下軸轉而上, 當底有一綿紙, 捻引火搖搖. 及其火盡, 自燈中有紙堆, 片片落下, 繼有數層闌干之燈, 各自燃火而出. 下列多少仙官, 上有舞鶴翔鸞, 傍圍以七寶流蘇豹尾神旗之屬, 重置條列. 已又一條火繩, 引落諸燈了, 自上又下, 一幅長摺, 外包以紙者, 火延紙面, 頃刻燒盡. 其中有如罘罳者, 闊張至地, 上有一團火珠, 飛揚飄灑, 隨其孔罅以次點抹, 顆粒勻圓, 經緯不錯, 光色炯然, 如銀如汞. 已又火繩引落了, 自上又下, 一火塊窣窣然散作, 各色綵燈, 不知其幾百, 整整成行, 箇箇自明. 大抵一條火線, 爲其機栝, 橫竪正斜, 作此千萬瓖詭, 儘是奇觀, 而亦莫亂其所以然也. 其前又立一長竿, 頂以四棱木. 其兩傍又立長木, 橫以一條索. 有人佩弓矢, 手持長棒, 緣木而上, 足踏一條索, 進退坐立蹈舞, 若履平地. 末乃緣上竿頭, 兀立四棱木上, 抽矢彎弓而射, 聞是回子國人云.

我使與琉球使，并序於東班之末，觀戲將半，先賜元宵餅一器．蓋如我國霜花之形，而餡以糖飴，浸以溫湯，其味可啖．次賜方園小餅，如茶食樣者一碟．又如正果樣者一碟，次賜畫柒盤內排小柒盒．每盒各品，俱是甘香果餌之屬，其中青梅果和糖者，最清爽可口．是蓋內廚別味，而和坤·福長安，自御前出來檢視，并與裨譯及從人輩而遍饋之，親自指揮，無一遺漏，以快子之或設或不設，喝其執事者，二人之若此，亦因皇旨云．金簡亦在其中，此則識面，故使首譯傳言：“以貴官臨視，而壓尊之地，不敢起居云．”則彼乃點頭曰：“禮當然矣．”昏時，皇帝撤宴入內，遂罷出，歸館．

十四日，丁丑．

申後，又詣山高水長閣．是日則引入我使及琉球使於木欄之內諸王·貝勒之列，其外多官，則如例成班於欄外．入庭者不過數十員，而去御座為咫尺地．俄而皇帝自後閣，步出坐榻．雖有諸宦者從之，而只有和坤·福長安，夾侍左右，供給使令．皇帝唾唾，則和坤承以壺盖，舉止便捷．閣上下琉璃窓間，眾目注視，是則皆妃嬪宮女之屬也．賜酪

茶一巡了, 先陳角抵戲, 勝負之人, 德保輒皆傍夾出入,
有若牌頭, 奔走汗喘, 職是禮部尙書, 而不憚賤役. 和珅
則況以議政大臣, 而躬行閹寺之事, 盖其無等威沒體面,
類多如此. 次陳諸番之舞. 有十四人, 着紅畫衣, 分兩隊
列立. 各隊爲首者一人, 以次進前雙舞, 曇時乃罷. 又有
紅黃靑黑繡衣而環耳者十人, 聯裾執手, 交口做聲, 回翔
作舞. 又有五色綵衣者八人, 帽挿鵰羽六箇, 腰帶弓矢刀
劍, 背負畫虎皮子, 踊躍鼓舞, 一齊拔劍, 作斬薙狀. 又有
黃衣圓繡者十人, 右執斧左執鐵片, 後有數人, 執笳鼓,
其聲急促激烈, 舞者回翔, 應節高低合度, 最爲可觀. 又
設獅戲如前. 戲罷, 仍令退班於欄外, 賜饌如例, 而加以
鹿尾生雉炙各二對, 從人遍饋亦如昨, 而和·福兩人[347]皆
來視. 轉戲火戲亦如例, 而前之畫屋二座, 以席四障者,
始開一面, 垂以紗幃. 其內火點, 星聯珠綴, 上面成'福壽
綿長'四箇字, 下成老人扶杖倚幾形, 是則昨所未觀也. 初
昏罷出, 歸館. 是日光祿寺, 以十二日雖停宴禮, 而以其
所具宴卓, 各一送致于兩使, 似亦因皇旨也. 柳裨[348]來經

---

347 和·福兩人 : 和珅·福長安을 말한다.

348 柳裨 : 正使軍官 柳增萬을 말한다.

一宿而還.

十五日, 戊寅.

鷄鳴, 與副使, 詣正大光明殿. 由東邊路而行, 下馬于
紅馬木外, 步入禮部朝房, 少憩. 俄有一朝官入門, 乃再
昨年吊慰上勅蘇凌阿[349]也. 伊時隨駕迎送時, 熟見面目,
至今猶可記也. 迤到予坐處, 故下席迎之, 則致意款曲.
先問國家安否, 次慰行役之勞. 使首譯對之, 仍以重瞻顔
色, 不覺欣幸之意爲言, 則彼乃點頭, 亟使之還坐, 而轉
向他去, 職是戶部侍郎云. 時至, 通官引入殿庭, 始序於
東班之末. 少焉, 復取兩國正使[350]坐席, 列置于殿上王公
之次, 導之以升, 盖因皇旨也. 殿是二層五間, 金碧玲瓏.
殿內層揭五色琉璃燈, 尤覺眩耀. 御座中霤, 扁以‘正大光
明’, 亦御筆也. 預設上下宴卓, 覆之以袱. 已而樂作, 皇
帝自內出升御榻, 進樽賜酪茶如例. 近侍二人, 始撤御卓

---

349 蘇凌阿(1717~1799) : 자는 紫翔, 만주 正白旗 사람으로, 1786년 勅使로
조선을 다녀갔다.

350 兩國正使 : 朝鮮正使 俞彦鎬와 流球國正使 翁秉儀를 말한다.

黃袱, 仍以各品分賜. 殿上諸臣, 更進他樣釘餖. 又賜黃
酒一巡, 庭陳舞樂, 而大體如前. 其中一隊十數人, 綵冠
畫衣, 左手各持畫板, 如簸箕形者, 右執木撥括其板心,
而口涌禱祝之辭. 自年終宴時已有之, 而終未知爲何等節
奏也. 是際, 諸王·貝勒六七人, 兩兩作舞. 移時乃罷, 皇
帝遂還內, 以次退出, 直還館所. 光祿寺送致所受宴卓于
兩使. 未時, 又詣山高水長閣, 序於欄內諸王之班如昨日.
申末, 皇帝始出御, 賜茶呈戲如前, 而其中羊戲, 曾所未
睹也. 戲罷, 退班欄外亦如前. 向夕, 陳燈, 視前尤盛. 有
數百人, 皆着綠衣帽, 各持朱柒丁字木, 兩頭各揭一圓小
紅燈, 就木欄外, 象八卦方陣而立向御座, 齊聲頌祝. 俄
而方忽爲圓, 圓復爲方, 或作門形, 或做山容, 縱橫紆直,
轉換無窮, 而行伍不錯, 回旋有度. 燈光之高低疏密, 有
萬不同, 而逐隊齊整, 無一參差. 良久乃撤, 又有雙龍燈,
頭尾鱗甲, 皆具曲曲燃火. 有八九人, 擔荷回旋, 作蜿蜒
飛騰之狀. 大盒燈所懸門子之左右, 各立一畫竿, 上飾簷
楣, 羅列仙童玉女, 飛鳳舞鶴, 下懸八箇小盒燈, 如圓篋
樣者, 各垂一條, 火繩其後. 稍遠之地, 樹林之間, 列植無
數, 柱欄列揭無數花燈. 有兩條索, 各系于大盒燈所懸之
門柱, 其兩端後接于樹林之間, 前屬于御座之前. 自御前
兩放火筒, 則緣索自行, 其疾如飛. 及過門柱, 橫馳旁走,

須臾之頃, 前面紙炮齊發, 飛焰漲天, 轟雷震地. 樹林間
各樣列燈, 一時自明, 至于大盒燈, 則從中落下者, 尤多
奇形異制. 小盒燈亦皆產了無限燈火, 盖是壞詭之觀也.
賜饌如例, 和·福·金三人[351]又來視.

和珅以皇旨問曰: "使臣能詩否?"

首譯替對曰: "文詞鹵莽, 未能工詩矣."

珅微笑曰: "是則過謙之辭矣. 皇旨使之進詩, 從前使
臣, 亦多有應製者, 退卽製進可也. 少選, 當送人取來."

初昏罷, 歸館所. 兩使各製七律一首, 使洪聖源, 楷書
于黃牋, 副使則其孫[352]書之. 予詩曰:

御苑雲常五色新,	中開黃幄倍氳氲.
香煙暖合三元氣,	瑞雪晴回萬國春.
從古東藩[353]承雨露,	秖今北極拱星辰.[354]
頻叨法宴皇恩重,	餘頌椒花[355]願更申.

---

351 和·福·金三人: 和珅·福長安·金簡을 말한다.

352 其孫: 趙璞의 손자 趙得永을 말한다.

353 東藩: 朝鮮을 말한다.

354 北極拱星辰: 각국의 사신과 함께 황제를 조회하는 것을 말한다. 『論語』,
「爲政」, "爲政以德, 譬如北辰居其所, 而衆星共之."

355 餘頌椒花: 椒花頌으로 신년에 올리는 祝頌을 말한다. 옛날에는 정월 초하
루에 산초를 담가 빚은 술인 椒酒를 어른에게 올리는 풍습이 있었는데, 晉

末書朝鮮國陪臣進貢正使姓名奉旨製進. 外作皮封, 剪
而不納, 如表文樣. 上附紅籤, 書以某國陪臣姓名製進.

書才訖, 和珅已送筆帖式和芬爲名人來索, 故出授其
回. 曾聞此中奏御文, 多有忌諱字, 前此我使應製詩, 屢
被禮部摘改, 如老病死歸落威偏等字, 皆所當避. 雖不用
這箇字, 而猶不能放下, 至過數時, 而無所往復, 可知其
無弊入達也.

是日金尙書, 又以元宵餠一盒, 二種餠或如雪花樣者,
或如蜜餠者, 幷一盒, 糖餐果餌之屬, 幷一盒, 見饋曰：
“不腆節食, 聊慰客館之愁寂云.” 彦慄[356]來留, 謙從輩亦
交替往還.

十六日, 己卯. 曉微雪.

自是日至十八, 姑停宴云. 晚朝, 禮部送人言：“應製賞
典于下云.” 卽今通事領來, 則兩使各賜緞一疋, 絹牋二軸,

나라 때 劉蓁의 아내 陳氏가 정월 초하루에 임금의 만수무강을 기원하는
내용의 초화송을 지어 바친 일이 있다.

356 彦慄: 兪彦鎬의 庶從弟 兪彦惺을 말하는 듯하다.

貢筆一匣十枝,貢墨一匣十錠. 琉球則上使辭以不能, 只副使製進二律.

其一曰:

彈丸小島細微臣, 元夜隨班沐帝仁.

玉殿傳柑頒御宴, 金門掛綵賞王春.

繞林烟火輝天上, 滿砌歌聲奏紫宸.

瞻仰龍顏惟咫尺, 渾身偏洽聖恩新.

其二曰:

上元御苑賜華筵, 玉輅龍旗出日邊.

麾駕王公盈殿下, 獻芹遠价侍階前.

燈聯火樹銀花燦, 歌舞霓裳綵色鮮.

中外臣僚承寵異, 昇平共祝萬斯年云.

賞亦如之. 上使則只給緞疋, 似用不中賞之例也. 彼國兩使, 爲人俱極淳良, 雖以此事觀之, 旣有二作, 則揆以常情, 兩人必當分用, 而今却不能者, 亦可知其俗之質愨無僞, 良可貴也.

首譯來言:"和珅使通官轉報曰, 今見使臣詩, 所寫黃牋甚佳. 我們亦當進詩, 願得十餘幅云."

行中所持, 只有六幅, 俾告其實狀而轉送之.

十七日，庚辰. 朝陰晚晴，多有春意.

飯後，與副使，往觀西山，諸裨數譯從之. 自此西去數里，過兩門，又有行宮. 三層樓閣，多隱映于林麓間. 盖與圓明園相通，以接于西山者也. 循行宮右趾，約行數馬場，路左有水田幾頃，右有石築一區，水從隱溝，濺濺有聲. 其前有一橫阜，自此禁入車馬，遂步上橫阜，西向而坐，則前有一帶西山，環擁如屏障. 下有玉泉山，峭蒨岑蔚，頂戴七層高塔. 其前引水爲湖，浩洋瀰漫，小流注入于通州. 四山列植嘉木異樹，多少層樓綵閣，縹緲遠亘于其間. 黃瓦翠甍，玉階朱欄，輝映洞壑. 其中最高且大者，文昌閣，萬壽閣在右，水淸閣在越岸，龍雲閣在島嶼中. 又有廓如亭，八角翼然在左岸. 前有十七橋，橫跨闊湖，以接于島. 水門皆可容舟楫，而其數十七故名云. 橋之西北，有金牛一座，制作生活. 其傍有石碑，刻御製詩. 橋之東南，又有三綵閣，前兩柱皆挿波心，其下系龍舟. 湖山樓觀，宛是畫圖境界，比諸太液池·五龍亭，其幽爽邃遠殆過之. 時適風日淸美，光景欲奇，不覺其心融神怡也. 移時，眺望而歸. 彥慄自此直還南館.

十八日，辛巳．**自曉大風陰寒，晚始晴朗．**

十九日，壬午．

是日復開宴．申後，又詣<u>山高水長閣</u>，始就欄外班．俄而皇帝出御，命召朝鮮使臣．通官急趨，引入欄內，琉球使亦同之．階上只有近侍七八人及諸王·貝勒十餘人，立於西階下，東邊則無人矣．

皇帝使之進前，令<u>和珅</u>傳諭曰："使臣歸國，須以國王安邊之意，告朕面諭，而使臣等不各好還也．"[357]

仍命坐東階下氈席上，賜茶賜饌如例，只止於欄內人，而饌品多是別味．蓋自皇帝出入之後閣，有十餘人，捧畫柒盤，分賜階上下諸人，則似是御府之供，而仰視皇帝所御，亦一般矣．<u>福長安</u>因皇旨勸嘗，而雉炙稍大，以筋難截，則皇帝命給刀子，俾切而啖之，通官急抽其所佩以進之．又命給布巾，俾懷其餕餘，<u>福長安</u>終始立視之．既撤，

---

357 使臣歸國…好還也：『燕行日錄』에는 '使臣回國，須以朕意傳言．國王連爲平安以過，使臣等亦好還云云．'으로 되어 있다．

陳戲燃燈如上元, 而前之右持斧左執鐵者, 今則捨斧與
鐵, 以一條黃緞從後領, 由兩肩而下, 各懸流蘇金鈴, 兩
手執以爲舞. 初昏, 戲罷, 皇帝由後閣入, 只近侍及王公
若而人從之. 通官引兩國使, 亦隨其後, 過一小門, 及二
層紅門前, 有一道冰湖, 乘雪馬[358]沿流而下. 兩岸上樹林
巖石頗幽奇, 畫閣相聯, 處處張燈. 逶迤行里餘, 穿過一
虹橋, 始卸雪馬. 登岸躡級而進, 連有人迎至促步, 盖因
皇帝屢問使臣來否故也. 前見燈燭煒煌, 乃是慶豊圖,[359]
而盖便殿內宴處也.[360] 凡爲二層五間, 而棟宇華麗, 金碧
璀燦. 皇帝坐于欄下階上, 背負琉璃寶扆, 而其後羅列諸
燈, 光彩透徹. 前設一座燈架, 扁以'月府通輝', 左右各樣
花燈, 殆不知其數. 所設諸技, 不過如我國花郎輩持團扇
打鼓者, 然有甚歌詠, 而都不可解. 未幾, 命諸臣退出. 通
官引由右路, 復乘雪馬, 過一虹橋, 始登岸. 歷一門, 紆回

358　雪馬: 썰매를 말한다.

359　慶豊圖: 山高水長閣 뒤에 위치한 누각으로 便殿 안의 연회를 베푸는 곳
이다.

360　慶豊圖…宴處也: 白景炫, 『燕行錄』坤, 1791년 1월 19일. "帝率近臣及我
使, 入慶豊圖, 又設燈戲, 慶豊圖者閣名也, 與內殿咫尺, 故爲宮娥觀光而設
也.": 李在學, 『燕行日記』下, 1794년 1월 19일. "皇帝乘雪馬先渡, 使臣亦
同侍臣而乘雪馬, 數帳場有二層閣, 如山高水長之制, 卽慶豊圖也."

數馬場, 由正大光明殿左門而出, 還館所, 夜於初更矣.

二十日, 癸未.

通官因禮部知會, 令使臣罷歸. 朝飯後, 與副使, 將還南館, 取路西山後與前所涉橫阜, 步到<u>廓如亭</u>. 縱觀<u>十七橋</u>以東, 眼界欲爽麗, 眞所謂淡粧濃抹,[361] 而亭壁列揭御製詩板, 其中一絶落句, 有'欄與墻間惜棄地, 引流種稻看遠畦.[362]'之句. 盖湖邊多開水田, 省耕省斂, 土地膏沃, 禾稼茂實云.

自此行十五里, 爲<u>萬壽寺</u>, 或稱<u>皇后願堂</u>, 或稱<u>唐太宗願堂</u>. 殿宇之宏麗, 佛像之壯大, 不甚遜于<u>東岳</u>,[363] 而清淨蕭灑, 則殆過之. 自<u>行住坐臥</u>,[364] 以至<u>慧日長輝</u>·[365]歡喜

---

361 淡粧濃抹: 蘇軾, 「飮湖上初晴後雨」, "欲把西湖比西子, 淡粧濃抹總相宜."

362 欄與⋯遠畦: 乾隆帝, 「西堤」, "西堤此日是東堤, 名象何曾定可稽. 展拓湖光千頃碧, 衛臨墻影一痕齊. 刺波生意出新芷, 踏浪忘機起野鶩. 堤與墻間惜棄地, 引流种稻看連畦."

363 東岳: 東岳廟를 말한다.

364 行住坐臥: 行住坐臥殿을 말한다.

365 慧日長輝: 慧日長輝殿을 말한다.

堅固·[366]潛心·[367]面壁·[368]無量壽[369]諸殿，崇崒焜煌，眩人
心目. 諸和尙所住，方丈之室，亦皆淸淡窈窴. 架置經卷
香爐，壁揭奇書名畫，椅卓蒲團之屬，精潔齊整，了無一
點塵垢，使人低佪而不能去也. 臨歸，一和尙請入渠之丈
室，勸茶殷勤. 見其北庭，有二區石築之方畝，盡種脩竹，
淸陰翳蔚蔽天，亦覺蕭然有致.

又行八里，爲西直門，自此抵南館爲十里. 稗譯傔從輩，
出門歡迎，幷州之看作故鄕，[370] 乃知古人之先獲也. 書狀
來見.

廿一日, 甲申.

---

366 歡喜堅固：歡喜堅固殿을 말한다.

367 潛心：潛心殿을 말한다.

368 面壁：面壁殿을 말한다.

369 無量壽：無量壽殿을 말한다.

370 幷州之看作故鄕：賈島，「渡桑乾」. "客舍幷州已十霜，歸心日夜憶咸陽. 無
端更渡桑乾水，却望幷州是故鄕."

廿二日, 乙酉.

湯藥只服六貼. 因有圓明之行, 中間停止, 自是日復服.

廿三日, 丙戌.

副使·書狀來見.

廿四日, 丁亥.

見四驛館卿諭管市公帖, 則以爲: 朝鮮員役, 本館已定于二月初四日起身, 各局買賣人等, 限于月內爲期, 務將各樣貨物, 進齊毋得任意拖延, 稍有不遵定, 卽從重辦理云.

廿五日, 戊子.

見主客司移付四驛館公帖二度.
一則曰: "準精膳司付稱所有朝鮮·琉球二國來使, 照例在本部恩賜筵宴一次，今本司呈堂定于二月初一日卯刻筵宴等因，前來相應，移付貴館. 于是日卯刻，帶領二國來使員役等，赴部筵宴可也."

一則曰: "所有朝鮮·琉球二國使臣員役等，本司定于二月初二日巳時頒賞，相應移付貴館. 於是日巳刻，帶領二國貢使等，赴午門外領賞可也云."

廿六日, 己丑. 天氣和暖.

飯後，與副使·書狀，往太學. 自此北行，幾至安定門，折而東，由國子監門左，歷二箭門，步入持敬門. 是爲太學之右夾，改具公服于致齋所. 助教十餘人，爲之前導，由大成門之右夾，入大成殿庭. 行禮訖，升由左階奉審. 殿內各位神版，俱以淸字傍書，楣揭金字三板，一曰生民未有，一曰萬世師表，一曰與天地參. 四楹又揭金字，

一對曰:

氣滿四時與天地，　　　　　鬼神日月合其德.

教垂萬世繼堯舜，　　　　　禹湯文武作之師.

一對曰:

齊家治國平天下，　　　　　信斯言也布在方策.

率性修道致中和,　　　　　得其門者譬之宮墻. [371]

配列四聖十哲, 而西壁十哲下, 獨躋朱子一人. 殿宇宏崇, 金碧璨煌. 東西廡及殿庭左右, 許多碑閣, 無不皆然. 大成門內東西,　各置石鼓五座,　而以木機如箭門者覆之, 字畫雖剝落, 而往往猶可辨識, 這個處,　輒有墨痕狼藉, 盖前後印塌之跡也. 出門, 改平服, 尋彝倫堂. 堂在大成殿之西, 別以墻圍. 由後門而入, 扁額之後, 又揭二板, 一曰文行忠信, 一曰福疇攸敍. 其前有辟雍, 一依古制, 而黃金瓦白石欄, 眩晃奪目. 當中設御榻, 屛面多刻御製詩筆, 盖是四五年前新建者云. 復循來路, 至大街, 又折而東, 是爲柴市故墟, 有文丞相祠. 入行拜禮, 有塑像及石刻畫像, 而廟宇頹落, 塵埃叢集, 可見其全不修治也. 楣揭兩板, 一曰萬古綱常, 一曰古誼忠肝, 皆是淸人筆也. 未夕, 歸舘.

---

371 四楹…宮墻: 李坤, 『燕行記事』下, 1778년 1월 30일. "孔子位版, 龕前四楹, 揭以儷句金字. 曰: '氣備四時與天地, 鬼神日月合其德.' 曰: '教授萬世繼堯舜, 禹湯文武作之師.' 曰: '齊家治國平天下, 信斯言也布在方冊.' 曰: '率性修道致中和, 得其門者譬之宮墻.'" : 金景善, 『燕轅直指』 권4, 「留館錄」, 1833년 1월 12일. "柱聯曰: '氣備四時與天地, 鬼神日月合其德. 教垂萬世繼堯舜, 禹湯文武作之師.' 又曰: '齊家治國平天下, 信斯言也布在方冊. 率性修道致中和, 得其門者譬之宮墻.'"

廿七日, 庚寅.

書狀來見.

廿八日, 辛卯.

聞皇帝是日始自圓明園回駕云. 禮部尙書德保, 以文詞
見稱於朝端, 數昨和予應製詩韻以送曰:

上元景簇御園新,　　五色雲開氣正氳.

銀魄光昭三殿麗,　　羽書捷報萬年春.【臺灣指日報捷.】

聯班寵宴榮東國,　　盈苑和風拱北辰.

今節傳柑頒外使,　　鴻恩柔遠自天申.

下安姓名, 別號二章, 號則定圃也.

前此鄭領府[372]來時, 此人贈詩求和, 始辭以老病, 則大
發慍怒, 竟不得不和送云. 是日待其隨駕還家, 始乃次韻

---

372 鄭領府: 領中樞府事 鄭存謙(1722~1794). 본관은 東萊, 자는 大受, 호는
陽菴·陽齋·源村, 시호는 文安. 1751년(영조 27) 정시문과에 급제하여, 벼
슬은 좌의정·우의정·영의정 등을 역임했다. 1782년 冬至正使로 북경에
다녀왔다.

曰:

雙闕罘罳曙色新,　　　筍班[373]和氣接氳氤.

涵恩左海[374]心傾日,　　　掌禮中朝職是春.

化內林葱渾壽域,　　　殿前燈燭況漢辰.

鵁聯幾度回清眄,　　　珍重瓊琚致意申.

使一譯送之, 則值他赴公, 留待移時. 彼乃入門, 問知來由, 握手致款, 使之忙出踞椅把玩. 每句輒三四讀, 每一讀輒遠望沉思, 連稱很好很好, 多致感謝之意云. 去譯回傳其言談, 狀貌甚偉, 聽之一笑.

金尙書向在圓明園時, 又有餽物, 故始作回禮, 以鏡光紙二十張, 雪花紙二十張, 花牋五十幅, 扇子十五柄, 清心元十丸, 九味清心元七丸, 安神丸五丸, 蘇合元十五丸, 付一譯傳致. 彼亦多致感謝之言, 仍細問丸藥治方於去譯, 而給以四箇綵囊子云.

---

373 筍班 : 玉筍班의 준말로, 뛰어난 인재들이 즐비한 조정의 반열을 말한다.

374 左海 : 朝鮮을 말한다.

廿九日, 壬辰. 陰午灑雨.

此中商賈輩, 凡物貨兼其點退, 例於回還臨時交付. 故自是日, 始陸續入于館中.

三十日, 癸巳.

副使·書狀來見.

二月小甲午, 初一日, 甲午.

早朝, 三使率正官等, 具公服, 詣禮部, 受下馬宴. 清侍郎德明已先到, 各排宴卓于正堂, 別設香案于月臺西. 東向侍郎, 率三使及諸從官, 就香案前, 行三跪九叩禮. 琉球三使亦同之. 禮訖, 侍郎升堂, 使臣隨之, 侍郎主壁, 使臣坐于右, 從官列坐于後. 酪茶一巡, 酒三巡後, 卽撤床. 復趨香案前, 行一跪三叩禮而罷. 曾聞設宴時, 下輩雜入爭攫, 多有紛擧, 故預加約束. 一傔一馬頭外, 并不許入, 嚴加禁飭, 比前頗靜寧云. 歸館. 移時, 光祿寺又送三使及諸從官宴卓各一, 是則上馬宴云. 是日狂風大作, 塵霾漲天, 終日不止.

初二日, 乙未.

晚朝, 三使率正官等, 具公服, 由闕左門而入. 禮部侍郎及鴻臚卿, 領諸官已來, 待于午門外, 設卓于御路左旁, 列置綵緞銀封, 覆以黃袱. 時至, 通官引兩國使, 就御路右門, 午門序立, 先行三跪九叩. 禮訖, 坐磚上, 禮官先以回送禮物傳給, 次賜正副使以下, 如是者凡四次. 盖是年貢·冬至·正朝·聖節四起禮物也. 領畢, 又行三跪九叩如初. 仍退出御前回禮. 聖節則表緞五疋, 裏五疋, 粧緞四疋, 雲緞四疋, 貂皮一百張, 玲瓏鞍備二等, 馬一匹.【元朝則與聖節同. 年貢·冬至, 則減馬一匹.】正副使. 聖節則大緞各一疋, 帽緞各一疋, 彭緞各一疋, 綢各一疋, 紡絲各一疋, 綟各二疋, 銀各五十兩, 鞍備三等, 馬各一匹.【元朝則與聖節同. 年貢·冬至, 則減馬一匹.】書狀官. 聖節則大緞一疋, 彭緞一疋, 綢一疋, 綟一疋, 銀五十兩.【元朝則與聖節同. 年貢·冬至, 則減綢一疋, 銀十兩.】大通官三員. 聖節則大緞各一疋, 綢各一疋, 綟各一疋, 銀各三十兩.【元朝則與聖節同. 年

貢·冬至, 則減綢一疋, 銀十兩.】押物官二十四員. 聖節則彭緞
各一疋, 綢各一疋, 布各二疋, 銀各二十兩.【元朝則與聖節
同. 年貢·冬至, 則減綢一疋, 銀五兩.】從人三十名. 聖節·元朝,
則銀各五兩. 年貢·冬至, 則減一兩. 卽以賞物分給. 軍官
以下諸人. 柳·洪兩裨,[375] 各彭緞一疋, 鞍馬一匹. 尹·兪
兩裨,[376] 全·尹兩傔,[377] 各大緞一疋, 銀十兩. 趙·安兩傔,
各綢一疋, 銀十兩. 朴有範, 彭緞一疋, 銀十兩. 御醫別陪
行譯官, 各紡絲一疋. 乾糧官, 彭緞一疋. 尹在貞, 綯一
疋. 馬頭及乾糧馬頭, 各綢一疋. 房下人等處, 銀一百二
十兩. 先來譯官, 銀十兩. 通官雙林, 紡絲一疋.

初三日, 丙申.

副使·書狀來見. 副使·書狀, 日昨往觀天主堂, 與西洋
人劉思永[378]接面,[379] 其人來謝館中, 又請見於予, 辭之以

375　柳·洪兩裨: 正使軍官 柳增萬과 洪聖源을 말한다.

376　尹·兪兩裨: 正使軍官 尹履禰과 兪彦悻을 말한다.

377　全·尹兩傔: 正使奴子 全世興과 乾糧庫直 尹商弼을 말한다.

378　劉思永: 포루투칼 출신의 예수교 선교사인 데우스(Deus, Rodrigo da Madre

病, 則以其所齎贄物爲獻, 乃綵畫十一幅, 畫布巾一件, 蠟燈心一繚, 木瓜餠二鐘也. 又以無名却之, 則懇乞不已, 遂留其物, 而以十筆五墨五扇十丸藥爲回禮. 金尙書又以 褂料一件, 袍料一件, 荷包一匣, 香包一匣, 竹扇一匣, 毛 尖茶二瓶爲贈, 副三房[380]亦各有差. 是則却之尤難, 不得

de)이다. 이후 徐浩修는 북경의 南天主堂을 방문하여 湯士選(Alexandre de Gouveia: 1751~1808)과 유사영을 만난다. 탕사선과 유사영은 1784년 12월 에 북경에 와서 탕사선은 흠천감의 관직에 있고 유사영은 천주당의 사무를 처리한다. 徐浩修,『熱河紀游』권3 1790년 8월 12일 참조.

379 副使…接面 : 관련 내용은『燕行日錄』에 상세하다.『燕行日錄』, 1788년 1 월 27일. "食後, 與書狀, 乘太平車, 往天柱堂. 路過正陽門, 向西作行, 幾到 宣武門北邊. 路傍有天柱堂, 屋宇制作外樣, 極甚奇異. 陞層石階入見, 則前 後堂宇之壁, 皆是畫圖, 而其中一處之屋壁, 畫人馬屋宇及物形.【物形卽小筐 之類.】坐二三間之地視之, 則人馬宛然如生, 且物樣屋柱, 依然有製作之形, 近而摩之卽畫也. 可謂怪怪, 亦可謂神異矣. 正堂北壁所畫, 卽女仙抱小兒, 而兩腋皆有羽, 似是仙類. 此乃渠輩所尊敬之處, 而女仙所畫壁之榻下西邊 低處, 設倚子, 罩以錦袱, 是西洋王之位云. 以此見之, 女仙之敬奉可知也. 有自鳴鍾之屬, 極其奇巧可觀, 而又有測候日形之器, 狀如囉叭而色黃. 庭中 置卓子, 卓子上排置測候器, 而其末端稍高, 而以其口直向日影. 其上端乍低, 而從其孔窺覘日形, 如千里之鏡察視. 人皆曰: '日形昭昭可見.' 而余則視之, 眼眩不能辨矣. 所留者欽天監官員, 而多西洋國人也. 西洋人進茶, 使馬頭問 曰: '貴國去此幾里?'答曰: '水陸通計合九萬里云.'又問: '寓此幾年?'答曰: '限十年替歸, 而吾輩則已過八年, 而專管天文·地理·曆數之法云.'蓋其爲 人, 面銳鼻尖目凹, 貌甚精詳, 而行動頗輕躁. 卽歸館所.『陶谷集』云: 西洋 國距北京, 海路爲九萬里, 陸路五六萬里. 與今番西洋胡之所對, 有異可怪."

已領留，只以扇藥魚鰒等種，厚給其使而送之.

禮部送來回咨十三度， 其中有使臣所受格外宴賞事二度.

一曰："禮部爲知照事， 主客司案呈查朝鮮國進貢使臣來京，除照例宴賞，外所有格外宴賞之處，相應開列，移咨朝鮮國王可也. 須至咨者. 計開某年十二月二十九日，朝鮮國使臣在午門前，瞻仰天顏. 三十日，使臣在保和殿，入宴賞賜卓張. 某年正月初一日，使臣在太和殿，元朝行禮. 初九日，使臣在紫光閣入宴，加賞正使某物，賞副使某物. 初十日，皇上幸圓明園，使臣赴西華門外，迎送聖駕云."

一曰："禮部云云.【上同.】計開某年正月十二日，朝鮮國使臣赴圓明園山高水長， 大蒙古包入宴貴賜卓張. 十三日，山高水長，賞看花燈烟火，賜克食菓盒. 元宵十四日，山高水長，賞看花燈烟火，賜克食菓盒. 元宵十五日早晨，正大光明殿入宴，下午在山高水長，賞看花燈烟火，賜克食，同日承命，恭進七言律詩二首. 十六日黎明進呈，賞正使某物，賞副使某物. 十九日，山高水長，賞看花燈烟

380 副三房：副使·書狀官을 말한다.

火, 賜克食, 仍隨入慶豊圖, 賞看燈戲賜克食云."

初四日, 丁酉.

書狀來見. 柳裨以先來,[381] 同副使軍官韓恒大·譯官金致禎先發, 修送狀啓, 且付家書. 飯後還發, 自館門外乘轎, 出朝陽門. 到八里橋, 捨來時路, 度橋而東行數里, 是爲通州西門. 入城, 宿于馬姓人家. 是日行四十里. 異域再經喪餘, 而又不得如定州之留止, 憤恨尤切.

初五日, 戊戌. 大風寒.

湯藥服盡二十貼, 而入寒爲十六貼. 平明發行, 由北門而出, 風勢大作, 塵埃漲天, 人馬辟易, 咫尺不辨. 僅行二十里, 至燕郊堡中火. 晚後風寒益甚, 末由前進, 不得已

---

381 先來 : 외국에 갔던 사신이 돌아올 때에 앞서 돌아오던 역관이나 군관을 말한다.

止宿于舊主吳姓人家. 書狀來見.

初六日, 己亥. 日氣雖晴燠, 而風猶不止.

晚朝發行, 行五十里, 到三河縣, 宿于城內蔡姓人家.

初七日, 庚子. 日氣淸和.

平明發行, 行四十里, 至邦均店, 午炊于楊姓人家. 又
行二里, 到關帝廟, 捨來時路, 從右而行. 過徐家店·五里
橋, 是薊州城, 西門內有獨樂寺. 直抵其寺, 副使·書狀,
同之入寺. 有二層閣巋然, 楣揭'觀音之閣'四大字, 中立觀
音像, 長可十餘丈. 自其右有層梯, 二轉折而上, 始見其
面, 是爲最上層. 俯瞰城內外, 豁然通敞. 閣後又有二重
佛殿, 最後西翼室, 臥一巨佛, 加紅錦被, 而露其面, 所見
極不祥. 遂還出, 遍觀東邊行宮諸處. 復出城外, 止宿于
劉姓人家. 是日行七十里. 薊州卽古漁陽地也.[382] 來路左
傍, 有楊貴妃廟, 高寄山頂, 越邊又有安祿山廟, 與之相
望, 必是前代好事者, 有意而爲此也.[383] 曾聞有漢時太守

張堪廟在州中,[384] 而問諸土人, 皆無知之者.

初八日, 辛丑.

平明發行, 歷漁陽橋·小橋坊·現渠, 凡行二十餘里, 至二里店. 自此以後, 則皆來時所由也. 又行二十里, 到蜂山店, 午炊于張姓人家. 又行至玉田縣, 宿于舊主韓姓人家. 是日行八十里.

初九日, 壬寅.

平明發行, 行四十里, 到沙流河, 午炊于劉姓人家, 又

---

382 薊州卽古漁陽地也: 兪拓基, 『燕行錄【辛丑】』. "薊州卽古漁陽地."

383 來路…爲此也: 兪拓基, 『燕行錄【辛丑】』. "路傍建小屋, 中塑楊貴妃像, 屋後高岑, 有安祿山廟云, 可駭.": 朴趾源, 『熱河日記』, 「關內程史」. "行至漁陽橋, 路左有楊妃廟, 與峰頭祿山祠相對, 天下有錢者何限, 而何乃設此淫穢之祠, 以祈冥佑耶?"

384 曾聞…州中: 黃梓, 『甲寅燕行錄』권2, 「度關錄」, 1734년 9월 4일. "山上有祠云, 是將軍祠. 曾聞漁陽有張堪祠, 此祠果是, 而張君誤傳爲將軍耶?"

行四十里，到豐潤縣，宿于舊主王姓人家．

初十日，癸卯．

平明發行，行四十里，到榛子店，午炊于李姓人家．又
行五十里，到沙河驛，宿于舊主任姓人家．昨夕尹僚，[385]
先到豐潤，有數三朝士，儀貌秀潔，聚坐市樓，邀渠言：
"我們聞爾大人[386]過此，故可觀光而來也."仍取紙筆，多
有問答說話．其中一人云："向見爾大人文明，如有述作，
可得一見否？"答以此則甚難．彼曰："似然."仍問淸心元
性味，似有願得之意．故歸館，取數丸以往，則其人已還
矣．問諸市人，則居在城中，遂作小札并丸藥，托市人傳
致．俄而其人作謝語，兼送自己所寫一帖子，觀其文筆極
不凡，下安圖章，姓名卽余廷霖，而自號竹泉居士云．是
日臨發，使尹僚持姜豹庵[387]畫扇二把及洪聖源所書帖子，

385　尹僚：尹商弼을 말한다.

386　爾大人：正使 兪彦鎬를 말한다.

387　姜豹庵：豹庵 姜世晃(1713~1791). 본관은 晋州, 자는 光之, 호는 豹菴·海
　　　山亭·無限景樓·紅葉尙書 등, 시호는 憲靖. 1776년(영조 52) 문과에 급제

往謝于其家，則其人方在知縣衙門，使其市人通刺，則其
人顚倒欣迎，接遇精洽，當階讓升，設椅對坐．知縣卽<u>沈</u>
<u>赤能</u>，而兩人俱是浙東人也．知縣聞渠之來，使人傳言：
"有病，不得引接."仍送茶與食，又換花牋筆硯．其意使之
賦詩，故渠辭以不能，而書數行於紙面，伴以淸心數丸爲
禮，則知縣卽裁小札以答之，兼送自己所書粧帖一幅畫·一
小扇，筆法俱典雅，下安五硏齋之章，是其堂號也．余亦
贈以一畫障，畫亦奇古．辭歸之際，命開正門以送之，愛
重繾綣之意，溢於顔貌，令人感服．見其左右羅列錯置者，
無非書畫圖章文房器玩之屬，粲然可喜云．必是南京文翰
博雅之學士大夫，而不可見慕尙我國之有素也．但恨體貌
有礙，無以接見這等人物耳．

十一日，甲辰．

平明發行，行二十里，<u>過野雞屯</u>．金譯[388]屍柩，昨已雇

하여, 벼슬은 영릉참봉·병조참의·한성부판윤 등을 역임했다. 1785년 進
賀謝恩兼冬至副使로 북경에 다녀왔다.

388　金譯：譯官 金致瑞를 말한다.

車載運云. 又行二里, 捨來時路, 從北而行. 歷徐家·方家·
李家·高家庄, 凡行二十餘里, 到夷齊廟. 環以小城, 門上
刻'孤竹城'三字, '賢人舊里'四字. 入城, 有二碑, 立廟門左
右, 分刻'忠臣孝子到今稱聖'八大字. 下有大明年號, 而皆
斷去之. 墙面刻'淸風百代'四大字, 門以'淸節廟'爲額. 入
門, 有東西石門, 東曰天地綱常, 西曰古今師範. 當中有
門, 楣揭'淸風可挹'四字, 是則皇帝[389]筆也. 其後有正堂,
安兩塑像, 加以冕梳袍笏, 楣上揭'古之賢人'四字, 亦皇帝
筆也. 與副使·書狀瞻拜訖, 遍觀前後左右碑刻詩板. 正堂
壁面, 多刻御製詩. 有曰:

得聖之淸孰與齊,　　　　　首山道便此憑隮.
爲傳公信及公達,　　　　　底較遼西復隴西.
何事宋朝錫圭冕,　　　　　可知夫子[390]視塗泥.
史遷[391]慨羨靑雲士,　　　　　未識浮名本稗梯.[392]

389　皇帝: 乾隆帝를 말한다.

390　夫子: 孔子를 말한다.

391　史遷: 司馬遷을 말한다.

392　得聖…稗梯: 李義鳳,『北轅錄』권5, 1761년 2월 15일. "東壁有碑曰: '得聖
　　之淸孰與齊, 首山途便此憑躋. 爲傳公信及公達, 底較遼西復隴西. 何事宋朝
　　錫進冕, 可知夫子視塗泥. 史遷慨詹靑雲士, 未識浮名本稗梯.' 乾隆甲戌初
　　冬御筆再題."

三堂後有揖遜堂, 又其後有清風臺, 高幾六七丈. 由西邊石梯而上, 則灤河一帶, 自北逶迤西折, 至臺前渟滀而瀠. 有孤竹君廟, 在中央高阜, 河水盛漲, 則環抱四面, 作一島嶼. 其外樹林隱映, 眼界爽塏, 眞高尚之士, 嘉遯晦跡之所也. 下臺而東, 有行宮, 層樓複室, 都極奢麗, 廟房粧點, 皆用沉香降眞之屬, 薰郁襲人, 雕剜如神, 盖年前幸瀋時新刱者云.

午飯于西邊佛寺, 卽發, 循河邊而行. 廟右有小山突兀, 自古稱首陽山云. 行十里, 度灤河橋, 卽來時路也. 至永平府, 宿于舊主吳姓人家. 是日行七十里.

十二日, 乙巳.

平明發行, 行四十里, 到雙望堡, 午炊于舊主劉姓人家. 又行五十里, 到楡關, 宿于韓姓人家, 亦舊主也. 是日雖行九十里, 而程路甚遠, 超過百里.

十三日, 丙午. 風.

是日卯正二刻, 爲春分節. 平明發行, 行五十里, 到范家庄, 午炊于李姓人家. 卽發, 過紅花店, 捨大路, 從南而行, 副使·書狀亦從之. 幾二十里, 渡深河支流, 到望海亭, 一名澄海樓.[393] 盖長城盡處, 倚一面作方城, 中起二層高樓, 壓臨渤海. 登其上以望, 則天水浩洋無際, 正所謂乾端坤倪軒豁呈露[394]者也. 庭皆舖磚, 其外又作方城以圍之. 凡爲三層, 第二層竪兩石, 一刻'天開海岳', 一刻'一勺之多'. 又有一黃瓦碑閣, 前後面刻御製[395]一韻兩詩. 詩曰:

我有一勺水, 瀉爲東滄溟.
無古亦無今, 不減亦不盈.
臘雪難爲白, 秋旻差共青.
百川歸茹納, 習坎維心亨.

---

393 幾二十里…澄海樓: 徐命臣,『庚辰燕行錄』, 1760년 10월 6일. "余往見書狀及正使, 先爲發行, 由南門出, 未十里, 至望海亭, 亭一名澄海樓."

394 乾端…呈露: 韓愈, 「南海神廟碑」. "穹龜長魚, 踊躍後先. 乾端坤倪, 軒豁呈露."

395 御製: 乾隆8년 御製御筆을 말한다.

却笑祖龍癡, 鞭石求蓬瀛.

誰能望天倪, 與汝共濯淸.

是則癸亥[396]所題也.

又曰.

拾級登岑樓, 復此俯巨溟.

寒暑幻冬夏, 日月浴虧盈.

界奧一線金, 際天合色靑.

最鉅斯爲絶, 守信故永亨.

蹄涔易致涸, 注玆恒爲瀛.

涇渭誠小哉, 徒分濁與淸.

是則甲戌[397]所題也.[398]

---

396 癸亥: 1743년.

397 甲戌: 1754년.

398 又有…所題也: 尹汲, 『燕行日記』, 1747년 2월 24일. "臺有二碑, 一刻天開海嶽四字, 一刻淸皇詩曰: '我有一勺水, 瀉爲東滄溟. 無今亦無古, 不減亦不盈. 臘雪難爲白, 秋旻差共靑. 白川歸茹納, 習坎惟心亨. 却笑祖龍癡, 鞭石求蓬瀛. 誰能忘天倪, 與汝共濯淸.' 其傍曰乾隆八年十月望後一日再題.": 徐命臣, 『庚辰燕行錄』, 1760년 10월 6일. "層堦下左, 立一碑, 大書'天開海岳'四字, 當中有一碑, 前面刻乾隆八年御製御筆. 其詩曰: '我有一勺水, 瀉爲東滄溟. 無今亦無古, 不減又不盈. 臘雪難爲白, 秋旻差共靑. 百川歸茹納, 習坎惟心亨. 誰能忘天倪, 與此共濯淸.' 凡五句, 以半草寫之, 乃樓上左壁所寫詩也. 碑後面刻十九年親製親筆次前韻, 而不能記, 乃樓上右壁所寫詩也.": 李義鳳, 『北

第三層, 別有小石門, 以通人出入, 此卽長城入海處也.
俯瞰雪浪, 噴蹴城址, 聲撼天地, 可謂第一宏闊雄大之觀
也. 眺望移時, 遂由山海關南門而入, 相去亦爲十里地.
諸譯及車馬人衆齊會等待, 與之一時出關, 至八里堡, 夜
已初更矣. 宿于王姓人家. 先來軍官, 初八日午後過此,
留識于關外碑石.

十四日, 丁未. 陰. 晚朝風雨交作, 午後雨化爲雪, 大風調刁.

平明發行, 行五里餘, 冒雨前進, 至中前所, 午炊于邵
姓人家. 風雨猶未息, 而因此稽留亦難, 卽又發行, 至兩
水河, 宿于舊主李姓人家. 是日行七十里.

轄錄』권2, 1760년 12월 20일. "中有黃瓦雨傘閣, 閣內竪一碑, 以隷題前面曰:
'我有一勺水, 瀉爲東滄溟. 無今亦無古, 不減亦不盈. 臘雪難爲白, 秋旻差共
靑. 百川歸芧納, 習坎維心亨. 却笑祖龍癡, 鞭石求蓬瀛. 誰能忘天倪, 與汝共
濯淸.' 乾隆癸亥冬澄海樓題壁御筆. 其後又題詩曰: '拾級登岑樓, 復此俯闓
溟. 寒暑均冬夏, 日月欲虧盈. 界奧一線金, 際天合色靑. 前鉅斯絶類, 守信故
永亨. 蹄岑易致闓, 注玆恒爲瀛. 涇渭誠小哉, 徒今獨與淸.' 甲戌再登疊前韻."
: 李坤,『燕行記事』下, 1778년 2월 20일. "又有一閣, 閣中有石碑, 前後皆刻
乾隆詩. 其一句云: '我有一勺水, 瀉爲東滄溟.' 頗示誇大之意."

十五日，戊甲．天氣快晴．

平明發行，行四十里，至中後所，午炊于郝姓人家．又行至東關驛，宿于舊主蔣姓人家．是日行六十里．書狀來見．義州刷馬夫高三同，自通州得病，至是致死．卽給例下不虞備銀子十兩，使之斂束載運．

十六日，己酉．晚後風．

平明發行，行三十里，到沙河所，午炊于舊主郭姓人家．又行至寧遠衛，宿于劉姓人家，亦舊主也．是日行六十里．

十七日，庚戌．晴暖無風．

平明發行，行三十里，到連山驛，午炊于舊主于姓人家．又行到高橋堡，宿于郎姓人家，亦舊主也．是日行六十里．

十八日, 辛亥. 晚有風.

平明發行, 行三十六里, 至<u>松山堡</u>, 午炊于舊主賈姓人家. 又行至<u>雙陽店</u>, 宿于孫姓人家, 亦舊主也. 是日行六十里.

十九日, 壬子. 大風揚塵, 不辨咫尺.

早食發行, 行二十五里, 舟渡<u>大凌河</u>, 至<u>十三山</u>, 宿于里姓人家. 是日行五十里.

二十日, 癸丑. 去夜灑雨旋止, 朝來風息日朗.

平明發行, 行四十里, 至<u>閭陽驛</u>, 午炊于朱姓人家. 又行至<u>新廣寧</u>, 宿于舊主陳姓人家. 是日行八十里.

廿一日, 甲寅.

平明發行, 捨大路, 從北行十五里, 爲北鎭廟. 盖<u>巫閭山</u>,[399] 爲中國之北鎭, 而在廣寧之西, 故一名<u>西嶽廟</u>.[400] 自古帝王, 莫不祀事. 至永樂, 始立廟而致隆, 墻垣崇廣, 殿宇宏麗. 入門, 有正堂, 安北嶽神像. 又歷二重閣, 至後殿, 安男女兩像, 不知爲何神, 而主僧云: "堯子丹朱[401]夫婦云."

其西墻外, 有<u>覽秀亭</u>. 亭右石壁奇崛, 就其面, 一刻'翠雲屛', 一刻'補天石'. 前有小碑大書'屹鎭幽方'四字. 東墻外, 有<u>會仙亭</u>. 有石突然而高, 因石之礴爲三級, 以便登躡. 其頂戴小亭, 試登而望之, 則右有一帶巨岳, 雄蟠橫鷔, 劍戟森羅, 左有殘山斷麓, 起伏縈回, 城堞臺堡, 點綴

---

399 巫閭山 : 醫巫閭山을 말한다.

400 盖巫閭山…西嶽廟 : 李廷龜,『月沙集』권2,「戊戌朝天錄」上,〈遊西嶽廟【幷序】〉. "自遼陽西至燕南, 至海皆野, 而野之大, 無如鶴野, 北至湖東, 至於三韓之界皆山, 而山之鉅, 閭嶽爲最. 山在野之窮處, 而廟在山之麓, 問其名, 曰西嶽廟. 盖山爲中國之北鎭, 而廟在廣寧鎭之西, 又有東嶽在其東, 故二其號以別之也."

401 丹朱 : 堯의 아들로 오만 방자하여, 요는 왕위를 단주에게 전하지 않고 舜에게 양위하였다고 한다.

隱映. 前臨大野, 浩無涯畔, 滄海際天, 蒼然一色, 烟雲樹林, 變態千萬, 爭奇獻巧於一亭之下, 使人心目豁然, 直有盪虛御空之意. 石面刻'會仙亭'三字, 階前又有一紅亭, 下舖磚石. 庭宇亦方敞, 廟庭多有御製碑. 有七景之語, 故問之主僧, 則曰: "翠雲屛·補天石·聖水盆·道隱谷·雲巢松·仙人影·曠觀亭, 而聖水以下, 則在桃花洞云."

所謂桃花洞者, 在廟右數里山谷間樹林深處. 殿閣依微可辨, 遍觀神庫鐘閣等處. 歸由舊廣寧, 去廟爲五里, 入拱鎭門, 出永安門, 乃城之西東門也. 市肆人物之盛, 雖不及瀋陽, 而亦非永平·寧遠[402]之比. 行二十里, 爲猻子店, 卽大路也. 到于家臺, 午炊于鄭姓人家, 又行至小黑山, 宿于舊主戴姓人家. 是日紆回行九十五里.

廿二日, 乙卯. 早寒晚風.

平明發行, 至二道井, 午炊于馬姓人家. 又行至白旗堡, 宿于馬姓人家, 是則舊主也. 是日行百里.

---

402 永平·寧遠: 永平府·寧遠衛를 말한다.

廿三日, 丙辰. 曉雪朝晴, 風寒稍緊.

平明發行, 至石獅子, 捨來時捷徑, 直取大路, 由柳河橋, 至柳河溝, 午炊于張姓人家. 又行四十里, 至西店子, 宿于城外, 亦張姓人家也. 路見寺壁留識, 則先來十三日未時始過此云, 不知何爲而稽滯也. 是日行六十里.

廿四日, 丁巳. 朝寒晚風.

平明發行, 取城中路, 約行五里, 有河流之溢而爲瀦者. 又五里餘, 有周流河, 俱以舟涉. 到孤家子, 午炊于李姓人家. 又行三十里, 到邊城, 宿于舊主楊姓人家. 是日行五十里. 副使·書狀來見.

廿五日, 戊午. 晴暖.

平明發行, 行三十里, 到永安橋店, 午炊于呂姓人家. 又行到永安橋, 捨來時捷路, 由狀元橋·方士村, 至塔院, 自此以後, 卽來時所由也. 到瀋陽城中, 宿于舊主文姓人家. 是日行六十里.

廿六日, 己未. 晩後大風且暝.

爲促延卜人馬, 發關[403]于義州, 委送一牢子, 使之前馳,
往傳于柵外, 且付家書. 平明發行, 舟渡混河, 凡行二十
里, 至白塔舖, 午炊于韓姓人家. 又行至十里堡, 宿于舊
主田姓人家. 是日行六十里.

廿七日, 庚申. 日氣極淸和.

平明發行, 行二十八里, 至爛泥堡, 午炊于舊主李姓人
家. 又行至永壽寺, 宿于楊姓人家, 亦舊主也. 是日行五
十五里.

---

403 發關 : 조선 시대에 동등한 관부 상호 간 또는 상급 관부에서 하급 관부로
공문서를 보내는 일을 말한다.

廿八日, 辛酉. 日氣益淸和.

平明發行, 渡太子河, 捨來時路, 從西行數里, 爲舊遼東城. 城外之西北隅, 有白塔, 卽所謂華表柱也.[404] 繚以圓墻, 前有門, 門內有塔. 平地甃築二層, 高各丈餘, 其上又築五層, 凡八面. 最上層, 每面窪其中, 各安小佛像五箇. 其上立石柱, 高幾四五丈, 每面當中作門形, 安大佛像, 其左右各安小佛像. 其上覆以十三層檐, 高入雲霄. 其前後有佛宇而皆廢. 後庭有一碑, 而斲削前面, 只有萬曆年號及李成梁·[405]邢玠[406]等字, 依微可辨. 與副使, 少憩

---

404 有白塔…華表柱也 : 李◆◆, 『燕行記事』上, 1777년 12월 5일, "廟之西二里許, 有白塔. 塔在野中, 世所謂遼陽華表柱, 而或云在古鶴野縣, 或云華表山在遼東六十里, 今不知的在何處. 又傳唐太宗征遼時, 蔚遲敬德建八面白塔於此云, 未知何者爲信也."

405 李成梁(1526~1615) : 저본에는 '李成樑'으로 되어 있는데 바로잡는다. 明나라 장수로, 자는 如契, 호는 引城, 봉호는 寧遠伯. 조선 출신 李英의 후손으로 遼東鐵嶺衛 지휘첨사를 세습하였고, 1570년에 요동 총병이 되어 요동 지역의 군권을 장악하고 몽고와 여진에 대한 방위와 교역을 총괄하였다. 李如松을 비롯한 다섯 아들이 모두 장수이며, 일족 가운데 이름난 무장이 많아 당시 사람들에게 '李家九虎將'이라고 불렸다.

406 邢玠(1540~1612) : 明나라 장수, 자는 搢伯, 호는 昆田. 1571년에 진사가 되어 密雲知縣·禦史·巡撫 등을 지냈다. 1597년 豐臣秀吉이 조선을 침범

塔下. 歸由順安門, 出綏遠門, 卽城之西東門也. 市肆人
物之盛, 超過於舊廣寧. 又行二十里, 爲阿彌庄後, 而來
時所有路也. 到冷井, 午炊于陳姓人家, 又行至三流河,
凡三渡, 至狼子山, 宿于舊主王姓人家. 是日紆回行八十
五里. 遼瀋[407]以北, 冰雪未消, 寒意猶峭, 自永壽寺以東,
解凍有日, 楊柳欲舒, 盖因寒暖之隨地異候也.

廿九日, 壬戌. 陰.

是日爲寒食節. 平明發行, 艱蹟小石·靑石兩嶺.[408] 凡行
三十五里, 到甛水站, 午炊于李姓人家. 又行到會寧嶺上,
灣府饌物色吏,[409] 齎京書來謁, 卽初五十七八日三書也.
國家太平, 家中一安, 經歲異域, 得此喜消息, 公私大幸.

하자 薊遼總督으로 파견되어 왜군을 크게 무찔러 兵部尙書에 이르렀고,
죽은 후 太子太保에 추증되었다. 조선에서는 宣武祠라는 사당을 세워 공
적을 기렸다.

407 遼瀋: 遼東·瀋陽을 말한다.

408 小石·靑石兩嶺: 小石嶺과 靑石嶺을 말한다.

409 饌物色吏: 饌物은 반찬거리라는 뜻이고 色吏는 담당하는 아전이란 뜻이
므로 찬물색리는 일행들의 음식물을 담당하는 아전을 말한다.

且聞初八日得解相職,[410] 盖李左相因事罷職,[411] 特下傳教, 有曰:"莫若今日之不備." 莫若今日, 不欲責之以筋力之事, 曾有設言於首揆, 前冬辭陛日辭職也. 亦以具備故, 不可輕解爲言矣. 返旆尙遠, 及今體諒, 未必不爲跲言之一端, 右相議政之任, 今姑許副, 同日政付判中樞府事, 仍有新卜之命, 李台性源拜右相,[412] 數日後而以御筆特除蔡濟恭爲相,[413] 諸承旨單難被罪矣. 蔡之出寧後, 皆仍舊職, 臘月都政, 李台文源[414]以吏判當之, 旋以政注間事, 因大臣論啓被謫肅川府,[415] 李台秉模[416]以書寫勞陛正

---

410 初八日得解相職:『正祖實錄』권25, 1788년(정조 12) 2월 8일. "解右議政俞彦鎬職, 以出疆未還, 鼎席不備故也."

411 李左相因事罷職:『正祖實錄』권25, 1788년(정조 12) 2월 7일. "左議政李在協罷."

412 李台性源拜右相:『正祖實錄』권25, 1788년(정조 12) 2월 8일. "卜相【舊卜, 鄭存謙・徐命善・洪樂性・李福源・金熤, 加卜李性源】以李性源爲議政府右議政."

413 數日後…蔡濟恭爲相:『正祖實錄』권25, 1788년(정조 12) 2월 11일. "以御筆, 特拜知中樞府事蔡濟恭爲議政府右議政, 李性源陞左議政."

414 李台文源: 李文源(1740~1794). 본관은 延安, 자는 士質, 시호는 翼憲. 1771년(영조 47) 정시문과에 급제하여, 벼슬은 병조판서・판의금부사・예조판서 등을 역임했다.

415 李台文源…肅川府: 이문원이 숙천부로 정배된 일을 말한다.『正祖實錄』권25, 1788년(정조 12) 1월 7일 참조.

卿.[417] 宋台載經[418]爲沁留·松留, 通擬亞銓. 寬姪,[419] 臘月
宣陵直長, 旋換廚院. 趙判府璥[420]去秋六日喪出. 三從兄
彦鏴·[421]族兄彦莘·族姪山柱·[422]晚柱·[423]安老威迪, 歲前後
相繼奄忽, 俱極驚悒. 副使路上擧哀,[424] 故暫往吊之. 仍

---

416 李台秉模 : 李秉模(1742~1806). 본관은 德水, 자는 彝則, 호는 靜修齋, 시
　　　 호는 文翼. 1773년(영조 49) 증광문과에 급제하여, 벼슬은 홍문관제학·우
　　　 의정·영의정 등을 역임했다. 1778년 冬至副使로, 1795년 進賀正使로,
　　　 1800년 冊封奏請正使로, 1805년 問安正使로 북경에 다녀왔다.

417 李台秉模…正卿 : 이병모가 가자된 일을 말한다.『正祖實錄』권24, 1787년
　　　 (정조 11) 12월 19일 참조.

418 宋台載經 : 宋載經(1718~1793). 본관은 恩津, 자는 子中, 호는 棄棄窩, 시
　　　 호는 景獻. 1764년(영조 40) 정시문과에 급제여, 벼슬은 도승지·이조참
　　　 판·강화유수 등을 역임했다.

419 寬姪 : 兪漢寬(1742~1797). 본관은 杞溪, 자는 子約. 1759년(영조 35) 진
　　　 사에 합격하여, 벼슬은 동몽교관·옥과현감 등을 역임했다.

420 趙判府璥 : 判中樞府事 趙璥(1727~1787). 본관은 豊壤, 자는 景瑞, 호는
　　　 荷棲, 시호는 忠定, 초명은 趙璇. 1763년(영조 39) 문과에 급제하여, 벼슬
　　　 은 도총관·우의정·판중추부사 등을 역임했다. 1787년 冬至兼謝恩正使로
　　　 제수되었으나 병으로 사직했다. 저서로『하서집』이 있다.

421 三從兄彦鏴 : 兪彦鏴(1724~1788). 본관은 杞溪, 자는 珠瑞. 1753년(영조 29)
　　　 진사에 합격하여, 벼슬은 면천군수·삼척부사·광주목사 등을 역임했다.

422 山柱 : 兪山柱(1747~1788).

423 晚柱 : 兪晚柱(1755~1788).

424 副使路上擧哀 : 副使 趙瑍의 仲弟 趙璥의 訃音을 말한다.『燕行日錄』,
　　　 1788년 2월 29일 참조.

下嶺, 到連山關, 宿于舊主王姓人家. 是日行七十里.

三月大癸亥, 初一日, 癸亥.

曉有灣人歸, 各裁付家書. 平明發行, 歷見副使于下處, 踰兪家·高家·分水三嶺.[425] 凡行三十里, 到沓洞, 午炊于舊主王姓人廛房. 又行至通遠堡, 宿于舊主郭姓人家. 是日行五十五里. 書狀來見.

初二日, 甲子.

平明發行, 渡金鷄·八渡等河,[426] 到黃家庄, 午炊于黃姓人家, 舊主也. 又行過大小長嶺·[427]劉家·瓮北等河,[428] 宿于舊主張姓人家. 是日行六十里.

---

425 兪家·高家·分水三嶺: 兪家嶺·高家嶺·分水嶺을 말한다.

426 金鷄·八渡等河: 金鷄河·八渡河 등을 말한다.

427 大小長嶺: 大長嶺·小長嶺을 말한다.

428 劉家·瓮北等河: 劉家河·瓮北河 등을 말한다.

初三日, 乙丑.

灣府饌物[429]又到, 牢子繼還, 連見廿四六日家書, 聞先來廿五夕始入京云. 平明發行, 行四十里, 到二臺子, 午炊于林姓人家. 又行到柵門, 館于舊主鄂姓人家. 是日行八十里. 灣人還, 付家書. 書狀來見.

初四日, 丙寅.

金致瑞·高三同屍柩, 數時已到. 至是, 通于鳳城將, 俾先出柵, 各以酒果肉數種致奠, 金則有文, 令吳載恒讀之.[430] 灣府問安軍官及中軍執事等來謁.

---

429 灣府饌物：灣府饌物色吏를 말한다.
430 金則…讀之：유언호가 지은 김치서의 제문을 말한다. 兪彦鎬, 『燕石』책8, 「祭譯官金致瑞文【戊申】」참조.

初五日，丁卯．自朝雨．

前此回使之久滯柵內，專由車卜之稽進．故今番則以私商數人，定爲領將，預先晳飭．復路前一日，公私物貨，裝載出送于海岱門外，與之同時出關，而間因路險，今始齊到，凡爲二十三車云．

初六日，戊辰．春意駘蕩．

自夫後市之革罷，彼人失利怏怏，不無操縱尼行之慮．到柵後，使首副譯往見稅官，只循例報門而已，初無欲速求去之言，故示有恃無恐之意矣．

是日稅官移文[431]于使行，有曰："中江稅銀，每年三千三百兩，作爲定額，歷經四十餘年，並無更改．此次迎接進貢回還之朝鮮員役，并無有帶來貨物，事關國課，甚屬緊要．貴國何不預爲奏聞?[432] 將中江稅額裁減? 如不能，將

---

431 移文：공문서를 보내는 일을 말한다.

432 奏聞：중국 황제에게 아뢰는 일을 말한다.

緣由咨覆,[433] 轉報[434]戶部, 奏明[435]皇上可也云."

是盖藉重嘗試之意也. 遂回移[436]曰云云. 竊稽原初定例, 年貢使及憲書官進京時, 交易物貨, 自有本國恒式, 而至若回還迎接時, 帶來之貨物, 此非設法之本意, 不過因訛襲謬浸以成例之致也. 比年以來, 法禁漸弛, 奸僞日滋, 自鴨江抵柵門百餘里, 空曠之地, 旣無官長之領率董飭, 偸爭之患, 戕殺之變, 比比有之. 此本國所以日夜警懼者, 而亦恐有違于大邦字小嚴邊之道. 故始自今年, 另禁後卜, 申復舊例, 斯實本國仰體皇威愼固封疆之意. 且以貴所稅額定之, 春天延卜時, 擬帶之雜貨, 並付於冬天入貢之時, 則此非昔有裕而今不足也. 試言乎今年, 則目下雖無雜貨之延到者, 來頭年貢憲書兩次之所帶來者, 總以計之, 厥數自如, 在商民固無所損, 在稅所不失元數, 槩此事理情實, 想應財諒云云, 則稅官見之憮然, 便謂: "遣辭若是, 致有查照之擧, 則彼此俱不便." 仍手寫數行, 請依此改之. 盖後市之襲謬, 彼人亦自知之, 惟恐其上聞

---

433 咨覆 : 회답하는 咨文을 말한다.

434 轉報 : 전달하여 보고하다.

435 奏明 : 분명하게 아뢰다.

436 回移 : 답장의 공문서를 보내는 일을 말한다.

皇帝, 只欲憑據文蹟, 要免地部縮稅之責罰耳. 遂依其所
請改之曰：“藉以此次, 本國回還貨物, 不準迎接, 至邊門
貿易, 此係本國申定之例, 將此事由轉報戶部奏明外, 將
員役等, 先行放出, 則於國課無所礙, 在遠人亦爲便云
云.” 以送之則稅官受之, 以爲：明日當往示鳳城將從長議
處云. 到瀋後, 行關[437]于平安監司, 俾勿出待. 至是, 以
狀啓謄本報來, 又以道內守令察訪邊將, 排定各其差員,
後錄以報.

初七日, 己巳. 曉雨雪, 終日大風.

自灣府, 入送朝報諸紙. 見之則都政行于去臘念二, 北
道碑役告訖, 御製文書寫諸臣施賞, 傳敎, 有曰：“德源等
三處碑篆文書寫官, 判敦寧尹東暹, 加資. 德源湧珠里赤
田碑書寫官, 行司直鄭民始, 已加資, 勿論. 慶興赤島碑
書寫官, 右議政兪彦鎬,[438] 方赴燕, 還朝後, 當論賞. 赤

---

437 行關：조선 시대에 동등한 관부 상호 간 또는 상급 관부에서 하급 관부로
　　공문서를 보내는 일을 말한다.
438 저본에는 ‘兪□□’로 되어 있는데 보충한다.

地碑書寫官, 吏共參判李秉模, 初欲商量, 自有所重, 加
資."[439] 卽去臘十九日所下者也. 昏後稅官回自鳳城, 招首
譯, 使之依例報聞[440]于鳳城云, 可知出柵之日有期, 公私
甚幸.

初八日, 庚午.

副使·書狀來見. 義州府尹, 報以外史雲山郡守[441]有旨
傳諭次, 初六日入府留待云. 首譯等朝往鳳城, 昏後歸言:
"城將許以明日出來云."

439 德源等…加資:『日省錄』, 1787년(정조11) 12월 19일. "德源等三處碑篆文
書寫官, 判敦寧尹東暹, 加資. 德源湧珠里赤田碑書寫官, 行司直鄭民始, 已
加資, 勿論. 慶興赤島碑書寫官, 右議政兪彦鎬, 方赴燕, 還朝後, 當論賞. 赤
池碑書寫官, 吏曹參判李秉模, 初欲商量, 自有所重, 加資."

440 저본에는 '門'으로 되어 있는데 바로잡는다.

441 外史雲山郡守: 承膺祚(1744~?). 본관은 延日. 1782년(정조 6) 평안도별시
에 급제하여, 벼슬은 사관·기주관 등을 역임했다.

初九日, 辛未. 陰.

食後, 鳳城將出來, 率諸官坐衙, 搜檢如例訖. 三使幷出柵, 灣府將校領槍軍, 迎候如來時. 暫歷書狀幕次, 盖書狀分爲比包落留柵外故也. 仍前進, 行五十五里, 宿于溫井野次. 自灣撥得見初五家書.

初十日, 壬申.

平明發行, 午炊于九連城野次. 又行, 舟渡三江·中江·鴨綠江, 暫憩江邊幕次. 本府尹及假都事淸南驛馬兩具差員大同察訪·淸北都差員鐵山府史·淸北驛馬兩具差員熙川郡守尹壽民·龍川府使李東植·郭山郡守趙燮·過涉差員麟山僉使入謁. 樞府權頭巡營營吏啓書, 執事·牢子·馬頭載福等亦來現. 入城, 館于鎭邊軒. 外史雲山郡守承膺祚, 齎宣別諭如儀, 卽去廿六日所下也.

若曰: "萬里跋涉, 星軺穩旋, 豈勝欣企? 卿所帶相職, 間因鼎席不備, 曲副辭陛日筵燕, 卿聞此必以釋負爲幸. 還朝當在那間? 玆遣史官勞問遠役, 望須自護, 庸副予慇懃之意事, 令外史傳諭于回還正使兪判府事. 大臣附啓以狀聞修上事, 自政院成送有旨於外史處."[442]

祗受後, 卽附奏[443]于史官之回啓.[444] 諸守令更入謁, 雲山及龍川·郭山, 仍卽辭歸. 本道監兵使, 遣裨請安, 宣川·昌城府使·碧潼郡守, 各書問. 夜修送渡江狀啓, 兼付家書.

十一日, 癸酉.

留義州. 本府尹入謁. 夕上統軍亭, 府尹同之. 亭在城北, 占地最高, 逈三條江流, 縱橫如織, 注入于海. 杳茫無邊, 漢岸胡山矗矗, 氣勢雄壯. 左右眺望, 眼界極莽闊. 入夜, 爇一炬於城頭, 沿江上下, 近百把守幕, 一時擧火以應之, 亦足可觀.

---

442 若曰…外史處:『日省錄』, 1788년(정조 12) 2월 25일. "敎曰: 萬里跋涉, 星軺穩旋, 豈勝欣企? 卿所帶相職, 間因鼎席不備, 曲副辭陛日筵懇, 卿聞此必以釋負爲幸. 還朝當在那間? 玆遣史官勞卿還役, 望須自護, 庸副予慇懃之意事, 令外史傳諭于回還正使兪判府事. 大臣附啓以狀聞修上事, 自政院成送有旨於外史處."

443 附奏: 임금의 諭旨에 대하여 奉答하는 것을 말한다.

444 回啓: 임금의 下問에 대하여 심의하여 상주하는 일을 말한다. 回達 또는 覆啓라고도 한다.

十二日, 甲戌. 陰夜灑雨.

　上房籠馬頭允得者, 潛買禁緞, 替人負來, 爲中江搜檢軍官所發覺, 府尹具由牒報.[445] 又將登, 聞此, 亦据其牒報, 修啓待罪, 且付家書. 於其便, 行關于黃海·京畿監司, 俾勿出待於境上. 書狀歸自柵外來見. 諸守令·察訪亦入謁. 鐵山·郭山, 則爲支待官, 故使之先還.

　晚後發行, 到所串館午炊, 舟渡古津江,[446] 過涉差員楊下萬戶李亨元,[447] 待候津頭. 又行至龍川良策館, 宿于聽流堂. 本府使及宣川府使入謁, 宣川卽辭歸. 檢府錄事藥

---

445 上房…牒報:『日省錄』, 1788년(정조 12) 3월 16일. "該道監司枚擧義州府尹沈煥之狀啓謄報以爲: 燕柵雜貨入境時, 依例伺察雜商搜檢禁物, 則本府搶軍田興丁所持卜物, 執捉禁紋. 詰其所由, 則以爲李首陽所付云, 故捉問首陽, 則以爲瑞興奴允得, 以馬頭入燕還到柵外, 以其卜物借背暫輪云, 而取其卜物, 仔細檢視, 則有雜紋絹七疋, 有紋改機紬一疋, 故不勝驚駭, 定將校發捕允得, 則已爲逃去. 多發伶俐將校, 期於捉得待用刑, 依律擧行云矣. 罪人未卽窺捕, 誠極驚駭. 自臣營別關道內各處, 另加譏詞, 期於必捉."

446 古津江: 의주 동남 36리에 있는 강으로, 원류는 천마산 등 세 곳에서 흘러 압록강으로 흐른다. 서장관 姜耆壽가 익사하여 書狀江이라고도 한다.

447 李亨元(1739~1798): 본관은 全州, 자는 善卿, 호는 南溪. 1761년(영조 37) 정시문과에 급제하여, 벼슬은 대사간·비변사제조·경상도관찰사 등을 역임했다. 1795년 冬至兼謝恩副使로 북경에 다녀왔다.

房及書吏一人來謁. 見家書, 諸大臣各致口語, 金判府·[448]
李判府福源[449]及在協[450]則書問. 是日行七十五里.

十三日, 乙亥.

灣撥回, 見初九家書. 朝發行, 到鐵山車輦館午炊, 本
府使[451]入謁. 又行到宣川, 宿于倚劍亭. 本府使及定州牧
使入謁. 定州卽辭歸, 寧川府使有書. 是日行七十五里.

十四日, 丙子.

本府使及諸守令入謁, 鐵山則使之落後. 飯後發行, 行
四十里, 至郭山, 午炊于雲興館, 本郡守及郡人兪漢興兄

---

448 金判府 : 判中樞府事 金熤을 말한다.

449 李判府福源 : 判中樞府事 李福源을 말한다.

450 在協 : 李在協을 말한다.

451 本府使 : 鐵山府使 鄭澔를 말한다. 『燕行日錄』, 1788년 3월 13일. "鐵山三
     十里, 外站中火, 本倅鄭澔來見."

弟來謁. 又行至定州城外, 士民數百人, 以昨年獨登貴筵
時, 因本道臣狀啓, 覆奏本州還大米換作小米事, 蒙允爲
民大恩, 相率爲羣, 遮道稱謝. 且具酒饌以進之, 却而不
受. 入州, 館于制勝堂. 是日行七十里. 本牧使·嘉山郡守
入謁, 嘉山卽辭歸. 柳威相協自兵營來見, 泰川縣監亦至,
夜與之飮酒賦詩.

十五日, 丁丑.

灣撥, 付家書. 寧邊府使徐龍輔, 在京有書, 使其衙客
來傳. 曉詣新安館, 與副使·本牧使·熙川郡守·泰川縣監·
大同察訪, 行望闕禮而歸. 副使來見, 諸守令亦入謁. 州
人前掌令白仁煥·前正郎白光澤·士人承憲祖及其子履健來
見. 晚朝發行, 行三十五里, 午炊于納淸亭. 又行至嘉山,
館于新嘉軒. 本郡守及安州牧使·博川郡守·淸南都差員咸
從府使金聖和入謁, 安州卽辭歸. 是日行六十里.

十六日，戊寅.

本郡守及諸守令入謁. 平明發行，舟渡大定江，秣馬于津頭村. 過涉差員博川郡守，入謁卽辭歸. 又行舟渡楓浦及清川江，下津，到安州，館于運籌軒. 是日行五十里. 兵使虞候張集紹·本牧使·咸從府使·寧川府使·熙川郡守·价川郡守金燨·大同察訪入謁，熙川則使之落後. 平壤兪敬柱·成川兪恭柱迎謁. 本州前察訪金應麟入見. 夕上望京樓，樓在運籌軒之北，俯臨江山城堞，眼界勝于百祥樓. 灣撥，付家書. 渡江狀啓回撥，又見十三家書. 聞日前上次對，金領相⁴⁵²請宥李魯春·兪岳柱等，自上俯詢魯春本事于諸備堂. 松留閔鍾顯，以其時發啓之憲長，不卽仰對，特命罷職，宣示魯春罪狀. 於是諸大臣及三司，申上請討之章，領相遂至勉殿云.⁴⁵³ 夜兵營裨李普勳·平壤鄉承安正行來謁.

---

452 金領相：領相 金致仁을 말한다.

453 日前次對…勉殿云：『正祖實錄』 권25, 1788년(정조 12) 3월 10일 참조.

十七日, 己卯.

兵使虞候·本牧及諸守令·本州出身兪光秋入謁. 早朝發
行, 至肅川, 歷訪李判書文源謫蘆, 歸到敬簡堂午飯. 順
安縣令·平壤庶尹趙鼎玉.[454]咸從府使入謁, 咸從則使之落
後. 永柔妓蕙心來待, 已有日招見, 命韻賦詩. 差晚, 又行
至順安縣, 宿于衙軒. 是日行百二十里. 本縣令及永柔縣
令徐命全, 平壤人兪漢皓·聖煥·章煥, 共允臣·有臣, 金尙
豹·康寅, 林興鳳, 崔以大, 全信采, 金奎行, 朴敏五·敬
五, 甑山人康萬謙迎謁. 本道監司, 送裨請安.

十八日, 庚辰.

本縣令及永柔縣令入謁. 飯後發行, 行五十里, 路逢灣
撥之回, 見十六日家書. 平壤將校高敬雲·金廷奎等及市民
四五人迎謁. 到平壤, 館于練光亭. 監司再次出見. 中軍

---

454 趙鼎玉(1733~?) : 본관은 漢陽, 자는 新伯. 1783년(정조 7) 진사에 합격하
여, 벼슬은 영릉참봉·천안군수·평양서윤 등을 역임했다.

李懋·庶尹·中和府使·龍岡縣令·江西縣令·孟山縣監入謁,
中和卽辭歸. 譯學洪仁福, 本府人金樂朋·樂行等來見. 營
校趙昌大等數十人, 備進酒饌. 灣撥, 付家書.

十九日, 辛巳.

諸守令入謁, 大同察訪, 則使之落後. 晚朝發行, 行五
十里, 至中和, 午飯于育物軒. 本府使·祥原郡守入謁. 平
壤共允臣·有臣, 俞敬柱·恭柱, 金尙豹, 隨到辭歸. 灣撥
回, 見十七家書. 又行至黃州, 館于決勝堂. 兵使虞候·本
州兼任鳳山郡守·海西假都事麒麟察訪李顯秀·都差員平山
府使李邲鵬·夫馬差員靑丹察訪洪成洹入謁. 海州姜瑗亦
來見. 本道監司·水使書問. 是日行百里.

二十日, 壬午.

兵使虞候入謁. 早發, 行四十里, 至鳳山, 午飯于洞仙
舘. 本郡守·平山府使·麒麟察訪入謁. 信川安威錫履, 姜生
來見. 又行三十里, 秣馬于劍水站. 文化縣令·殷栗縣監入

謁. 又行四十里, 至瑞興, 館于衙軒. 本府使李昌會·威寧郡守·威寧蔡鎭國及其子秀行來見. 是日行百十里.

廿一日, 癸未. 雨.

本府使·威寧郡守·麒麟·靑丹察訪入謁. 平山兪彦項·彦瑀, 本府兪漢星·亨柱來見. 早發, 行五十里, 午炊于葱秀站. 遂安郡守入謁. 灣撥回, 見十九家書. 又行至平山, 館于鎭牧軒. 本府使·延安府使入謁. 別丘李漢, 自京迎謁, 又見家書. 谷山縣監有書. 是日行八十里.

廿二日, 甲申.

本府使·麒麟·靑丹察訪入謁, 幷令落後. 本府兪彦珠·彦瑱·漢綱, 韓慶國來見. 朝發, 行六十里, 至金川, 見畿營吏私通, 自上命政院, 招致營吏, 問使行何日當入畿境, 故錄送路程. 午飯于察眉軒, 本郡守趙重鎭·[455]白川郡守李趾采入謁. 松都王爾良·金威晉·朴濙·梁浩孟來見. 家奴孝才, 自京迎謁. 又逢灣撥之回, 幷見家書. 漢平[456]以松

營裨將, 迎謁于中路. 松都市民等來候于太平館前. 入城,
館于乃成堂. 留守洪秉纘, 再次出見. 經歷·大興中軍·豊
德府使南履五·京畿都差員長湍府使·夫馬差員慶安察訪文
極孝入謁. 松營裨李範天·李煥·申晤·尹慶冕及前左郎李翼
相·前判校金匡國·碼峴僉使張瑞彙·別將梁彦孟·李敦儒·千
把總執事等來謁. 豊德族人顯柱[457]來見. 柳裨增萬, 自京
迎謁. 是日行百里.

廿三日, 乙酉.

留守·經歷·豊德府使·大興中軍入謁. 朝發, 行四十里,
至長湍, 檢府帶孫來現. 歷見尹監役獻東, 談話移時, 歸
館所午飯. 本府使入謁, 使之落後. 又行至坡州, 館于禦
牧軒. 寬姪·[458]宋郎來宿. 是日行八十里.

---

455 趙重鎭(1732~?) : 본관은 豊壤, 자는 士鼎. 1754년(영조 30) 생원에 합격하
여, 벼슬은 평강현감·직산현감 등을 역임했다.

456 漢平 : 兪漢平.

457 顯柱 : 兪顯柱.

458 寬姪 : 兪漢寬. 兪彦鎬의 조카.

廿四日, 丙戌.

晚發, 至高陽郡, 午飯于存愛堂. 本郡守入謁. 李屛尙履·吏吳鎭宅·昌快兩傔迎謁. 本郡族人漢老·直柱·西煥亦來見. 飯後又行, 至磚石峴, 宰兒·[459]定姪·[460]碩柱·範柱·李威玄謙·前府使田光說·李元塡·許礦·鄭志仁·張策來候. 已久卸轎, 暫憩于路傍店舍. 令錄事還納前, 餘命召副使來見. 少頃又行, 到慕華峴, 政院隷因上命, 聯續來問行止. 俄而兼史李宗烈馳到, 傳宣聖諭. 諭以自朝企待, 卽速入來之意. 遂以罪著不飭, 惶恐倍勘, 不敢循例復命之意, 口傳附奏. 仍詣京畿, 中營校理漢謨·[461]江華崔昌齡來見. 李宗烈承命又到, 傳諭勿待罪之意, 遂隨入謝恩後, 與副使, 入侍于誠正閣. 承旨南鶴聞·[462]假注書趙台榮·兼史李宗烈·右史金祖淳, 同爲入侍, 進伏問候訖.

---

459 宰兒 : 兪漢宰. 兪彦鎬의 아들.

460 定姪 : 兪漢定. 兪彦鎬의 조카.

461 漢謨 : 兪漢謨.

462 南鶴聞(1736~?) : 본관은 宜寧, 자는 汝聲. 1772년(영조 48) 탕평정시에 급제하여, 벼슬은 승지·양산군수 등을 역임했다. 1778년 問安使의 서장관으로 심양에 다녀왔다.

上曰："遠役穩返，神觀猶昔，甚可幸矣．意昨日當宿高陽，故自朝頗費等待矣．"

對曰："以臣病弱，卒免顚仆，實賴王慮，而但臣等有不飭之失，致令下卒犯禁．方在候譴中，雖不得不承命登對，而私心極爲惶悚矣．"

上曰："取考前例，雖有此等事，元無致責於使臣之規矣．"

仍命副使先退，下詢彼中事情．近日新卜及前領相事，酬酢移時而罷．昏後，始還第．再從兄及宋女定婦·尹洪兩姪女，俱已來會．

〈年貢奏本〉

朝鮮國王臣姓諱，謹奏爲進貢事．謹備進貢禮物，順差陪臣議政府右議政兪彦鎬·[463]吏曹判書趙瑍[464]等，齎領進獻外，今將禮物開坐，謹具奏聞．白苧二百匹，紅綿紬一

---

463 저본에는 '兪□□'로 되어 있는데 보충한다.
464 저본에는 '趙□'로 되어 있는데 보충한다.

百匹, 綠綿紬一百匹, 白綿紬二百匹, 白木綿一千匹, 木綿二千匹, 五爪龍席二張, 各樣花席二十張, 鹿皮一百張, 獺皮三百張, 好腰刀一十把, 好大紙二千卷, 好小紙三千卷, 粘米四十石. 右謹奏聞.

〈冬至·正朝·聖節賀表合三道〉

朝鮮國王臣姓諱, 欽遇乾隆五十二年十一月十四日,【正朝則曰五十三年正月初一日, 聖節則曰五十二年八月十三日.】長至令節,【正朝則曰元旦, 聖節則曰萬壽聖節.】謹奉表稱賀者. 臣姓諱誠歡誠忭, 稽首頓首上賀. 伏以德統乾元,[465] 首正六龍[466]之位, 建用皇極,[467] 肇開五福[468]之先. 恭惟皇帝陛下, 率育蒼生, 誕膺景命, 順時熙績, 百昌遂而萬國和寧,

---

[465] 乾元: 天子의 德을 말한다. 『周易』, 「乾卦·象」. "大哉乾元, 萬物資始, 乃統天."

[466] 六龍: 天子의 地位를 말한다. 『周易』, 「乾卦·象」. "大明始終, 六位時成, 時乘六龍, 以御天."

[467] 皇極: 통치의 준칙을 말한다. 『書經』, 「周書·洪範」. "次五, 曰建用皇極."

[468] 五福: 다섯 가지 복을 말한다. 『書經』, 「周書·洪範」. "五福, 一曰壽, 二曰富, 三曰康寧, 四曰攸好德, 五曰考終命."

御寓綏猷, 四序調而兆民樂利, 太平有象, 福祚無疆. 臣
恭遇熙朝, 欣逢長至. 伏願玉燭長調, 慶時雍於九牧, 金
甌永固, 綿泰運於萬年. 臣無任瞻天仰聖歡忭之至, 謹奉
表稱賀以聞.[469]

〈冬至·正朝·聖節方物表合三道〉

朝鮮國王臣姓諱, 右伏以聿迓天休, 政屬陽復【正朝則曰
歲新, 聖節則曰虹流.】之節, 恭執壤奠, 敢申星拱之誠, 謹備
黃細苧布一十匹, 白細苧布二十匹, 黃細綿紬二十匹, 白
細綿紬二十匹, 龍文簾席二張, 黃花席二十張, 滿花席二
十張, 滿花方席二十張, 雜彩花席二十張, 白綿紙一千三
百卷.【正朝與冬至同, 四件席子, 皆十五張. ○聖節, 黃細綿紬加十
匹, 又加紫細錦紬二十匹, 獺皮二十張, 粘六張, 厚油紙十部. 減滿

---

469 伏以…以聞: 표자문의 격식으로 서호수의 기록에도 보인다. 徐浩修, 『燕
行紀』권3, 1870년 8월 13일. "伏以德統乾元, 首正六龍之位, 建庸皇極, 肇
開五福之先. 恭惟皇帝陛下, 率育蒼生, 誕膺景命, 順時熙績, 百昌遂而萬國
和寧, 御寓綏猷, 四序調而兆民樂利, 太平有象, 福祚無疆. 臣等恭遇熙朝,
欣逢聖誕. 伏願玉燭長調, 慶時雍於九牧, 金甌永固, 綿泰運於萬年. 臣無任
瞻天仰聖懽忭之至, 謹此題聞."

花席二十張.】右件物等, 製造匪工, 名般不腆, 曷足稱於享
上? 聊以表乎由中. 臣無任兢惶激切之至, 謹隨表奉進以
聞.

〈賜物謝恩表〉[470]

　朝鮮國王臣姓諱言. 乾隆五十二年二月二十七日, 臣承
准謝恩兼冬至陪臣昌城尉黃仁點[471]等, 回自京師, 齎到禮
部咨節該, 主客司案呈, 所有朝鮮朝貢竝謝恩, 恭進禮物,
懇部轉奏一摺,　於乾隆五十一年十一月十八日奏,　十九
日, 奉上諭禮部奏朝鮮國王因賜祭該國世子具表謝恩竝另
進方物等語. 向來該國王, 遇有謝恩事件, 隨表備進方物,

470　賜物謝恩表 : 『同文彙考』 續, 「錫賚」 1, 〈謝賜物表〉 참조.

471　黃仁點(?~1802) : 본관은 昌原, 영조의 제10녀 和柔翁主와 혼인하여 昌城
　　　尉가 되었다. 1776년부터 1793년까지 17년 사이에 進賀兼謝恩正使 1회,
　　　冬至兼謝恩正使 3회, 冬至正使 1회, 聖節兼謝恩正使 1회 등 모두 여섯 차
　　　례에 걸쳐 燕京에 다녀왔다. 1801년 辛酉死獄이 일어나자, 앞서 1784년 동
　　　지겸사은정사로 북경에 갔을 때 함께 갔던 李承薰이 『天主實義』 등 천주
　　　교관계서적을 가져왔음에도 불구하고 이 사실을 몰랐다 하여 책임추궁을
　　　당하기도 하였다.

俱加恩准作正貢. 但該國王, 素稱恭順, 誠悃眞摯, 今業經備物遠來, 若不予收受, 徒滋往返, 該國王意必不安, 卽循例抵作正貢, 亦屬虛文, 轉非朕推誠嘉惠之意. 所有該國王, 此次隨表呈進貢物, 著該部收受, 照例折賞, 仍傳諭該國王, 嗣後遇有具表謝恩事件, 遵朕屢次所降諭旨, 俱無庸備進方物以示體恤, 該部郎遵諭行, 欽此欽遵, 抄出到部, 相應知照朝鮮國王可也.[472] 等因奉此. 又同日承准禮部咨節該, 所有軍機處, 遵旨折賞朝鮮國王, 各物移取在午門前, 頒給相應, 開單移咨, 遵照可也. 計開, 上用龍緞四疋, 粧緞四疋, 片金四疋, 寧紬四疋, 緞八疋, 官用緞八疋, 宮紬八疋, 彭緞八疋, 春紬四疋, 紡絲二疋, 貂皮一百張, 二等玲瓏鞍鞊全備, 二等馬一匹.[473] 等因奉此. 再承准禮部咨節該, 乾隆五十一年十一月十九日, 皇上詣瀛臺,[474] 朝鮮使臣在西華門小, 瞻仰天顔, 皇上存問國王, 拜賞, 賜使臣克食. 又十二月二十六日, 准軍機處, 交出

---

472 主客司…可也：『同文彙考』권6, 「哀禮」 2, 〈禮部知會謝恩方物照例折賞咨〉 참조.

473 所有…一匹：『同文彙考』권6, 「哀禮」 2, 〈禮部知會折賞緞匹咨〉 참조.

474 瀛臺：北京 西苑의 太液池 안에 있는 瀛臺를 가리킨다. 瀛臺는 南海라 하고, 蕉園은 中海라 하고, 五龍亭은 北海라 한다.

奉旨, 加賞朝鮮國王及使臣, 各物經本部, 領出發交來使
祗領, 齎回相應, 開列淸單, 移咨朝鮮國王可也. 計開, 加
賞朝鮮國王, 如意一柄, 玉器二件, 磁器四件, 玻璃器四
件, 硯二方, 絹箋四十張, 筆二匣, 墨二匣, 洋磁琺瑯盒四
件, 雕漆器四件. 賞正副使, 八絲緞各一疋, 絹箋各二卷,
筆各一匣, 墨各一匣.[475] 等因奉此. 竊伏念臣忝守遐土,
偏蒙洪私覆燾之恩, 涯分已踰, 感祝之忱, 酬答無階. 酒
玆所叨, 在昔尤罕, 華哀紆褒, 誕敷溫綸, 菲貢許收, 優加
寵賚, 豈料微悃之粗伸? 遽見隆渥之荐降. 又況恩推柔
遠, 珍頒特逮於賤使, 仁深字小, 玉音俯及於微軀? 至若
出常之嘉貺, 莫非希世之異品, 雕鞍駿蹄, 拜文錦而生輝,
華箋彩毫, 共寶玉而增耀, 榮動遐邇, 寵曠今古, 不知海
外藩臣, 何以得此於聖朝也. 臣與一國臣民, 雙擎祗受,
百拜感頌, 謹奉表稱謝者. 臣諱誠惶誠恐, 稽首稽首. 伏
以星馳一介, 粗效執壤之儀, 寵踰百朋, 猥荷自天之渥,
恩均內服, 貺出中心. 伏念臣扶桑遐陬, 傾葵微悃, 修春
秋玉帛之禮, 幾切北拱之誠, 仰雨露幷穠之恩, 偏被東漸

475 乾隆…一匣:『同文彙考』續,「錫賚」1,〈【丁未】禮部知會進年貢時加賞賜
物咨〉참조.

之化，不料賤价之載返，遽蒙珍賚之誕宣，雙手開紫泥之封，遙頒琢玉之器，百拜讀黃麻之誥，更分織雲之章，而殊眷有此便蕃，顧弊邦何由報答？茲蓋伏遇皇帝陛下，化洽草偃，運膺河淸，五紀間民物咸寧，若天覆而地載，萬里外舟車拜轇，致遠柔而邇懷，遂令偏邦，亦被曠典．臣敢不益勉侯，職仰戴皇慈，跡滯箕藩，縱阻執圭瑞之列，誠懸魏闕，庶殫獻筐篚之忱．臣瞻天仰聖，無任激切屛營之至，謹奉表稱謝以聞．

〈進貢事咨禮部〉

朝鮮國王，爲進貢事．順差陪臣職姓名等，齎領進貢禮物，前赴京師進獻外，今將禮物開坐，合行移咨，請照驗聞奏施行．須至咨者．

〈三節進賀事咨禮部〉

朝鮮國王，爲進賀事．欽遇某年月日冬至令節，【正朝則曰正朝令節，聖節則曰萬壽聖節．】修撰到進賀表文，竝備進獻禮物, 專差陪臣職姓名等, 齎擎管領, 前赴京師進賀外, 今將禮物開坐, 合行移咨, 請照驗施行. 須至咨者.

〈謝恩事咨禮部〉

朝鮮國王, 爲謝恩事. 某年月日當職云云.【依上謝表, 自承准謝恩兼冬至陪臣, 止何以得此於聖朝也.】當職與一國臣民, 雙擎祗受, 百拜感頌. 修撰到謝恩表文, 專差陪臣職姓名等, 前赴京師進謝, 合行移咨, 請照驗聞奏施行. 須至咨者.

〈右交易事咨禮部〉

朝鮮國王, 爲交易事. 乾隆五十二年十月十二日, 承准貴部咨節該, 主客司案呈, 禮科抄出, 本部具題內, 開查得向例, 寧古塔[476]人往朝鮮會寧交易, 係一年一次, 庫爾

476　寧古塔: 청나라를 건국한 建州女眞의 본거지로, 지금의 黑龍江省 寧安縣 일대이다. 寧古特·寧姑特·寧古臺·靈固塔·靈龜塔 등으로도 불렸다. 영고탑은 만주어로 '여섯'이라는 뜻이며, 만주족의 조상인 여섯 형제가 터전을

喀⁴⁷⁷人往慶源交易, 係二年一次.⁴⁷⁸ 每次臣部照例, 差朝
鮮通事二員, 竝行文吉林將軍, 出派章京·驍騎校·筆帖式
各一員, 會同監看. 如遇庫爾喀人往朝鮮慶源地方交易之
年, 卽令派出往會寧之朝鮮通事及吉林之章京·驍騎校·筆
帖式, 於會寧交易事竣, 帶領庫爾喀人, 前往慶源地方交
易. 今屆會寧竝慶源交易之期, 臣部照例, 派出捌品通官
三達塞太平保, 帶領寧古塔竝庫爾喀人等, 往會寧·慶源地
方, 監看交易. 其所禁貂皮·水獺·猞猁猻江獺等物, 俱不
准帶往市易, 竝將此交易, 緣由移咨, 朝鮮國王, 一體遵
行. 等因於乾隆五十二年八月初三日題, 本月初六日奉旨
依議, 欽此欽遵到部, 相應移咨, 朝鮮國王, 一體遵照辦
理可也. 等因准此除, 將貴部咨內事意劃, 卽知會咸鏡道
觀察使·節度使等官, 著令會寧·慶源等官, 依例整齊, 擬
候寧古塔·庫爾喀人等到來, 各樣物件, 兩平交易外, 爲此
合行咨覆, 請照驗施行. 須至咨者.

　　잡고 산 땅이라고 전해온다.

477 庫爾喀 : 만주 동남부 지역에 살던 野人女眞의 일파로, 庫牙喇·庫雅拉·庫
　　爾喀齊·恰喀拉 등으로도 불렸다.

478 寧古塔…一次 : 『萬機要覽』, 「財用篇」 5, 〈北關開市·慶源開市〉. "近例,
　　寧古塔·烏喇人, 則每年來市於會寧, 庫爾喀人, 則間年來市於慶源."

〈到黃州狀啓〉

臣等一行, 本月二十七日, 到黃州牧, 二十八日, 所齎來表咨文, 與書狀官鄭致淳·黃州牧使趙長鎭·鳳山郡守李鼎揆·金郊察訪尹說, 眼同查對, 則別無誤處是白旀, 方物四十五駄, 依例改結裹後, 明日仍向前站緣由, 竝以馳啓爲白臥乎事.

〈到平壤狀啓〉

臣等, 去月二十八日, 在黃州牧, 表咨文查對之由, 已爲馳啓爲白有在果, 二十九日, 到平壤府, 本月初一日, 與書狀官鄭致淳·平壤庶尹金履中·順安縣監李英敎·大同察訪尹載命·魚川察訪柳弘之, 同齎來表咨文, 更爲眼同查對, 則別無誤處是白旀, 本道觀察使臣李命植, 病不得參查緣由, 竝以馳啓爲白臥乎事.

〈到安州狀啓〉

臣等, 本月初一日, 在平壤府, 表咨文査對之由, 已爲
馳啓爲白有在果, 初四日, 到安州牧, 初五日, 與書狀鄭
致淳·安州牧使邊得讓·殷山縣監韓晚裕·大同察訪尹載命,
同齎來表咨文, 更爲眼同査對, 則別無誤處是白乎旀, 方
物四十五駄, 依例改結裹後, 臣等一行, 明日發向前站緣
由, 並以馳啓爲白臥乎事.

〈到義州狀啓〉

臣等, 本月初五日, 在安州牧, 表咨文査對之由, 已爲
馳啓爲白有在果, 十一日, 到義州府, 十二日, 與書狀官
鄭致淳·義州府尹沈煥之·魚川察訪柳弘之,　　同齎來表咨
文, 更爲眼同査對, 則別無誤處是白乎等以緣由, 馳啓爲
白臥乎事.

〈渡江狀啓〉

臣等, 本月十一日, 到義州府, 十二日, 表咨文査對之
由, 已爲馳啓爲白有果, 仍留本府, 整頓行具, 當日未時
量, 渡江入去爲白乎旀, 歲幣方物, 依例改結褁, 而彼中
公用不虞備管運餉銀子, 各五百兩, 依例齎去爲白乎旀,
夫馬差使員淸城僉使李昌彬, 領率人馬, 到柵門雇車後,
還送計料爲白乎旀, 行中卜定慶尙道沙斤驛張巖回馬·安
奇驛張明卜馬·召村驛馬金厚天馬, 俱以病憊, 勢難致遠是
白如乎, 其代以平安道大同驛劉慈山同馬·魚川驛安道正
馬·車於仁老味馬, 竝代把入去爲白乎旀, 書狀官臣鄭致
淳·義州府尹臣沈煥之, 眼同點閱人馬, 搜檢卜物, 則無一
犯禁是白乎等以緣由, 馳啓爲白臥乎事.

〈入柵狀啓〉

臣等一行, 本月二十二日, 渡江之由, 已爲馳啓爲有白
在果, 二十四日午時量, 到柵外,[479] 與書狀官臣鄭致淳,
點閱人馬, 無弊入柵爲白乎旀, 歲幣方物段, 差使員淸城
僉使李昌彬, 無弊領到柵外是白乎等以, 依例雇車計料爲

白乎㫆,　原春道⁴⁸⁰祥雲驛崔丁守馬·全羅道參禮驛全彭得
馬·慶尙道金泉驛朴億岩回馬, 病蹇乙仍于, 平安道大同驛
白孟同馬·金中元馬·金麻堂金馬, 代把入去緣由, 馳啓爲
白臥乎事.

〈先來狀啓〉⁴⁸¹

479 柵外: 柵門外를 말한다.
480 原春道: 江原道가 도명이 강등되었을 때의 이름이다. 1782년 李澤徵 사건
　　으로 인하여 원춘도로 명칭이 바뀌었다가 1791년에 회복되었다.
481 先來狀啓: 관련 내용이 『日省錄』에 보이는데 글자의 출입이 있다. 『日省
　　錄』, 1788년(정조 12) 2월 25일. "臣等一行, 上年十二月二十四日, 到北京
　　住接於南小館, 卽詣禮部呈表咨文. 二十八日, 詣鴻臚寺, 行元日朝參演禮,
　　而琉球國使臣翁秉儀·阮廷寶等, 同時演禮, 班在臣等之末. 二十九日, 皇帝
　　親祭太廟, 自禮部奉旨, 只令朝鮮使臣, 祗迎於還宮時. 故臣等與書狀官鄭致
　　淳, 詣午門前伺候, 皇帝回駕到門, 先使御前大臣福長安來問: 國王平安乎?
　　臣等對曰: 平安矣. 輦過臣等班次, 露面諦視者良久. 禮部尙書德保, 邀見臣
　　等於路左, 致意款曲, 仍問: 本國世子服制已盡乎? 臣等答以朞制已訖, 則乃
　　曰: 制若已盡, 則皇上欲令參宴, 命我問之云矣. 三十日, 行年終宴于保和殿,
　　諭令臣等入參筵宴. 故當日曉頭, 臣等入保和殿庭, 序於東班之末, 而琉球兩
　　使亦與焉. 時至, 皇帝御前, 動樂呈戲, 移時乃罷. 本年正月初一日曉頭, 臣
　　等與書狀官, 率正官等, 入太和殿庭, 立西班末, 行朝參禮. 初九日, 設宴于
　　紫光閣, 兩國使臣, 幷當入參云. 故臣等曉詣閣外, 平明, 皇帝乘黃屋小轎出
　　來, 臣等祗迎于儀仗之內, 仍隨人班次, 坐於二品之末. 宴罷, 賞賜諸臣, 幷

及於臣等, 賜臣彦鎬, 錦三匹, 漳絨三匹, 小卷八絲緞五匹, 小卷五絲緞五匹,
荷包囊子十箇, 臣瑛, 錦一匹, 漳絨一匹, 小卷八絲緞三匹, 小卷五絲緞三匹,
荷包囊子六箇. 臣等領受, 仍行叩謝禮. 禮部知會內, 初十日, 皇帝駕幸圓明
園, 兩國使臣, 應赴三座門送駕, 正副使臣, 仍於十一日, 齊赴圓明園恭候,
十二日入宴可也云. 故初十日曉, 與書狀官, 就三座門前祗送, 十一日赴圓明
園, 住接於私次, 十二日曉, 詣山高水長閣, 則已設黃幄及戲具, 時適大雪,
特命全停, 臣等還爲退去, 則光祿寺因旨意, 以所具宴卓, 各送于臣等. 十三
日, 又入山高水長閣, 就坐于東班之末, 設樂張戲, 如紫光閣宴時, 鞦韆·燈
砲, 向所未見者. 十四日, 又詣山高水長閣, 是日則引入兩國使臣於內班諸王
之列, 俾觀御前諸般奏技. 十五日曉, 依禮部知會, 詣正大光明殿外, 平明入
殿庭, 序於東班之末, 因皇旨, 引入兩國正使於殿上王公之次, 庭陳舞樂及獻
俘放生等諸技. 當日申後, 又詣山高水長閣, 係是元宵各樣燈戲, 最爲盛麗.
宣饌後, 和珅以皇旨來問曰: 使臣能詩否? 對曰: 文詞魯莽, 未能工詩矣. 和
珅曰: 從前使臣, 亦多有應製者, 退卽製進爲宜云. 故罷歸後, 各以七律一首,
淨寫進呈于禮部矣. 翌朝, 禮部奉旨頒賞, 各賜臣等, 緞一疋, 箋紙二卷, 貢
筆十枝, 貢墨十錠, 琉球使臣, 則只副使製進, 賞亦如之. 十九日, 又詣山高
水長閣, 始就外班, 皇帝命召朝鮮使臣, 臣等進前, 琉球兩使亦隨之. 皇帝命
和珅宣諭曰: 使臣回國, 須以朕意傳言國王, 連爲安過, 而使臣等亦各好還
也. 仍賜坐於東階氈席上, 賜酪茶及別饌. 福長安因皇旨勸嘗, 而御座相去,
亦爲咫尺地. 頒炙之除, 命給佩刀, 以便於割開, 撤饌之時, 又賜包裹, 俾懷
其餕餘. 初昏, 皇帝從後閣而入, 通官引兩國使, 隨其後, 歷重門, 涉氷湖, 逶
迤行里餘. 前有棟宇華麗燈燭煒煌之處, 是爲慶豐閣云. 和珅引臣等, 就坐階
右, 設燈呈戲, 霎時乃罷. 二十日, 禮部始令退歸. 故臣等卽還南小館. 歲幣
則十一日無弊呈納. 二十九日, 皇帝始自圓明園回鑾, 而無禮部知會, 故不爲
祗迎. 二月初一日, 臣等詣禮部, 行下馬宴, 回到館次, 又行上馬宴. 初二日,
詣午門前領賞, 受回咨文十三度. 初四日, 始自北京離發, 方過通州. 堂上譯

臣等一行, 上年十一月二十四日, 入柵之由, 已爲馳啓
爲白有在果, 自鳳城以後, 通官徐寧保·迎送官伊常阿, 與
各站章京率甲軍, 依例護行是白乎旀. 十二月初三日, 到
瀋陽, 留一日, 歲幣方物雇車, 未及來到, 故落留任譯二
人, 歲幣中紅綿紬一百疋, 綠綿紬一百疋, 生上木三百疋,
好大紙一百五十卷, 好小紙二千一百一十卷, 粘米三石五
斗四升, 一依瀋陽禮部公文, 除納于該庫, 其餘段, 交付
於押車章京是白乎旀. 臣等段, 初五日, 仍爲前進, 十六
日, 到山海關, 點閱人馬, 無弊度關, 連爲趲程. 二十四日
午時量, 到北京, 住接於南小館, 卽詣禮部呈表咨文, 則
漢侍郎劉躍雲, 率諸郎官祗受是白乎旀. 二十八日, 詣鴻
臚寺, 行元日朝參演禮, 而琉球國使臣翁秉儀·阮廷寶等,
亦於二十三日, 進京, 同時演禮, 班次在於臣等之末是白
遣. 二十九日, 皇帝親祭太廟, 自禮部奉旨, 只令朝鮮使
臣, 祗迎於還宮時. 故臣等與書狀官臣鄭致淳, 詣午門前
闕左門內, 成班伺候, 已而皇帝回駕到門, 先使御前大臣
福長安來問:"國王平安乎?"臣等謹對曰:"平安矣."回奏

官金致瑞, 十二月十九日, 到野雞屯病故. 他餘事情, 臣等渡江後, 登聞計料.
臣彦鎬軍官柳增萬·臣瑛軍官韓恒大·譯官金致禎授狀啓, 自通州先爲發送.
二月初四日封啓."

之際, 輦過臣等班次, 露面諦視者良久是白乎㫆. 禮部尙
書德保, 邀見臣等於路左, 致意款曲, 仍問："本國世子服
制已盡乎?"臣等答以朞制已訖, 則乃曰："制若已盡, 則
皇上欲令使臣參宴, 命我問之."是如爲白加尼. 三十日,
行年終宴于保和殿, 諭令臣等入參筵宴乙仍于, 當日曉
頭, 臣等詣闕, 入保和殿庭, 序於東班之末, 而琉球兩使
亦與焉. 時至, 皇帝御殿, 動樂呈戲, 移時乃罷是白乎㫆.
本年正月初一日曉頭, 臣等與書狀官臣鄭致淳, 率正官等
詣闕, 入太和殿庭, 立西班末, 隨諸官, 行朝參禮而出是
白遣. 初七日, 皇帝親幸天壇, 翌日行祈穀祭, 仍爲還宮,
而自禮部無所知會, 故臣等不爲迎送爲白乎㫆. 初九日,
設宴于紫光閣, 兩國使臣, 竝當入宴是如, 自禮部知會乙
仍于, 伊日臣等曉詣閣外, 等候平明, 皇帝乘黃屋小轎出
來, 臣等祗迎于儀仗之內, 仍隨入班次坐於二品之末, 進
宴卓, 賜酪茶二巡, 張樂陳戲, 如年終宴儀. 宴罷, 賞賜諸
臣, 竝及於臣等, 賜臣彦鎬,[482] 錦三疋, 漳絨三疋, 小卷
八絲緞五疋, 小卷五絲緞五疋, 荷包囊子十箇, 臣煥,[483]

---

482 彦鎬：正使 兪彦鎬를 말한다.

483 煥：副使 趙煥을 말한다.

錦一疋, 漳絨一疋, 小卷八絲緞三疋, 小卷五絲緞三疋,
荷包囊子六箇. 臣等領受訖, 仍行叩謝禮是白乎旀. 禮部
知會內, 初十日, 皇帝駕幸圓明園, 兩國使臣, 應赴三座
門送駕, 正副使臣, 仍於十一日, 齊赴圓明園恭候, 十二
日入宴可也是如爲白臥乎所. 初十日曉頭, 臣等與書狀官
臣鄭致淳, 入西安門, 就三座門前御路傍, 等候駕至, 祇
送如儀是白遣. 臣等, 於十一日, 赴圓明園, 住接於園外
私次是白如可, 十二日曉, 詣山高水長閣, 則已設黃幄及
戲具, 參宴諸臣, 亦皆守候是白加尼, 時適大雪, 特命全
停. 故臣等還爲退出, 則光祿寺因旨意, 以其所具宴卓,
各送于臣等館次是白乎旀. 十三日申後, 又入山高水長
閣, 就坐于東班之末, 設樂張戲, 如紫光閣宴時, 而只是
鞦韆·燈砲, 向所未見者是白乎旀. 先賜酪茶一巡, 次賜餅
糖果肉等饌, 徧及於從官·從人, 而俱係內辦是如爲白遣,
宣饌之際, 御前大臣和珅·福長安兩人, 來到臣等坐處, 親
自檢視, 蓋亦因皇旨是如爲白乎旀. 十四日申後, 又詣山
高水長閣, 是日則引入兩國使臣於內班諸王之列, 俾觀御
前諸般奏技, 賜酪茶一巡後, 出就外班, 燈砲雜戲及內饌
宣賜, 一如昨日是白乎旀. 十五日曉頭, 依禮部知會, 進
詣正大光明殿外待候是白如可, 平明入殿庭, 始序於東班
之末, 因有皇旨, 引入兩國正使於殿上王公之次, 庭陳舞

樂及獻俘放生等諸技, 進宴卓, 賜酪茶一巡酒一巡後, 罷宴退出是白乎㫆. 當日申後, 又詣山高水長閣, 先入內班, 賜茶陳戲, 退就外班, 設燈宣饌, 亦如十四日, 而係是元宵各樣燈戲, 最爲盛麗是白乎㫆. 宣饌之後, 和珅以皇旨來問曰: "使臣能詩否?" 對曰: "文詞魯莽, 未能工詩矣." 珅微笑曰: "是則過謙之辭也. 旣有皇旨, 從前使臣, 亦多有應製者, 退卽製進爲宜." 是如是白置. 臣等罷歸館次, 各以七律一首, 淨寫進呈于禮部, 到卽入奏是如爲白加尼, 翌朝, 禮部奉旨頒賞, 各賜臣等, 緞一疋, 緝紙二軸, 貢筆十技, 貢墨十錠是白乎㫆, 琉球使臣, 則正使辭以不能, 只副使製進, 賞亦如之是如爲白乎㫆. 十六日至十八日, 則停宴是白遣. 十九日申後, 又詣山高水長閣, 始就外班, 俄而皇帝出御命, 召朝鮮使臣, 臣等以次進前, 琉球兩使亦隨之. 皇帝命和珅宣諭曰: "使臣回國, 須以朕意傳言國王, 連爲安過, 而使臣等亦各好還也." 仍賜坐於東階氍席上, 賜酪茶及別饌. 福長安因皇旨勸嘗, 而御座相去, 亦爲咫尺地. 頒炙之際, 命給佩刀, 以便於割開, 撒饌之時, 又賜包裹, 俾懷其餕餘是白乎㫆. 陳戲燃燈, 一如十五日是白遣, 初昏, 皇帝起身, 從後閣而入, 近侍及王公若而人從之. 通官引兩國使, 亦隨其後, 歷重門, 涉氷湖, 逶迤行里餘. 前有棟宇華麗燈燭煒煌之處, 是爲慶豐圖是白如乎, 和珅引臣等, 就坐階右, 設燈呈戲, 曇時乃罷, 臣等遂退出是白乎㫆. 二十日, 禮部因旨意, 始令退歸, 故臣等卽還南小館爲白乎㫆. 歲幣方物段, 初四日來到, 故十一日, 無弊呈納於內務府及武備院等處是白遣, 所餘補物數甚零星, 從略分給於各庫郞吏及提督通官大使等處, 一無所餘. 所裹油紙帒繩索段, 置數千里載運之餘, 弊破無用乙仍于, 竝與補物依例蕩減之意, 文移該曹爲白乎㫆. 二十九日, 皇帝始自圓明園回闕, 而以無禮部知會, 故臣等不爲祗迎是白遣. 二月初一日, 臣等詣禮部, 行下馬宴, 回到館次, 又行上馬宴. 初二日, 詣午門前領賞, 受回咨文七度. 初四日, 始自北京離發, 方過通州爲白乎㫆. 堂上譯官金致瑞, 十二月十九日, 到野鷄屯病故是白乎所, 屍柩段, 行過時運去計料爲白乎㫆. 禁條段, 一依新舊節目, 自在途留館時, 這這嚴飭, 而當於出柵搜檢之際, 另加糾察, 俾不得匿奸是白遣, 他餘事情, 臣等渡江後, 隨所聞登聞計料爲白乎㫆. 臣彦鎬軍官柳增萬·臣瑛軍官韓恒大·譯官金致禎授狀啓, 自通州先爲發送緣由, 竝以馳啓爲白臥乎事.

〈還渡江狀啓〉[484]

---

484 還渡江狀啓 : 관련 내용이『日省錄』에 보이는데 글자의 출입이 있다.『日省錄』, 1788년(정조 12) 3월 13일. "臣等一行, 二月初四日, 自北京離發之由, 已爲馳啓, 而登途以後, 按站前進. 十三日, 到山海關, 點閱人馬, 仍卽出關. 三月初三日, 回到柵門, 初五日, 車卜齊到. 一自後市之革罷, 彼人失利快快, 或不無操縱尼行之慮, 而第使任譯, 依例報門于稅務監督, 其姓名卽那山, 而方帶禮部員外郎者也. 監督默無所應, 翌日文移于臣等, 以爲中江稅銀, 每年三千三百兩, 作爲定額, 歷經四十餘年, 竝無更改. 此次迎接進貢回還之員役, 竝無有帶來貨物, 事關國課, 甚屬緊要. 貴國何不預爲奏聞, 將中江稅額裁減? 如不然, 將緣由咨覆本監督, 轉報戶部, 奏明皇上可也云. 是蓋憑藉嘗試之意. 故臣等回移, 略陳其始末曰: 竊稽原初定例, 年貢使及憲書官進京時, 交易物貨, 自有本國恒式, 至若回還迎接時, 帶來物貨, 是不過中間襲謬成例之致也. 比年以來, 奸僞日滋, 儳爭之患, 戕殺之弊, 往往有之, 此本國所以日夕警懼者, 而亦恐有違於大邦字小嚴邊之道. 故始自今年, 另禁後卜, 申復舊例, 而春天延卜時, 擬帶之雜貨, 竝付於冬天入貢之時, 則此非昔有裕而今不足也. 試以今年言之, 則目下雖無雜貨之延到者, 來頭年貢憲書兩次之所帶來, 總以計之, 厥數自如, 在商民固無所損, 在稅額不失元數, 槪此事情, 想應財諒云云, 則監督見之憮然, 便謂事理則然, 而遣辭若是, 致有査照之擧, 則彼此俱不便, 只以本國新定章程之意, 從略說去, 實爲安當云矣. 蓋後市之襲謬, 彼人亦自知之, 或恐其上聞皇帝生事, 該管只欲憑據文蹟, 冀免地部稅縮之責罰, 故其言如是矣. 臣等不得已, 依其言改之, 只曰: 竊以此次, 本國回還貨物, 不準迎接, 至邊門貿易, 此係本國申定之例, 將此事由, 報戶部轉奏云云, 則監督受之, 以爲明日當持此, 往議于鳳城將云矣. 初七日, 監督回自鳳城, 招任譯使之, 依例報門, 而初九日, 鳳城將出來, 率諸官, 搜檢如例, 仍爲無弊定柵. 初十日酉時, 還渡江出來, 而書狀官臣鄭致淳, 依比包節目, 率任譯等, 落留柵外. 慶尙道自如驛鄭儉察·李先伊馬·全

羅道獎樹驛金如才馬, 俱爲病斃. 管運餉不虞備銀子一千兩, 則公用例下及遺在數, 區別成冊, 各送于管運餉庫, 而彼地事情, 則自入今歲, 皇帝壽近八耋, 故群下慶祝之情, 皇帝欣悅之意, 有非常歲之比. 前此圓明園之罷宴回駕, 例在正月念間, 而今番則加留至八九日之久, 而又將以八月十八日, 幸天津, 觀水嬉, 而天津之距皇城, 爲數日程云. 以再明年庚戌, 爲皇帝恰滿八十之年, 故內而王公卿相, 外而將軍督撫, 交章齊聲, 請於是歲造成佛像, 祈壽祝釐, 奉觴稱賀, 以餙歡慶, 則皇帝諭以懷昔興愴祛文省費之意, 終不允從, 末乃因皇六子永瑢, 上章懇乞, 特許其請, 以明年己酉, 定行萬壽慶典, 而當有頒敕中外之擧云, 而年事則以臣等沿路所見言之, 則自柵門至關外, 夏旱秋澇, 田禾失稔, 關內則雖無暵枯螯溺之災, 而雨暘亦不均適, 僅免甚歉. 大抵比歲饑饉荐臻, 各省失業之民, 相聚作亂, 在在爲盜. 如大名府之段文經 · 高淳縣之林七 · 句容縣之陳老九 · 南靖縣之陳荐, 或劫奪商賈之貨, 或偸竊府庫之財, 縱橫跳踉, 厥有年所. 皇帝連命詗捕, 或繫囹圄, 或加誅戮, 而非徒不戢去而愈滋. 至於臺灣之林爽文, 則兵衆勢大, 最爲難制. 蓋爽文世居臺灣, 治産行販, 家貲累萬, 偶被賊夥, 暮夜執劫, 爽文以千金贖其性命矣. 臺灣巡檢聞知其事, 潛招爽文, 以出貨資盜爲罪, 擬將置獄, 爽文又賂千金, 幸得放還, 則其知縣又要十萬之貨, 爽文辭以力不及, 知縣大怒, 因囚爽文, 將置重律. 賊夥相謂曰: 爽文由我而死, 義當相救. 直入衙門, 刺殺知縣, 脫出爽文, 推以爲魁. 爽文已犯死罪, 自知難容, 從而爲賊, 聚衆數萬, 戕殺官長, 奪據州縣. 皇帝始命常靑 · 柴大紀一傅樂訓, 將兵討之, 自丙午九月, 至去年十月, 互相接戰, 或勝或敗, 偏將之喪師殺身者, 前後相續, 總兵之草職被誅者, 其數甚多, 而賊勢逐日鴟張, 官兵望風奔潰. 皇帝深用憂慮, 續遣阿桂 · 李侍堯 · 福康安三大將, 益發湖南兵丁, 大加勦戮, 幾盡掃淸其徒黨, 和成龍 · 姜亭 · 劉換淸 · 林懃四人, 先已就擒, 拿致京師, 竝斬于順城門外, 而所謂林懃, 卽爽文之侄. 惟是爽文, 出沒海洋, 未卽捕獲, 至上年臘月, 募用僧番兵之善水者, 始得生擒, 當於班師之日, 大將親自獻俘云, 而此一款, 係是風臣等一行, 二月初四日, 自北京離發之由, 已爲馳啓爲白有在果, 登程以後, 按站前進, 十三日, 到山海關, 點閱人馬, 仍卽出關爲白乎旀. 三月初三日, 回到柵門, 初五日, 車卜齊到是白如乎. 一自後市之革罷, 彼人失利怏怏, 或不無操縱尼行之慮, 而第使任譯, 依例報門于稅務監督, 其姓名卽那山, 而方帶禮部員外郎者也. 監督嘿無所應, 翌日文移于臣等, 以爲: 中江稅銀, 每年三千三百兩, 作爲定額, 歷經四十餘年, 竝無更改. 此次迎接進貢回還之員役, 竝無有帶來貨物, 事關國課, 甚屬緊要. 貴國何不預爲奏聞, 將中江稅額裁減? 如不然, 將緣由咨覆本監督, 轉報戶部, 奏明皇上可也是如爲白臥乎所, 是蓋憑藉嘗試之意. 故臣等回移, 略陳其始末曰: 竊稽原初定例, 年貢使及憲書官進京時, 交易物貨, 自有本國恒式, 至若回還迎接時, 帶來物貨, 是不過中間襲謬成例之致也. 比年以來, 奸僞日滋, 偸爭之患, 戕殺之弊, 往往有之. 此本國所以日夕警懼者, 而亦恐有違於大邦字小嚴邊之道. 故始自今年, 另禁後卜, 申復舊例, 而春天延卜時, 擬帶之

傳. 臣等在館時, 禮部尙書德保, 和送臣等應製詩韻, 其中有'羽書捷報萬年春'之句, 雖以此觀之, 可知其勝敗之已決, 而他餘事件, 別無可以登聞者. 且已悉於書狀官之別單, 不爲疊陳."

雜貨, 竝付於冬天入貢之時, 則此非昔有裕而今不足也.
試以今年言之, 則目下雖無雜貨之延到者, 來頭年貢憲書
兩次之所帶來, 總以計之, 厥數自如, 在商民固無所損,
在稅額不失元數, 槪此事情, 想應財諒云云, 則監督見之
憮然, 便謂: 事理則然, 而遣辭若是, 致有查照之擧, 則
彼此俱不便, 只以本國新定章程之意, 從略說去, 實爲妥
當是如爲白乎所. 蓋後市之襲謬, 彼人亦自知之, 或恐其
上聞皇帝生事, 該管只欲憑據文蹟, 冀免地部稅縮之責
罰, 故其言如此是白乎所. 臣等不得已, 依其言改之, 只
曰: 竊以此次, 本國回還貨物, 不准迎接, 至邊門貿易,
此係本國申定之例, 將此事由, 報戶部轉奏云云, 則監督
受之, 以爲: 明日當持此, 往議于鳳城將是如爲白加尼.
初七日, 監督回自鳳城, 招任譯使之, 依例報門是白遣.
初九日, 鳳城將出來, 率諸官搜檢如例, 仍爲無弊出柵.
初十日酉時量, 還渡江出來爲白遣. 書狀官臣鄭致淳, 依
比包節目, 率任譯等, 落留柵外是白乎旀. 慶尙道自如驛
鄭儉察·李先伊馬·全羅道鰲樹驛金如才馬, 俱爲病斃是白
乎旀. 管運餉不虞備銀子一千兩段, 公用例下及遺在數,
區別成冊, 各送于管運餉庫爲白乎旀. 彼地事情段, 自入
今歲, 皇帝壽近八耋, 故群下慶祝之情, 皇帝欣悅之意,
有非常歲之比是白如乎. 前此圓明園之罷宴回駕, 例在正

月念間，而今番則加留至八九日之久是白遣．又將以二月
十八日，幸天津，觀水嬉，而天津之距皇城，爲數日程是
如爲白乎旀．以再明年庚戌，爲皇帝恰滿八十之年，故內
而王公卿相，外而將軍督撫，交章齊聲，請於是歲成造佛
像，祈壽祝釐，奉觴稱賀，以餙歡慶，則皇帝諭以懷昔興
愴祛文省費之意，終不允從，末乃因皇六子永瑢**485**之上章
懇乞，特許其請，以明年己酉，定行萬壽慶典，而當有領
赦中外之擧是如爲白乎旀． 年事段， 以臣等沿路所見言
之，則自柵門至關外，夏旱秋澇，田禾失稔，關內則雖無
嘆枯墊溺之災，而雨暘亦不均適，僅免甚歉爲白乎旀．大
抵比歲饑饉荐臻，各省失業之民，相聚作亂，在在爲盜．
如大名府之段文經·高淳縣之林七·句容縣之陳老九·南靖
縣之陳荐，或劫奪商賈之貨，或偸竊府庫之財，縱橫跳踉，
厥有年所．皇帝連命詗捕，或繫囹圄，或加誅戮，而非徒
不戢去而愈滋．至如臺灣之林爽文，**486** 則兵衆勢大，最爲
難制是白如乎．蓋爽文世居臺灣，治産行販，家貲累萬，

485　永瑢(1744~1790)：乾隆帝第六子로 質莊親王으로 호는 九思主人이다.
486　林爽文(?~1788)：청나라 때 대만의 彰化 사람이다. 농민으로 天地會에 참
　　가하여 창화천지회의 수령이 되었고, 1786년에 봉기하였으나 다음해에 진
　　압되고 포로로 잡혀 죽었다.

偶被賊夥, 暮夜執劫, 爽文以千金, 贖其性命矣. 臺灣巡
撫聞知其事, 潛招爽文, 以出貨資盜爲罪, 擬將置獄, 爽
文又賂千金, 幸得放還, 則其知縣又要十萬之貨, 爽文辭
以力不及, 知縣大怒, 仍囚爽文, 將置重律. 賊夥相謂曰:
爽文由我而死, 義當相救. 直入衙門, 刺殺知縣, 脫出爽
文, 推以爲魁. 爽文已犯死罪, 自知難容, 從而爲賊, 聚衆
數萬, 戕殺官長, 奪據州縣. 皇帝始命常青·柴大紀·傅樂
訓, 將兵討之, 自丙午九月, 至去年十月, 互相接戰, 或勝
或敗, 偏將之喪師殺身者, 前後相續, 摠兵之革職被誅者,
其數甚多, 而賊勢逐日鴟張, 官兵望風奔潰. 皇帝深用憂
慮, 續遣阿桂·李侍堯·福康安三大將, 益發湖南兵丁, 大
加勦戮, 幾盡掃清其徒黨, 和成龍·姜亭·劉換清·林悰四
人, 先已就擒, 拿到京師, 並斬于順城門外, 而所謂林悰,
卽爽文之姪是如爲白乎旀. 惟是爽文, 出沒海洋, 未卽捕
獲, 至上年臘月, 募用僧番兵之善水者, 始得生擒, 當於
班師之日, 大將親自獻俘云, 而此一款, 係是風傳是白乎
矣. 臣等在館時, 禮部尚書德保, 和送臣等應製詩韻, 其
中有'羽書捷報萬年春'之句. 雖以此觀之, 可知其勝敗之
已決是白乎旀. 他餘事件段, 別無可以登聞者, 且已悉於
書狀官之別單, 不爲疊陳是白乎旀緣由, 並以馳啓爲白臥
乎事.

〈以驛夫犯禁逃走事狀啓〉[487]

臣等, 今初十日, 還渡江出來之由, 已爲馳啓爲白有在
果, 卽接義州府尹沈煥之牒呈內, 卽接鴨綠江搜檢軍官將
校等手本, 則以爲: 燕卜先到者, 搜檢入城之際, 槍軍田
興丁所持卜物, 包裹殊常, 故執捉發視, 則其中果有禁紋,
詰其所出, 則以爲槍軍李首陽, 以此封物, 傳付於渠是如
故, 捉問首陽, 則所供內瑞興奴允得爲名者, 以馬頭入燕,
回到柵外, 以其卜物借背潛輸爲言, 故果負至九連城, 替
授於田興丁是如爲臥乎所. 同被捉卜物, 仔細檢視, 則有
雜紋綃七疋, 有紋改機紬一疋, 而係是禁物, 不勝驚駭.
同允得身乙, 發校捕捉, 則已於中路逃走, 未及捕捉, 而
前年備邊司啓下關文內, 新定禁紋事目, 極爲嚴截是白如

---

487 以驛夫犯禁逃走事狀啓 : 관련 내용이 『日省錄』에 보이는데 다음과 같다.
『日省錄』, 1788년(정조 12) 3월 16일 "該道監司枚擧義州府尹沈煥之狀啓謄
報以爲: 燕柵雜貨入境時, 依例伺察雜商, 搜檢禁物, 則本府槍軍田興丁所持
卜物, 執捉禁紋, 詰其所由, 則以爲李首陽所付云, 故捉問首陽, 則以爲瑞興奴
允得, 以馬頭入燕, 還到柵外, 以其卜物借背暫輸云, 而取其卜物, 仔細檢視,
則有雜紋綃七疋, 有紋改機紬一疋, 故不勝驚駭. 定將校發捕允得, 則已爲逃
去, 多發伶俐將校, 期於捉得, 待用刑依律擧行云矣. 罪人未卽窺捕, 誠極驚
駭, 自臣營別關道內各處, 另加譏訶, 期於必捉."참조.

乎，今方以此意馳啓是如爲白乎所．當此立法申禁之初，有此冒犯，萬萬驚心，而罪人之知機逃躱，尤極駭痛，爲先嚴飭，本府使之多般跟尋，刻期捕捉，以爲依律擧行之地是白遣．又以密詗廣搜之意，關飭于黃海·平安兩道監司是白乎旀．臣等與書狀官，苟能另加禁飭，則豈至有肆然犯科之境，而況犯科者，又是臣從帶驛卒，則矇然不飭之罪，尤所難免，倍切惶悚，恭俟重勘緣由，爲先馳啓爲白臥乎事．

善本燕行錄校註叢書18세기②

校註 燕行錄

俞彦鎬 著

崔 植·金成勳 校註

2023년 2월 28일 초판 1쇄 발행

펴낸이 유지범

발행 성균관대학교 출판부

등록 1975. 5. 21. 제1975-9호

주소 (03063) 서울시 종로구 성균관로 25-2

전화 760-1253~4 | 팩스 762-7452

홈페이지 press.skku.edu

조판 고연 | 인쇄 및 제본 영신사

ⓒ 성균관대학교 대동문화연구원, 2023

ISBN 979-11-5550-576-2 93810